신마협도

신무협 장편 소설

ORIENTAL FANTASY STORY & ADVENTURE

1

dream
books
드림북스

신마협도 1
환골탈태(換骨奪胎)

초판 1쇄 인쇄 / 2009년 12월 23일
초판 1쇄 발행 / 2010년 1월 5일

지은이 / 권용찬

발행인 / 오영배
편집장 / 김경인
펴낸 곳 / (주)삼양출판사 · 드림북스

주소 / 서울특별시 강북구 미아8동 322-10호
대표 전화 / 02-980-2112 팩스 / 02-983-0660
편집부 전화 / 02-980-2116 팩스 / 02-983-8201
블로그 / blog.naver.com/dream_books

등록번호 / 제9-00046호
등록일자 / 1999년 3월 11일

ⓒ 권용찬, 2010

값 8,000원

ISBN 978-89-542-3562-4   04810
ISBN 978-89-542-3561-7   (세트)

* 지은이와 협의하에 인지는 생략합니다.
* 잘못된 책은 구입한 곳에서 바꾸어 드립니다.

신마협도

1

환골탈태 換骨奪胎

권용찬 신무협 장편 소설

ORIENTAL FANTASY STORY & ADVE...

신마협도 ①

환골탈태(換骨奪胎)
뼈를 바꾸고 태를 빼낸다는 뜻으로,
몸과 얼굴이 몰라볼 만큼 좋게 변한 것을 비유하는 말.

목차

    무림은 그 시작을 기점으로 하여 오랜 세월 동안 수많은 고수들이 나타났다 사라지길 반복하였다.

    기나긴 역사를 이어와 당금에 이른 무림 역시 다르지 않았으니, 한 명, 한 명 열거하기도 힘들만큼 많은 고수들이 각자의 능력과 의지, 세력을 내세우며 무림을 종횡하고 있었다.

    허나, 그 많은 이들 중에서도 특히나 재능과 패기가 남달라 존경과 두려움을 바탕으로 추앙받는 이들이 있었으니, 그들은 삼존(三尊), 사왕(四王), 오군(五君), 육패(六霸), 칠웅(七雄), 팔성(八星), 구노(九老), 십괴(十怪), 그리고 일귀(一鬼)라 불리었다.

第一章

　기악산.

　절강 서남쪽에 자리 잡고서 넓고 높이 솟구쳐 올라 있는데, 숲이 밀림처럼 무성하고 세가 무척 험하여 경험 많은 사냥꾼들조차 깊이 들어가기를 꺼려하는 산이었다.

　또한 발길이 닿기 어려운 곳까지 깊숙이 들어갔다가 실종되거나 죽은 이들도 적지 않아 갈수록 사람들로부터 경원시되고 있었다.

　하지만 때로 그러하기에 크나큰 횡재를 얻을 수 있다 생각하고 모험을 강행하는 이들도 있었으니, 주업으로 사냥을 하고 부업으로 약초를 캐는 강구만이 그러한 부류에 속하는 사람이었다.

열다섯이 되고부터 일을 가르치기 위해 데리고 다니기 시작한 아들과 함께 강구만이 기악산에 오른 지 어느새 육 일째가 되어가고 있었다.

으적으적.

아들 강일장은 허기와 갈증을 이겨내기 위해 풀을 한 움큼 씹으면서 오만상을 다 찡그렸다.

"쓰더라도 꼭꼭 씹어 먹어라."

"예, 아버지."

분명 지치고, 허기지고, 목까지 말라 짜증이 날 텐데도 강일장은 조금도 그런 기색을 보이지 않고 고개를 끄덕였다.

강구만은 아들의 태도에 흐뭇해하면서도 내심 미안함을 느끼고 있었다.

경험이 많지 않은데다 모두가 꺼려하는 기악산을 간다는 것에 불안해하던 아들을 억지로 데리고 왔고, 식량은 사냥을 해서 해결하고 물은 계곡에서 떠먹으면 된다며 아무것도 가져오지 못하게 했기 때문이다.

그런데 지금의 상황은 그렇게 자신했던 스스로를 원망하고 싶을 만큼 최악이었다.

기악산 깊숙이 들어와 벌써 이틀이 되도록 사냥감 하나 보지 못했고, 계곡도 찾지 못해서 새벽에 이슬로 간신히 갈증을 해소했을 뿐이었다.

'사람이 드나들지 않으니, 귀한 약초를 많이 구할 수 있다고 생각했는데……'

기대가 큰 만큼 실망도 크다고 했던가. 허리춤에 걸린 빈 주머니가 새삼 그의 마음을 공허하게 만들었다.

강구만은 아들 몰래 한숨을 내쉬며 포기라는 말을 떠올렸다.

헌데, 바로 그때 아들의 음성이 그의 지쳐 있는 정신을 일깨웠다.

"아버지, 이게 무슨 냄새지요?"

강구만은 코끝을 세우고 고개를 이리저리 돌리며 숨을 깊이 들이마셨다.

'산삼이다!'

코끝에 걸려 아른거리는 향은 미미하기는 하지만, 절대 잊을 수 없는 산삼의 신묘한 향이었다. 한 번뿐이지만 캐 본 경험도 있었다. 그 산삼을 먹고 몸이 튼튼해진 아들이기에 그보다 먼저 향을 감지한 것이리라.

"일장아, 향이 강한 쪽을 찾아보아라."

자신보다는 향기에 더 예민하게 반응하리라 생각하고 아들에게 맡긴 것이었고, 일장은 그의 기대에 부응하듯 크게 고개를 끄덕이며 오른쪽 경사를 오르기 시작했다.

"흙이 푸석해요."

"미끄러지지 않게 조심히 디디고 올라가야 한다."

걱정을 담아 충고를 하면서도 강구만의 얼굴엔 미소가 짙어
지고 있었다.

산삼은 약초 중에서도 땅의 기력을 가장 많이 빨아 먹는 약
초였다. 이 정도로 땅의 기반이 약해지고, 척박해졌다는 건,
그만큼 많은 산삼이 이 경사진 곳 너머에 자라고 있을 가능성
이 높다는 뜻이었다.

강 씨 부자는 점점 가팔라지는 지형을 인내심을 갖고 올랐
다. 몇 번이고 미끄러질 뻔했지만, 위에서 잡아주고, 아래서
밀어주며 결국 가파른 지형의 끝자락에 다다를 수 있었다.

"이건!"

두 사람이 올라선 곳 아래로 협곡과 같은 지형이 있었다. 무
슨 이유 때문인지 모르지만, 짙은 안개가 자욱하게 깔려 있었
다. 당연히 그 안개 밑에 무엇이 있는지는 전혀 볼 수가 없었다.

"분명 산삼이 있다."

강구만은 아들의 어깨를 꽉 감싸 안으며 확신에 찬 음성으
로 말했다. 보이진 않았지만, 엄청나게 진한 산삼 향이 풍겨오
고 있기 때문이었다. 숨을 쉬는 것만으로도 몸이 청량해지는
느낌이 들 정도였다.

부자는 기대를 갖고 아래로 내려갔다. 그리고 안개가 짙게
깔린 땅에 내려섰을 때 두 사람의 얼굴은 환희로 가득 찼다.

"아버지!"

강일장은 눈을 동그랗게 뜨고 소리쳤다. 강구만 역시 흥분

하기는 마찬가지였다. 눈앞에 보이는 연녹색의 산삼 꽃은 척 보기에도 열이 넘었기 때문이다. 안개 때문에 보이지 않는 곳을 감안한다면 그 숫자는 몇 배로 늘어날 게 분명했다.

"심봤다—!"

강구만은 감격에 찬 목소리로 있는 힘껏 소리쳤다. 그의 목소리는 안개 때문에 멀리 울려 퍼지지 않았지만, 마음에 담긴 기쁨은 충분히 표현하고도 남았다. 아들 역시 그에 호응하며 심봤다를 외쳤고, 부자는 서로 얼싸안고서 한참 동안을 웃고, 또 웃었다.

                    *   *   *

"아버지, 얼른 삼을 캐죠."

강일장은 들뜬 감정을 추스르며 짊어졌던 등짐과 무기들을 내려놓았다.

삼을 캘 때는 조금의 손상도 입히지 말아야 하고, 안전히 운반하기 위해서는 더욱더 세심한 손길을 요하기 때문에 많은 시간을 필요로 한다. 그러니 보다 일찍 하산을 하기 위해서는 서둘러 시작해야만 하는 것이다.

"아, 잠깐 기다려라."

강구만은 먼저 앞으로 나가려는 아들을 불러 세웠다. 그리고 창을 들고서 아들을 뒤로 물러나게 했다.

"산삼이 이렇듯 많이 있는 곳이라면 범상한 곳은 아닐 터, 그 기운을 먹고 사는 영물이 있을 가능성이 높다."

말로만 들어왔지 직접 경험해 본 적은 없었으나, 강구만은 이런 때일수록 신중에 신중을 기해야 한다는 걸 잘 알고 있었다.

쉭쉭—

"역시!"

강구만이 창끝으로 가까운 산삼을 조심스럽게 건드리자 화사한 색깔의 세모꼴 머리를 가진 뱀이 모습을 드러냈다. 굵기가 손가락 세 마디를 합친 것만큼이나 되었고, 그 길이도 보통의 뱀보다 두 배는 더 길어서 매우 위험해 보였다.

하지만 강구만의 얼굴엔 여유가 있었다. 뱀을 잡아 본 경험이 적지 않기에, 범상치 않은 모양의 뱀이라고 해도 충분히 처리할 자신이 있었던 것이다.

"이 아비가 잡는 걸 잘 보고 배우거라. 여기에 이런 놈이 하나뿐일 리가 없으니, 너도 알아⋯⋯."

강구만은 말을 끝맺지 못하고 입을 다물었다. 갑자기 정면의 안개 너머에서 괴이한 느낌이 전해져 왔기 때문이다. 소리는 들리지 않았다. 발끝을 통해 뭔가 묵직한 울림이 전해져 온 것이다.

"이, 일장아, 뒤로 물러나라."

확인되지 않은 불안감이었지만, 강구만은 조용히 아들에게 물러나라 하고, 자신도 뒷걸음치기 시작했다.

하지만 울림의 정체는 너무도 순식간에 모습을 드러냈다. 짙은 안개가 무언가에 밀리듯 출렁인다 싶더니, 형용할 수 없을 만큼 괴이하고, 거대한 머리가 나타난 것이다. 눈이라 생각되는 동그란 구멍에선 보는 것만으로도 오싹한 한기가 이는 청색 빛이 아른거렸다.

"……!"

강구만과 아들의 입이 떡 벌어졌다. 비명을 지르고 싶었으나, 너무도 큰 두려움에 목청까지 굳어 버린 것이다.

쉭─

정체 모를 그것의 입에서 파란빛의 길쭉한 것이 나왔다가 사라졌다. 마치 뱀이 혓바닥을 날름거리듯이.

그러고 보면, 그것의 머리는 도마뱀이나, 도롱뇽의 머리와 닮아 있었다. 크기와 위험스러움은 비할 바가 아니었으나, 분명 생김새는 닮았다.

'이무기!'

강구만과 아들은 동시에 같은 단어를 떠올렸다.

하지만 지금 상황에서 저것의 정체가 무엇인지는 중요한 게 아니었다. 산삼의 존재도 머릿속에서 지워졌다. 지금은 안전히 이곳을 떠나, 저것이 아직 보여주지 않고 있는 흉포함에 걸려들지 않는 게 더 중요했다.

쉬쉭─

강구만의 도발로 모습을 드러낸 영사가 머리를 치켜들며, 혓바닥을 날름거렸다. 이무기의 청색 눈동자가 영사를 향했다.

그 순간 영사의 입에서 분사된 투명한 액체가 이무기의 얼굴을 뒤덮었다.

끼에엑—

영사가 분사한 액체는 단순한 독액이 아닌 모양이었다. 이무기에게 귀청이 떨어져나갈 듯 날카롭고 커다란 울음을 터트리게 했으니까. 그 액체가 닿은 땅에선 검은 연기까지 피어났다.

순간 이무기의 입이 믿을 수 없을 만큼 빠른 속도로 쭉 내밀어지더니, 단숨에 영사를 물었고 그대로 삼켜 버렸다. 이무기는 만족스럽다는 듯 파란 혀를 날름거렸다.

'도망쳐라.'

강구만은 의지와는 상관없이 돌처럼 굳어 버린 자신의 육체를 향해 마음속으로 소리쳤다. 다행이 다리가 움직이기 시작했다.

"일장아, 급히 돌아서지 말고, 천천히 물러나라. 저놈을 자극해선 안 된다."

강일장은 마른침을 삼키며 고개를 작게 끄덕였다. 그리고 천천히 뒷걸음질쳤다. 두려움으로 인해 손발이 덜덜 떨렸지만, 지금 물러나지 않으면 살아남을 수 없다는 압박감이 다리를 움직이게 했다.

하지만 그들의 움직임은 이무기의 시선을 끌었다. 어쩌면 처음부터 이곳과 어울리지 않는 사람 냄새를 맡았기 때문에 나타난 것일 수도 있었다.

저벅, 저벅.

묵직한 걸음과 함께 이무기가 안개 밖으로 검은 몸체를 드러냈다. 팔다리는 짧았으나, 몸체는 길었고, 물고기처럼 비늘로 덮여 있었다. 두 사람이 한 번도 들어보지 못한, 하지만 이무기란 확신이 들게 하는 모양새였다.

이무기의 청색 눈동자가 요사스럽게 빛났다. 강구만은 예전 호랑이와 맞닥뜨렸을 때도 비슷한 느낌을 받았었다. 그건 일종의 살기였다. 하지만 지금이 그때보다 더욱 두려웠다.

"도망쳐!"

강구만은 창을 치켜들고 낮게 소리쳤다. 둘 다 이무기로부터 살아남기는 힘들다고 판단한 것이다.

"아버지, 안 돼요!"

"어서 가지 못해! 아비의 죽음을 헛되이 할 셈이냐!"

강일장은 울었다. 하지만 이를 악물었다. 부친의 말을 따를 수밖에 없다는 걸 알기 때문이었다. 그리고 협곡을 오르기 위해 달려갔다.

그때, 이무기의 커다란 머리가 영사를 물 때처럼 앞으로 쭉 내밀어졌다. 강구만은 급히 땅을 굴러 피하고, 창을 앞으로 쭉 내밀어 이무기의 목을 찔렀다.

칭!

창끝이 불꽃을 터트리며 튕겨 나왔다. 이무기의 비늘은 쇠에 비견될 만큼 단단했던 것이다.

덥석.

강일장이 당황하는 사이 이무기의 머리가 빠르게 다가왔고, 뒤늦게 몸을 틀었지만 왼팔이 물리고 말았다.

"끄아아—!"

강구만의 왼팔은 너무도 쉽게 뜯겨나갔다. 하지만 고통스런 비명을 지르면서도 강구만은 포기하지 않았다. 그대로 고통에 순응하여 포기하면 아들까지 죽을 수 있기 때문이었다.

그는 필사적으로 오른팔을 움직여 창끝을 앞으로 찔렀다.

푹!

이무기의 눈은 몸통과 달리 단단하지 않았고, 운 좋게도 창끝이 그중 하나를 깊숙하게 파고든 것이다.

끼에엑—

이무기는 괴성을 지르며 머리를 흔들었고, 끝까지 창을 놓지 않은 강구만의 신형은 실 끊긴 연처럼 왼쪽 저 멀리 내동댕이쳐졌다.

"아버지!"

위로 올라가고 있던 강일장은 팔이 뜯긴 채 날아가는 부친을 보고 비명처럼 소리쳤다. 안타깝게도 그 비명이 분노한 이무기의 시선을 끌고 말았다.

쿵!

이무기는 묵직하게 땅을 박차고 달려왔다. 그리고 순식간에 강일장이 있는 곳 아래에 당도하더니, 믿기 힘들만큼의 도약력으로 뛰어 올랐다.

강일장은 위로 올라가 피할 틈이 없다는 걸 깨닫고 급히 아래로 뛰어내렸다.

"악!"

강일장은 제대로 착지를 하지 못해 오른 발목을 접질리고 말았다. 다리를 절뚝거리며 움직이려 했지만, 몸을 틀어 뛰어내려오는 이무기를 피할 수 있는 몸 상태가 아니었다.

'신령님 도와주세요!'

강일장은 그를 향해 덮쳐오는 이무기를 차마 보고 있을 수 없어 눈을 질끈 감고 속으로 외쳤다. 아버지가 산으로 갈 때마다 빌었던 신령에게, 그도 일을 배우기 시작하면서 풍요와 안녕을 기원했던 신령에게 빌고, 또 빌었다.

*　　*　　*

펑! 쿠당탕탕!

강일장은 엄청난 폭발 소리와 대지를 거칠게 울리는 소리를 듣고 감았던 눈을 조심스럽게 떴다.

'신령님이다!'

이무기는 한쪽 구석에서 바동거리며 몸을 일으키고 있었다. 하지만 강일장이 보는 건 이무기가 아니라, 그 앞에 선 신령이었다.

신령은 사당에서 보았던 형상과는 달랐다. 등이 커다랗게 툭 튀어나와 있는 꼽추로 지팡이를 짚고 있었고, 머리카락은 보기 흉하게 드문드문 났으며, 언뜻 보기에도 대단히 못생긴 추남이었던 것이다. 신령에게서 느껴질 만한 고상함과 신묘함을 전혀 찾아 볼 수 없는 몰골이었다.

하지만 강일장은 의심하지 않고 신령이라고 굳게 믿었다.

'아버지!'

강일장은 퍼뜩 정신을 차리고, 부친이 쓰러진 곳으로 절뚝거리며 달려갔다. 다행이 정신만 잃었을 뿐, 숨은 붙어 있었다. 강일장은 급히 약을 꺼내 상처에 뿌리고, 옷을 찢어서 뜯겨나간 부친의 왼팔을 동여매 지혈을 했다.

응급조치로 한숨을 돌린 강일장은 다시 신령을 향해 시선을 돌렸다.

신령이 땅을 박차고 높이 날아올랐다가 이무기의 머리 위로 떨어지고 있었다.

"아!"

강일장은 눈을 동그랗게 뜨며 감탄성을 터트렸다.

이무기의 머리 위로 떨어지던 신령의 발은 순식간에 십여

개로 늘어났고, 짙은 안개를 밀어낼 만큼 강력한 기운을 뿜어
냈다.

　파파파파파팡—

　이무기의 머리가 신령의 발에 맞으며 위 아래로 흔들렸다.
하지만 이무기는 이무기. 엄청난 충격을 받고 있음이 분명한
데도 끝내 머리를 치켜 올리며 신령을 물려고 했다.

　강일장은 영사가 한입에 잡아먹히고, 부친의 왼팔이 가볍게
뜯겨 나간 광경을 보았기에 저도 모르게 두려움을 느끼며 위
험하다고 소리쳤다.

　순간, 강일장은 신령의 시선이 자신을 향했다고 생각했다.
옆으로 쭉 찢어진 눈이 그를 향해 잠시 반짝였기 때문이다. 하
지만 그것이 착각이었다는 듯 신령은 공중에서 신형을 이리저
리 비틀면서 이무기의 날카로운 이빨을 피했고, 또다시 회전
을 하며 몸통 위로 내려섰다.

　꼽추의 몸으로 공중에서 저러한 움직임을 보여줄 수 있다는
건 강일장이 생각할 때 인간으로서 불가능한 것이었다.

　'저분은 신령님이 분명해.'

　파파파파파파팡—

　신령은 이무기의 몸체를 향해서 한손으로 일순간에 십여 번
을 내리쳤고, 그때마다 이무기는 크게 출렁이며 괴성을 질러
댔다.

　훙—

통나무를 연상시키는 굵고, 기다란 이무기의 꼬리가 신령을 향해 휘저어졌다.

퍽!

위로 뛰어올랐지만 완벽하게 피하지 못한 신령은 강일장의 부친처럼 공중에서 내동댕이쳐졌다.

"신령님!"

강일장은 안타까운 목소리로 소리쳤다. 하지만 그의 음성은 곧바로 탄성으로 바뀌었다. 공중에서 아래로 곤두박질치던 신령이 몸을 뒤틀어 균형을 잡더니, 땅에 안정적으로 착지했기 때문이었다.

"빌어먹을 도마뱀새끼가, 어따 대고 꼬리를 흔들고 지랄이야—!"

강일장은 처음으로 신령의 음성을 들을 수 있었다. 듣기 거북할 만큼 거칠고, 째진 목소리인데다가 그 말투 또한 시정잡배를 연상케 할 만큼 천박했다.

하지만 강일장은 그런 것에 조금도 믿음이 흔들리지 않았다. 오히려 외모와 목소리, 말투가 조화롭다고 생각했다. 또한 이무기에게 분노를 터트리기에는 더할 나위 없이 잘 들어맞는 목소리와 말투라고 생각했다.

"신령님, 그놈을 요절내 버리세요—!"

이번엔 확실히 신령의 시선이 강일장을 향했다. 강일장은 환하게 웃으며 손을 흔들었다. 신령의 입가가 살짝 비틀어졌다. 웃는 건지, 인상을 쓰는 건지 알기 힘든 변화였지만, 강일 장은 자신에게 반응을 보였다는 것에 기뻐했다.

이무기가 움직였다. 땅을 묵직하게 짓누르는 걸음은 이전보다 빨랐고, 톱니처럼 삐죽이 튀어나온 이빨은 무엇이든 물어뜯어 버리겠다는 듯 사납게 번뜩였다.

타탁.

신령은 바닥을 박차며 뒤로 물러났다. 그리고 곧바로 오른쪽으로 몸을 꺾는다 싶더니, 이무기의 아가리가 지척까지 이른 순간 공중으로 뛰어올랐다. 이무기는 포기하지 않고 아가리를 잔뜩 벌리며 신령의 다리를 물기 위해 두 발로 일어섰다.

신령은 급히 다리를 오므리고, 지팡이를 좌우로 잡아당기면서 아래로 내리쳤다.

번쩍.

차가운 빛이 번개처럼 길게 번지며 이무기의 얼굴을 쓸고 지나갔다.

끼아악—

이무기의 하나 남은 눈동자가 둘로 갈라지며 누런 진물이 쏟아졌다. 신령의 지팡이는 그냥 지팡이가 아니라, 서슬 퍼런 날을 감추고 있었던 것이다.

신령은 시각을 잃은 이무기의 좌우로 뛰어다니며 활짝 펼친 손바닥으로 몸통 이곳저곳을 두드리기 시작했다. 이전처럼 큰 충격음이 나진 않았지만, 손바닥에 격중될 때마다 이무기의 몸이 크게 뒤틀리고, 끔찍한 괴성이 터져 나왔다.

이무기는 머리를 이리저리 돌리며 이빨을 세우고, 땅이 움푹 움푹 패일 만큼 거칠게 꼬리를 흔들었지만, 너무도 빠르게 움직이는 신령을 막을 수가 없었다.

결국 이무기의 거센 저항도 얼마 있지 않아 한계를 드러냈다.

끼이이—

비틀거리던 이무기는 아가리로 푸르죽죽한 액체를 쏟아내고, 확연하게 힘이 빠진 소리를 내면서 바닥으로 무너졌다. 그리고 신령은 그런 이무기의 머리로 다가가 턱 밑에 칼끝을 겨냥하더니 손잡이까지 깊숙하게 찔러 넣었다.

'죽었다.'

강일장은 신령이 이무기의 턱 끝에서 칼을 뽑아내고, 칼날에 묻은 피를 털어내는 걸 보고 모든 게 끝났다는 걸 알게 되었다.

강일장은 아까보다 낯빛이 창백해지고, 숨결이 가늘어진 부친을 쳐다보았다. 그리고 결심을 하고 신령을 향해 절뚝거리며 달려갔다.

*   *   *

잔혹마(殘酷魔) 금명.

추귀(醜鬼)라는 별호로 더욱 유명한 그는 놀라운 무위를 펼쳐 이무기를 때려잡았지만 신령이 아니었다. 결코 신령이 될 수 없는 인물이었다. 그는 안휘에서는 사신보다 더 무서운 존재로 인식되고 있는 사파의 고수였으니까.

"신령님, 살려주세요! 아버지를 살려주세요!"

강일장은 금명 앞에 납작 엎드려 머리를 조아리며 애원했다.

'이놈은 아까부터 뭐라는 거야?'

금명은 어이없다는 시선으로 강일장을 내려다봤다. 자신을 신령이라고 부르질 않나, 아비를 살려달라고 애원하질 않나.

'그냥 죽여 버릴까?'

무림과 상관없는 양민이란 게 걸리기는 하지만, 십 년을 넘게 이어져 온 그의 잔혹한 행실과 안휘에 넓게 퍼진 악명을 생각하면 강일장을 죽이는 건 일도 아니었다.

하지만 금명은 잠시 고민을 하고 살심을 접었다. 자신을 신령이라 믿고 공경에 공경을 더하는 강일장의 모습이 싫지 않았기 때문이다.

'게다가……'

이곳 대지의 신묘한 기운을 먹고 자라 수백 년을 살았고, 영사를 잡아먹으며 더욱더 강한 영물이 된 도마뱀을 생각보다 쉽게 죽일 수 있었던 건, 강일장의 아비가 도마뱀의 한쪽 눈을 실명시킨 덕분이 아닌가.

'까짓것.'

금명은 삼 년 만에 영물을 잡은 걸 기념할 겸, 가짜 신령 노릇을 해주기로 결정했다.

"오늘 네가 보았던 것들을 모두 잊는다면 네 아비를 살려주마."

"소인의 목숨을 걸고 입을 다물겠습니다."

"네가 목숨을 걸 것도 없이, 나에 대한 이야기가 조금이라도 퍼져나가면 직접 그 목을 취하기 위해 찾아갈 것이다."

강일장은 몸을 부르르 떨었다. 금명에게서 풍겨 나오는 살기 때문이었다.

금명은 그런 강일장을 지나쳐 의식도 없이 미동도 않고 있는 강구만에게 가서 맥을 짚고, 눈을 까뒤집어 보고, 입을 벌려 혀를 살피고, 몸 이곳저곳을 찔러 본 뒤 잠시 생각에 잠겼다. 그리고는 곧 싸움의 여파가 미치지 않았던 안개 안쪽으로 걸어가 산삼 꽃 하나를 지팡이로 툭 건드렸다.

쉭―

산삼의 보호자를 자처하듯 화사한 색깔의 길고 커다란 영사가 모습을 드러냈다. 당장이라도 독액을 분사할 것처럼 곧장 머리를 치켜들었다. 하지만 금명이 붉게 변한 손날을 가로로 휘두르자 치켜들었던 머리는 댕강 잘려서 바닥을 뒹굴었다.

금명은 머리가 잘린 영사의 몸통을 들고 강구만에게 갔다. 강일장은 신령에 대해 확고한 믿음을 갖고 있기에 아무 말도 않고 옆에서 조용히 지켜보았다.

주르륵.

영사의 몸통을 위로 들고, 잘린 부위를 강구만의 얼굴로 기울이자 붉은 피가 그의 입으로 쏟아져 내렸다.

금명은 영사의 피를 모두 강구만의 입으로 흘려 넣고 나서 그를 일으켜 앉힌 뒤 등에 손바닥을 가져다 댔다.

후끈.

거대한 공력이 금명의 오른 팔뚝을 타고 등으로 이어졌고, 얼마 있지 않아 강구만의 몸 전체가 붉게 달아오르며 열기에 휩싸였다.

"우웩!"

순간, 눈을 번쩍 뜬 강구만은 한 사발의 검은 피를 쏟아냈다.

"아버지!"

얼굴이 환해진 강일장이 소리쳤다. 하지만 강구만은 의식을 완전히 찾은 게 아닌 모양이었다. 곧바로 다시 눈을 감고 땅에 누웠으니까.

하지만 볼에 홍조를 띠고, 이전보다 호흡이 깊고도 강해진 걸 보면 몸 상태가 좋아진 것이 분명했다.

금명은 이어 팔이 뜯겨나간 부위를 다시 살피고, 자신의 금창약을 바른 뒤에, 품에서 꺼낸 천으로 새로 동여매고 물러났다.

"됐다."

"신령님, 아버지는 이제 사실 수 있는 겁니까? 예전처럼 건강해지시는 겁니까?"

"죽지는 않는다."

금명의 대답은 투박하고, 성의가 없었지만 강일장에게는 그 정도만 해도 충분했다.

"감사합니다, 신령님. 감사합니다."

강일장은 감격에 겨운 눈물을 흘리면서 금명의 앞에 엎드려 머리를 조아리고, 또 조아렸다. 그렇게 그냥 두었다가는 평생 그치지 않을 것만 같았다.

금명의 미간이 찡그려졌다. 사실 이런 진심어린 인사를 받는다는 게 나쁜 기분은 아니었으나, 칭찬도 한두 번이라고 하지 않던가.

"귀찮다. 그만해라."

"감사합니다, 감사합니다."

"⋯⋯."

"감사합니다, 감사합니다."

"야—!"

금명의 일갈에 주변 안개가 출렁였고, 강일장은 놀라서 뒤로 벌러덩 쓰러졌다.

"그만하라고."

"예, 예, 신령님."

금명은 부들부들 떨면서도 다시 엎드려 공경의 태도를 잃지 않고 머리를 조아리는 강일장을 뒤로 하고서 도마뱀의 사체로 다가갔다.

'어디 보자.'

도마뱀을 이리저리 둘러보며 꼼꼼히 살펴본 금명은 지팡이에서 칼을 빼든 뒤 머리와 몸통 사이에 섰다.

우웅—

금명이 내공을 가득 끌어올려 밀어 넣자, 칼이 진동을 일으키며 강력한 기운을 발산했다.

"합!"

스악—

보통 사람에게는 보이지도 않는 속도로 내리쳐진 칼은 그대로 도마뱀의 머리를 몸에서 분리시켰다.

'뭘 하시려는 거지?'

강일장은 궁금증 어린 시선으로 금명을 쳐다보았다.

금명은 매끈하게 잘린 목 부위를 잠시 살피다가 그 안으로 손을 쑥 집어넣어 휘젓기 시작했다.

주물럭주물럭.

듣는 것만으로도 속이 울렁거리는 소리였다. 지켜보던 강일장은 구역질이 목구멍까지 올라온 것을 손으로 틀어막고 참아냈다.

"여기 있군."

어깨까지 집어넣고 한참이나 도마뱀의 사체 속을 헤집던 금명은 목적한 것을 찾았는지 다시 팔을 뺐다.

번쩍!

금명의 손에 잡혀 나온 것은 새알만 한 크기의 하얀 구슬이었고, 밖으로 나온 순간 주변을 환하게 물들일 만큼 강력한 빛을 뿜었다. 울렁거리는 속을 다독이며 빤히 보고 있던 강일장은 그 빛으로 인해 잠시 동안 앞을 보지 못할 정도였다.

"······?"

조금 뒤 강일장은 시력을 되찾았다. 하지만 금명의 모습은 어느새 사라진 상태였다.

"끙."

안타까움에 벌떡 일어나 주변을 두리번거리던 강일장은 부친의 신음 소리를 듣고 다시 앉았다.

"아버지, 정신이 드세요?"

"이, 일장이냐?"

목소리에 힘이 없었지만, 강구만이 눈을 뜨고 있는 걸 보면 의식이 다시 돌아온 건 분명했다.

강일장은 기쁜 마음으로 대답했다.

"예, 아버지. 저 일장이에요."

"우, 우리가 지금 어디 있는 거냐? 여기가 저승이냐?"

"아니에요, 아버지. 우린 살았어요. 신령님이 나타나셔서 이무기를 죽이고, 아버지까지 치료해 주셨어요."

"그게 무슨 말이냐? 신령이라니?"

"신령님이요. 외향은 추하고, 기세와 눈빛은 벼락처럼 무서웠지만, 분명 그분은 신령님이었어요. 신령님이 우릴 구해 주셨어요."

강구만은 방금 의식을 찾은 상태라 아들의 말을 제대로 이해할 수 없었다. 하지만 지금 그게 무슨 상관이겠는가. 죽게될 거라 생각했는데, 이처럼 목숨을 부지할 수 있게 되었으니, 그것만으로도 감사하고, 또 감사할 일이었다.

강구만은 아들의 손을 잡고 입가에 미소를 지었다.

"그래, 산을 내려가거든 가장 먼저 사당을 찾아 목숨을 구해 주신 것에 대해 감사를 드리자꾸나."

*   *   *

목적한 바를 이룬 금명은 협곡을 나온 뒤 경공을 펼치며 빠르게 산을 내려갔다. 하지만 그는 얼마 있지 않아서 멈춰 섰다. 적당한 곳을 발견했기 때문이다.

'볕이 잘 들어 양기가 강하면서도, 바위 아래로 적당한 음기를 머금어 어느 쪽으로도 기운이 쏠리지 않는 최적의 장소다.'

금명이 선택한 곳엔 나무가 무성하게 자라 있지 않아 하늘이 넓게 열렸고, 커다란 바위가 평평한 등을 펼친 채 누워 있었다.

메고 있던 봇짐을 내려놓고 바위 위에 가부좌를 틀고 앉았다. 그리고 이틀 동안 꼼짝도 않고서 내기를 다스리고, 정신을 가다듬어 심신을 조화롭게 유지하는데 전력을 기울였다.

*　　　*　　　*

때는 해가 져가고 있는 유시(酉時; 오후 5시~7시) 무렵.

"후……."

금명은 이틀 만에 눈을 뜨고, 균형감 없이 살짝 삐뚤어진 입술을 벌리며 길게 숨을 내뱉었다.

"좋아, 준비됐다."

천천히 일어나 오감을 예민하게 살리고 물을 찾기 시작했다.

그의 감각이면 최소 십 장 안에 작은 물웅덩이만 있어도 알아챌 수 있을 것이었다.

'염병, 없네.'

금명은 바위를 박차고 공중에서 한 번 회전을 한 뒤 굵은 나뭇가지 하나를 무겁게 밟고 그 탄력을 이용해 더욱 높이 뛰어올랐다.

순간, 어둑하게 가라앉기 시작하는 드넓은 산자락의 모습이 시야에 들어왔고, 날카롭게 번뜩이는 눈이 빠르게 지형을 살폈다. 영물을 찾기 위해 지겹도록 공부한 풍수지식을 활용하는 것이다.

'저기다!'

금명은 물이 있을 만한 지형이라 판단되는 곳을 향해서 지체 않고 몸을 날렸다.

답설무흔(踏雪無痕)이나 등평도수(登萍渡水)와 같은 전설적인 경공에는 미치지 못할 것이나, 꼽추인 금명이 나무 위를 뛰어넘으며 산을 오르내리는 모습은 신기함을 넘어 경이롭기까지 했다.

신체적 불리함을 이겨내고 이러한 경지의 경공을 펼치기까지 그가 쏟았을 노력이 얼마나 엄청났을지 범인은 감히 상상도 못하리라.

일각 가량을 달린 끝에 목적한 지형에 이르렀다. 그리고 다시 오감을 살려 물을 탐색하기 시작했다.

'오른쪽이군.'

미미하게 물이 흐르는 소리와 청량한 내음을 감지한 금명은 오른쪽으로 달려갔다. 주위는 어느새 어두워져 있었지만, 그의 걸음엔 조금의 망설임도 보이지 않았다.

휘리릭—

땅을 박차고 솟구쳐 올라 굵직한 나뭇가지를 무겁게 밟고 멀리 뛰어오른 금명은 세 번이나 회전을 한 끝에야 땅에 내려섰다.

그가 바라보는 곳엔, 석 장도 되지 않는 높이에서 가는 물줄기가 떨어져 작은 웅덩이를 형성하고 있었다.

한 사람 정도가 간신히 들어갈 정도의 넓이였고, 보통 사람은 가슴 높이밖에 되지 않는 깊이였다. 하지만 꼽추인 금명이 그 안에 들어가자 턱까지 이르렀다.

'차갑기는 하지만, 양이 조금 부족할 것 같은데.'

지난날의 경험을 돌이켜 볼 때, 이 정도 물의 양으로는 충분하지가 않았다. 하지만 다시 물을 찾아 헤매고 싶지는 않았다. 아까 전 지형을 살펴본 바로는, 근방에서 이 이상의 물웅덩이를 찾기도 어려울 것이었다.

더구나 쓸데없이 시간을 흘려보냈다가 이틀 동안이나 노력을 기울여 내기를 다스리고, 정갈하게 길들인 몸 상태가 다시 흐트러질 수도 있었다.

위를 올려다보았다. 하늘엔 둥그런 달이 떠서 새하얀 빛을 뿌리며 대지로 음의 기운을 가득히 뿌리고 있었다.

'시간상으로 봐도 지금이 딱 적절하다.'

금명은 결심을 굳히고 웅덩이 옆에 내려놓은 봇짐 안에서 가죽 주머니를 꺼냈다. 그 안에 든 것은 새알만 한 크기의 하얀 구슬이었다.

이틀 전 영물 도마뱀의 몸에서 꺼낸 정기의 결정체, 세상에서 흔히 내단이라 부르는 것이었다.

하지만 이틀 전과 달리 내단은 눈부실 정도의 빛을 발하고

있지 않았다. 그저 달빛을 받아 요요하게 번들거리고 있을 뿐
이었다.

'삼 년만이라 긴장되는걸.'

이목구비가 부자연스럽게 자리 잡고 있는 금명의 못생긴 얼
굴이 더욱 보기 흉하게 찌푸려졌다. 내단을 삼키고 나서 감당
해야 할 끔찍한 고통이 떠올랐기 때문이다.

특히 이번 것은 이제껏 보았던 것들 중에서 가장 큰 내단이
아닌가. 그만큼 기대도 크지만, 닥쳐올 고통도 비할 바 없이
지독할 게 분명했다.

'하지만 해야 한다.'

금명은 결심을 굳히자마자 내단을 입에 머금었다. 크기가
작지 않은지라 한 번에 삼키는 건 쉽지 않았고, 그래서 웅덩이
에 얼굴을 담그고 물과 함께 삼켰다.

꿀꺽.

단단한 내단이 목에서부터 아래로 내려가는 게 느껴졌다.
하지만 어느 순간 그 느낌은 사라졌다.

용해된 것일까?

내단이 몸속에서 변화하는 현상과 과정을 어떤 말로 표현해
야 할지는 수많은 책을 읽고, 몇 번이나 직접 경험한 금명도
대답해 줄 수 없었다.

사실 그는 관심도 없었다. 내단의 딱딱한 존재감이 사라진
후 생겨날 현상에 대처하는 것만 해도 부족할 판이었으니까.

"으으……."

생겨날 현상에 집중하는 것

웅덩이에 몸을 담근 채 때가 되길 기다리고 있던 금명의 눈썹이 흔들렸다.

이틀간 먹은 게 아무것도 없음에도 갑작스럽게 복부를 압박하는 포만감 때문이었다.

'헉! 염병할 것이 빨리도 왔구나!'

포만감에 이어 복부 안에서 엄청난 열기가 생겨나기 시작했다. 이전과 비교해도 대단히 빠른 속도였다.

금명은 무공이 경지에 오르고부터 보통 사람보다 추위와 더위를 잘 참아낼 수 있었다.

하지만 내부를 단숨에 태워 버릴 것만 같은 이 열기는 그러한 인내심이 소용없었다.

피가 나도록 이를 악물었음에도, 정신이 아찔할 만큼 고통스러워 절로 몸이 부들부들 떨렸다. 하지만 금명은 참았다. 이겨내지 못하고 입을 벌리거나, 정신을 잃었다가는 그대로 황천행이었으니까.

부글부글.

웅덩이에 기포가 생겨나며 끓기 시작했다. 석 장 높이에서 떨어지는 물줄기는 금명의 머리와 닿자마자 수증기가 되어 자욱하게 주변으로 번져갔다.

시간이 갈수록 웅덩이의 수면이 줄어들고, 수증기는 더욱 짙어져 금명의 모습까지 완전히 가려 버렸다.

*　　　*　　　*

얼마나 시간이 흘렀을까.

달의 위치는 대략 자시(子時; 오후 11시~오전 1시)를 가리키고 있으니, 두 시진 가까이 흐른 것이리라.

주변이 온통 수증기로 가득했다. 웅덩이의 물은 발치만 간신히 채울 정도밖에 남아 있지 않았다. 하지만 열기는 이전보다 확연하게 가라앉아 있었다.

머리 위로 떨어지던 물줄기도 더 이상은 수증기로 변하지 않았다. 점차로 기온이 떨어지고, 안개처럼 주변을 감싸고 있던 수증기의 두께가 엷어지면서 금명의 모습이 드러나기 시작했다.

그는 나신의 상태였다. 걸치고 있던 의복은 진작 재로 변해서 수증기와 함께 공기 중에 흩어졌고, 보기 흉하게 구부러진 허리와 툭 튀어나온 등, 그러면서도 온통 근육으로 똘똘 뭉쳐져서 기묘한 강인함을 느끼게 하는 육체가 고스란히 드러나 있었다.

꼭 감겨 있던 눈꺼풀이 잘게 흔들렸다. 그리고 갑자기 눈이 떠졌다.

번쩍!

짙게 깔린 어둠을 단번에 꿰뚫어 버릴 듯한 빛이 가느다란 눈에서 번개처럼 분출되었다. 단전에 용해된 내단의 기운이 발현된 것이다.

허나, 그러한 빛은 순식간에 사라지고, 본래의 날카롭고 살기어린 눈빛으로 돌아왔다.

"……."

천천히 고개를 위로 들었다. 달을 보고 시간을 가늠하기 위해서였다.

이어 좌우를 둘러보고, 발목까지 찬 웅덩이를 확인했다. 그리고 마지막으로 자신의 몸을 내려다보았다.

자신의 몸을 보던 금명의 미간이 내 천(川) 자를 그렸다. 그냥 두어도 보기 좋지 않은 얼굴이 악귀처럼 일그러졌다. 몸을 부들부들 떨었다.

이번엔 고통 때문이 아니었다. 지금 그의 정신과 육체를 가득 채워가고 있는 건……, 분노였다.

"으아—!"

막대한 공력이 실린 금명의 고함이 엄청난 진동과 함께 밤하늘로 퍼져나갔다.

주변 나무들이 음공의 영향을 받아 흔들리고, 저 멀리 둥지에서 잠자던 새들이 놀라 날아올랐다.

털썩.

금명은 힘없이 주저앉았다. 그의 흉한 몸뚱이는 더욱더 초라하게 움츠러들었다.

"왜냐, 왜 안 되는 거냐. 도대체 얼마나 많은 내단을 먹고, 얼마나 많은 공력을 쌓아야 가능한 거냐. 진정 그것은 신선의 경지란 말이냐."

그는 울고 싶었다. 눈물이라도 펑펑 흘리고 싶었다. 이번에는 될 것이라 믿었고, 그만큼 기대했기에 절망감과 상실감이 더욱 크게 찾아와 그를 괴롭혔다.

하지만 그는 잔혹마 금명이었다. 말단으로 호명되고 있기는 하지만, 수많은 무림인들 중에서도 손꼽히는 오십삼 명의 고수 중 일인인 것이다.

"아직이다!"

금명은 벌떡 일어났다.

그의 나이 마흔.

스무 살 때부터 본격적으로 영물을 찾아다녔으니 이제 고작 이십 년을 노력한 셈이다. 앞으로도 시간은 많이 남아 있었다.

추악한 외모와 꼽추라는 이유로 조롱과 괄시, 비난을 받아왔지만, 결국 노력에 노력을 거듭하여 지금의 능력과 위치까지 오르지 않았던가.

자신에게 포기란 말은 어울리지 않았다. 최소한 지금은 그 말에 굴복하고 싶지 않았다.

금명은 하늘을 향해 소리쳤다.

"염병할 하늘아! 빌어먹을 하늘아! 기다려라! 언젠가 반드시

환골탈태하여 네놈의 개지랄 같은 저주에서 벗어나고 말겠
다—!"

분노와 악으로 똘똘 뭉친 음성이 주변을 쩌렁하게 울리며
하늘 높이 퍼져나갔다.

금명은 웅덩이를 나와 봇짐에서 옷을 꺼내 입고, 천천히 걸
음을 옮겼다. 그리고 점차로 속도를 높이더니, 보통 사람은 입
이 떡 하고 벌어질 만큼 빠른 경공을 펼치며 산 아래로 달려
내려갔다.

第二章

안휘 남쪽 끝자락 석태(石台).

절강을 떠난 금명은 맡은 임무를 처리하기 위해 서쪽으로
이동하고 있었다.

탁 탁 탁 탁.

빠르지도, 느리지도 않은 일정한 박자로 지팡이가 땅을 짚
는 소리는 사람들의 시선을 잡아끌었다. 그 시선은 자연히 지
팡이의 주인인 금명에게 쏠렸다. 허리가 심하게 굽어진 꼽추
란 점이 그들의 관심을 끈 것이다.

하지만 그들의 표정과 눈동자에선 점차 호기심이 사라지고,
경멸의 감정이 들어찼다. 금명의 용모가 너무나 추악했기 때

문이다. 그들 생전에 이처럼 못생기고, 상종하고 싶지 않은 얼굴의 꼽추는 처음 보았으리라.

허나, 이와 같은 주목을 받은 적이 한두 번이 아닌 금명은 사람들의 시선을 무감각한 표정으로 받아 넘겼다. 그렇다고 분노하지 않는다는 게 아니었다. 상대할 가치도 없다 여기고 무시하고 있는 것이다.

공자는 자신의 나이 마흔이었던 시기를 불혹(不惑)이라 하여 세상일에 미혹되지 않았다고 하였는데, 금명도 같은 나이에 그와 같은 경지에 이르렀다고 할 수 있을까?

물론, 아니다. 금명은 단지 상대를 가릴 뿐이다. 손짓 한 번이면 죽여 버릴 수 있는 자들 때문에 손을 더럽히고 싶지도, 촌각의 시간을 낭비하고 싶지도 않았다.

금명은 관도에서 얼마 떨어져 있지 않은 객잔을 발견하고 멈춰 섰다. 요 며칠 간 제대로 된 음식을 먹은 적이 없었기에 오랜만에 속을 든든히 채울 생각이었다.

객잔 밖에 천으로 간단히 차양을 치고 차려진 탁자는 먼저 찾아온 손님들이 다 차지하고 있었다. 대낮인데도 날이 선선해서일 것이다. 그래서 별수 없이 안으로 들어가야 했다.

헌데, 시기가 맞아떨어진 건지, 아니면 원래부터 목이 좋아 그런지 모르지만, 객잔 안에도 손님들이 그득하여 시장 바닥처럼 시끌시끌했다.

척 보아도 자리를 구하기가 어려워 보였다.

"어서 오······십시오."

점소이의 인사는 매끄럽지 못했고, 금명을 쳐다보는 표정도 별로 좋지 않았다. 그리고 계산대로 고개를 돌려 주인을 쳐다보는데, 그 주인이 보내는 눈짓도 심상치가 않았다.

"자릴 다오."

금명은 예의 투박하고, 단순한 말투로 자릴 요구했다. 아무리 손님이 많아도 자릴 만들어낼 수 있는 게 점소이의 능력이라 생각하기도 했지만, 저 끝자락에 한 자리가 비어 있는 걸 보았던 것이다.

"어쩌지요. 자리가 없습니다."

점소이는 금명의 시선을 슬며시 회피하며 말했다. 그의 의지라기보다는 주인의 소리 없는 지시를 받았기 때문이리라. 금명의 추악하고, 지저분한 몰골은 이득에 목을 매는 장사치에게도 거부감을 느끼게 하는 모양이었다.

어쩌면 장사가 워낙 잘 돼서 주인이 손님을 가려 받을 정도로 배가 불렀는지도 모를 일이었다.

'열 받네.'

금명의 한쪽 눈썹이 치켜올라갔다.

아무리 상대를 가려서 분노를 표출한다지만, 이처럼 무시와 거부를 당하고도 참고 있을 수는 없었다. 양민이고 뭐고 간에 잔혹마 금명의 흉포함과 잔악성을 드러낼 이유가 성립된 것이다.

지금의 상황을 말하자면, '잔혹마가 살인에 대한 명분을 얻었다' 라고 정의 내릴 수 있었다.

"이보세요. 내 눈에는 저기 자리가 비어 있는 것이 보이는데, 당신 눈엔 보이지 않는다니. 눈에 뭔가 문제가 있는 게 분명합니다. 지금 당장 의원을 찾아가 보라고 권하고 싶군요."

막 살심을 겉으로 드러내려고 했던 금명은 객잔 안으로 들어서며 나이에 맞지 않게 한바탕 훈계를 늘어놓는 소년을 쳐다보았다.

낯빛이 창백하게 보일 정도로 하얀 소년의 뒤로 얼굴을 면사로 가리고 있는 여인이 따라 들어왔는데, 소년과는 오누이 관계처럼 보였다.

점소이는 당황한 표정으로 소년에게 반문했다.

"예? 무슨 말씀이십니까요."

소년의 옷차림과 용모가 말끔하고, 신분이 높아보여서 점소이는 저도 모르게 경칭을 썼다.

"바로 저쪽 끝에 자리가 있잖아요. 어서 이분과 우리 두 사람을 저 자리로 안내하란 말입니다."

상황이 이렇게 되자 계산대에서 눈짓을 보내던 주인도, 어떻게든 금명을 내보내려고 했던 점소이도 더 이상 모른 척하고 있을 수가 없게 되었다.

주인은 점소이가 묻는 시선으로 쳐다보자 인상을 찌푸리면서도 그냥 안내해 주라는 듯 손을 내저었다.

"아, 이런. 제가 미처 그쪽을 보지 못했군요. 죄송합니다. 자, 이리로 따라오시지요."

아직까지 살심을 품고 있는 금명에게 소년이 정중히 포권을 취했다.

"형씨께서 먼저 가시죠."

"……."

금명은 하마터면 헛웃음을 터트릴 뻔했다. 자신의 나이가 마흔이고, 소년은 아무리 높게 봐주어도 열다섯을 넘지 않아 보이는데, 형씨라니.

"그러지."

하지만 금명은 대수롭지 않다는 표정으로 응수하며 먼저 점소이를 뒤따라갔다. 그가 자리에 앉고, 이어 소년과 여인도 뒤따라서 맞은편에 앉았다.

"무얼 드시겠습니까요?"

금명의 외모 때문인지, 아니면 고의로 내보내려고 했던 것 때문에 양심의 가책을 느껴서인지 모르지만, 점소이는 금명의 시선을 살짝 외면하며 물었다.

"각기 고기, 생선, 야채를 주재료로 해서 만든 세 가지 요리를 가져오되, 기름은 평소의 절반 수준으로 사용해서 느끼함을 없애는데 중점을 두고 요리하라고 숙수에게 전해라. 그리고 모태주 한 병."

점소이는 까다롭기 그지없는 주문에 어리벙벙한 표정을 짓다가 퍼뜩 정신을 차리고 말했다.

"죄송하지만, 모태주는 없습니다요."

"그럼 백주(白酒) 종류는 뭐가 있지?"

백주는 증류 과정을 거쳐서 색이 물처럼 맑은 술을 말하는 것이다.

"분주가 있습니다."

금명은 눈살을 찌푸렸다. 분주는 매우 흔하여 값이 싼 이점이 있지만, 그만큼 제대로 맛을 낸 분주를 파는 곳이 드물었다. 그리고 이런 객잔에서 좋은 분주를 가지고 있을 가능성은 매우 낮았다.

하지만 금명은 고개를 끄덕였다.

"어쩔 수 없지. 분주 한 병."

점소이는 생긴 것과 전혀 어울리지 않게 주문을 한다고 내심 투덜거리며, 소년과 여인에게도 물었다.

"소면 두 그릇이요."

나이도 어린 것이 당당히 훈계를 하고 자릴 요구하고 앉은 것을 감안하면 너무나 조촐한 주문인지라, 점소이는 어이없다는 표정을 지었다. 허나, 소년은 그런 반응에 전혀 개의치 않았다.

그런 당당함에 주눅이 든 점소이는 얼른 자리를 떠났고, 세 사람이 앉은 탁자는 주변의 시끌시끌함과는 별개의 세상인 것처럼 잠시 침묵을 유지했다.

소년은 호기심 가득한 눈동자로 연신 좌우를 둘러보았다. 그러다 뭔가 마음에 들지 않는다는 듯 미간을 찌푸렸다.

"뭘 그렇게 보십니까? 제 얼굴에 뭐가 묻었습니까?"

금명의 굽어진 등과 못생긴 용모를 힐끔거리며 불쾌한 표정을 짓던 옆자리의 사내는, 소년이 그의 앞으로 얼굴을 불쑥 내밀며 묻자 헛기침과 함께 고개를 돌려 버렸다. 다른 손님들도 사내처럼 금명을 힐끔거리고 있다가 얼른 시선을 거두며 음식과 술을 먹는데 치중했다.

소년은 또 재밌는 거 없나, 하는 표정으로 주변을 두리번거리다가 싫증이 난 듯 금명을 쳐다보았다. 소년의 맑은 눈동자와 표정만 보자면 금명의 추악한 외모에 전혀 신경 쓰지 않는 것 같았다.

금명의 입장에선 매우 독특한 소년이었다.

"이렇게 합석을 한 것도 인연이라면 인연이니, 통성명을 하는 게 어떻겠습니까. 전 묵담철이라 하고, 이쪽은 제 누님이 되십니다."

시원스레 자신의 이름은 알려주어도, 누이의 이름은 함부로 밝히지 않는 걸 보면 남녀가 유별하다는 예를 아는 집안에서 제대로 교육을 받고 자란 게 분명했다.

허나, 금명은 예에 대한 지식은 있어도 바른 교육을 받고 자라진 않았기에 퉁명스럽게 대꾸했다.

"내 이름을 알려줄 이유도 없고, 그리고 싶지도 않다."

"하하하, 형씨께서는 보기와 달리 겁이 많으시군요."

"뭐?"

"허면, 저와 누이를 앞에 두고 어찌 이름 석 자도 밝히지 못하신단 말입니까."

"그리 말을 하는 넌 너무 겁이 없는 것 같구나. 내 몸이 이리 볼품없다 해서 너 하나 죽일 힘조차 없을 거라고 생각하는 거냐?"

"그럴 리가요. 단지 남다른 식도락을 가지신 분과 작은 인연이라도 맺어 볼까 싶은 저의 조촐한 바람이 가볍지 않다는 의지의 표현이었을 뿐이랍니다."

"하!"

금명은 젓가락으로 탁자를 내리치며 한 소리 탄성을 질렀다. 묵담철이란 아이의 당돌한 말투가 언짢으면서도 살심이 생기지 않는 기묘한 기분의 표현이었다.

'지난번에는 날 신령이라 하며 주는 것도 없이 부탁만 하는 놈을 만나더니만, 오늘은 난데없이 친한 척을 하며 겁 없이 들이대는 놈을 만나는구나.'

금명은 자신의 삶에 뭔가 색다른 변화가 일어나려는 조짐이 아닌가, 하고 생각했다. 허나, 삼 년이나 탐색한 끝에 내단을 얻어 복용했음에도 환골탈태하지 못했음을 떠올리고는 곧 생각을 접었다.

'세상 무서운 것도 모르는 어린것들을 만난 걸 가지고 조짐은 무슨.'

금명은 자신을 말똥말똥 쳐다보는 묵담철에게 인상을 쓰며 경고했다.

"귀찮다. 말 걸지 마라."

"안타깝군요. 저는 형씨와의 만남을……."

"담철아, 되었다."

금명은 묵담철의 누이가 면사로 낯을 가리고 있어 유독 부끄럼이 많거나, 나서길 꺼려하는 성정의 여인이라 생각했다. 허나 단호하게 동생을 제지하는 걸 보면 꼭 그렇지도 않은 모양이었다.

"마음을 다하고, 몸가짐을 바르게 하여 평생토록 실천하는 것엔 무엇이 있다 했느냐?"

"성실함이 있습니다."

묵담철은 급히 자세를 정갈히 하고, 얼굴에 진중함을 담아 대답했다. 그가 누이를 매우 어려워한다는 의미일 것이다.

"성실하기 위해선 무엇부터 시작해야 하느냐?"

"말을 함부로 시작하지 않는 데서부터 시작해야 합니다."

"말을 함부로 하지 않는 것은 어느 때건 언행이 일치해야 한다는 것이기에 실천하기 어려우나, 때에 이르게 되면 안과 밖이 서로 조화를 이루어 어떤 일을 당해도 마음이 편안하고, 여유가 있어 냉철함을 유지할 수 있게 되는 것이다. 그것이 앞으로 네가 갖춰야 할 소양 중에 하나라는 걸 잘 알고 있겠지?"

"예, 알고 있습니다."

"허면, 지금 무얼 해야 하느냐?"

묵담철은 자리에서 일어나 금명을 향해 정중하게 포권을 취하며 머리를 숙였다.

"마음보다 입이 앞서서 형씨께 불편을 끼쳐드렸습니다. 아직 나이가 어려 자중의 중함을 깨치지 못해 그러하다 여기시고 너그러이 이해해 주십시오."

금명은 순식간에 돌변한 묵담철의 말투와 태도에 황당하기 이를 데 없다는 표정을 지었다.

'소학의 구절을 이용해 가르침을 내리는 누이와 이를 충실히 따르는 동생이라. 진짜 웃기는 남매구만.'

무림에 적을 둔 금명에게는 참으로 생소하고, 신기한 모습이 아닐 수 없었다.

물론, 금명이 세간에 퍼진 악명과는 별개로 대단히 많은 서적들을 탐구하고 머릿속에 담아둘 정도로 유식하기에 이해할 수 있는 대화였지만 말이다.

금명은 주변 손님들이 이상하단 시선으로 쳐다보는데도 포권을 풀지 않고 대답을 기다리는 묵담철에게 그다운 대꾸를 해주었다.

"됐다. 이제부터 서로 상종하지 않으면 그뿐이다."

"형씨께서 사과를 받아들인 것으로 이해하겠습니다."

"맘대로."

자리에 앉은 묵담철은 이후 누이처럼 입도 뻥긋하지 않았기에 탁자는 처음처럼 고요함에 휩싸였다.

헌데, 조금 전까지 묵담철이 입을 다물어 주길 바랐던 금명은 이런 고요함이 어색하고 불편하기만 했다.

'염병, 이게 뭐야.'

말을 않고 있는 것이야 그렇다고 쳐도, 마주 앉아 있다는 이유로 자신을 빤히 쳐다보고 있으니, 이건 무언의 압박과 다를 바가 없었다.

'탁자를 확 엎어 버려?'

장난스런 생각이 아니라 진심이었다. 왜 이런 기분을 느껴야 하는지도 몰라서 짜증이 날 정도였다.

"주문한 음식 나왔습니다!"

이유가 뭐건 간에 엎어 버리자, 라고 작심할 때 마침 점소이가 음식을 가져왔다.

"내가 주문한 건?"

가져온 것이 소면 두 그릇뿐이기에 금명은 싸늘한 시선으로 점소이를 노려보았다. 가뜩이나 기분이 안 좋은데, 주문한 게 나오질 않았으니 표정이 좋을 리가 없었다.

'헉! 무슨 눈빛이 이리도 살벌하냐.'

점소이는 저도 모르게 두려움이 일어 뒤로 한 걸음 물러났다.

"조, 조금만 기다려 주십시오. 늦어지는 이유는 숙수님이 가장 자신하는 음식을 골라 정성껏 조리하고 계시기 때문입니다."

심장을 헤집어 버릴 듯한 사나운 시선에서 벗어나기 위한 변명에 불과했고, 산전수전 다 겪은 금명이기에 그 의도를 모를 리 없지만, 한 번은 넘어가주기로 했다.

"그럼 술 먼저 가져와라. 당장."

"예, 얼른 가져다드리겠습니다."

점소이는 고개를 깊이 숙이며 부리나케 달려갔고, 금세 술한 병과 잔 세 개를 가져와 탁자에 조심스럽게 내려놓은 뒤, 음식이 되었는지 알아보겠다며 얼른 주방 쪽으로 사라졌다.

'잔은 왜 세 개씩이나 가져오고 지랄이야.'

금명은 두 개의 잔은 옆으로 밀어 버리고, 자신의 잔에 분주를 따라 살짝 맛을 보았다.

'역시.'

예상했던 대로 마음에 차지 않는 맛이었다. 허나, 오늘만은 맛을 신경 쓰지 않고 마시기로 했다.

꿀꺽.

한 잔을 말끔하게 비운 금명은 다시 술을 따랐다. 헌데, 옆으로 밀어 두었던 두 개의 잔이 자꾸 신경이 쓰이는 게 아닌가.

금명은 잠시 고민하다 묵담철의 누이를 향해 말했다.

"한 잔 할 테냐?"

크게 기대하고 물은 건 아니었다. 거절하면 잔을 치우거나, 가루로 만들어 버릴 생각이었으니까. 그런데 여인은 흔쾌히 받아들일 뿐만 아니라, 당돌하게도 술병에 대한 욕심까지 드러냈다.

"제가 따라 마시겠어요."

그리곤 술병을 들어 직접 자신의 잔에 가득히 따르는 게 아닌가. 게다가 어른들과 있을 때 주도를 배워두는 건 괜찮다면서 묵담철의 잔에까지 절반 정도 채워지도록 따랐다.

'이 꼬맹이의 성정이 어디서 흘러왔나 했더니, 제 누이에게서 내려왔구나.'

금명은 자신 앞에서 이런 식으로 행동하는 사람들을 본 적이 없었기에 남매에게 흥미를 느꼈다. 그리고 조금 전 침묵이 짜증났던 이유를 알게 되었다.

'이 남매는 나의 외모를 따지지도 않고, 날 보통 사람과 다를 바 없이 대하고 있다. 그래서 이들과 대화를 하는 것에 재미를 느끼고 있었던 건가.'

금명은 새삼스런 눈으로 남매를 보게 되었다. 그리고 자신에게 아직까지 사람에 대한 갈증이 남아 있다는 걸 깨닫고 내심 쓴웃음을 지었다.

"건배할까요?"

여인이 잔을 들어올리며 말했다.

"무슨 건배?"

"먹고 마실 수 있는 것에 대한 건배지요. 세상엔 이 정도의 풍요도 누리지 못하는 많은 사람들이 있답니다. 그러니 건배할 만하지 않겠어요?"

금명은 순간 가슴 한구석이 아릿하게 저려와 아무 말도 할 수 없었다. 그 누구보다 고달팠던 어린 시절을 보내왔다고 자부하던 그도, 먹고 마실 때 그런 생각을 해본 적은 없었기 때문이었다.

그의 식도락도 어린 시절 겪어야 했던 지독하고, 끔찍한 배고픔이 남겨 놓은 상처인데도 말이다.

'도대체 이게 무슨 느낌이지?'

금명은 너무나 오랫동안 느껴보지 못해서, 솔직히 느껴본 적이나 있나 싶은 감정이었기에 표현할 수 있는 단어를 곧바로 떠올리기가 쉽지 않았다.

하지만 그는 뛰어난 두뇌의 소유자였고, 얼마 있지 않아 적절한 단어를 생각해낼 수 있었다.

'아, 감명.'

내키진 않았지만, 그렇게 정의 내릴 수 있을 것이다. 하지만 자신은 안휘에서 악명으로는 따를 자가 없다는 잔혹마 금명이 아닌가. 감정에 치우쳐서 이런 정파적 성향이 강한 건배에 적극 찬동한다면 체면이 서질 않았다.

그래서 코웃음과 함께 퉁명스럽게 말했다.

"흥, 맘대로."

"그럼 제가 건배를 제안하겠어요. 내일도 지금의 풍요로움에 감사할 수 있기를 바라며, 건배."

챙.

세 개의 잔이 맞부딪치며 기분 좋은 소리를 냈다. 찌푸린 얼굴의 금명은 가만히 있고, 묵담철과 누이가 힘껏 부딪친 결과였다.

"주문하신 음식 나왔습니다!"

딱 시기적절하게 점소이가 음식을 들고 왔다.

"너희들도 먹어라."

젓가락을 집어 들던 금명이 음식을 중앙으로 밀며 말했다. 그는 남에게 자신의 음식을 권하는 일이 거의 없었다. 헌데, 먹고 싶다는 듯 음식을 힐끔거리는 묵담철을 보자, 이상하게도 나눠 먹는 게 전혀 아깝다는 생각이 들지 않는 것이다.

묵담철은 먹어도 되겠냐는 듯 제 누이를 쳐다보았다. 그런데 여인은 금명을 향해 고개를 내젓는 게 아닌가.

"동정은 사양하겠어요."

금명은 어이가 없었다. 술은 잘도 받아 마셔놓고, 음식을 먹으라 하니 동정은 싫다고 하다니. 대체 이런 변덕이 어디 있단 말인가.

당연히 기분이 나빴고, 그래서 인상을 쓰며 말했다.

"동정 아니다. 먹어라."

"그리 말씀하시니 더 먹고 싶지 않군요."

"왜? 뭐가 문젠데?"

"예가 없는 말씀을 따를 수가 없기 때문입니다."

예가 아니면 보지 말고, 듣지 말고, 말하지 말고, 행하지 말라는 말을 빗대어서 하는 말이리라. 허나, 금명의 말투는 술을 권할 때나, 음식을 권할 때나 차이가 없지 않은가.

당연히 금명의 표정이 더욱 나빠지고, 묻는 목소리엔 짜증스러움이 섞였다.

"무엇이 예고, 무엇이 예가 아니냐?"

"권하는 언행에 나누고자 하는 마음이 담겼다면 예고, 안쓰러운 마음이 담겼으면 예가 아닙니다."

"……."

금명은 말문이 막혔다.

그녀의 말대로 술을 권할 때는 같이 마시고자 하는 마음이었고, 음식을 권할 때는 묵담철이 안쓰럽다 여겼기 때문이었다.

'이 여자 뭐야?'

금명은 많은 책을 읽었다. 종류를 가리지 않고 정말 많은 책을 읽었다. 그가 읽었던 서적의 양을 듣는다면 무림인들이 깜짝 놀랄 만큼의 양이었다. 그 서적들 중에는 묵담철의 누이가 신념처럼 논하는 내용들로 가득한 것들도 있었다.

그러나 단순히 지식으로 받아들였고, 그대로 실천한다는 건 말도 되지 않고, 이상에 불과하기 때문에 가능하지도 않다고 믿었다.

그러한 책들을 읽는 내내 코웃음을 치지 않았던가.

그런데 바로 눈앞에 그처럼 실천하고자 하는 사람이 나타난 것이다.

'가만. 내가 이 어린것을 여자라고 했네.'

조금 전까지 그에게 있어 묵담철과 누이는 똑같이 어린애였다. 그런데 몇 번의 대화를 통해 이 누이라는 사람을 자신과 동등한 수준의 여자로 인식한 것이다. 즉, 이성으로 느꼈다는 말이었다.

금명은 재빨리 잔에 술을 채워 마셨다.

"흥, 먹든지 말든지 마음대로 해라."

자신의 피부가 거무죽죽하다는 걸 이때처럼 다행이라 생각한 적이 없었다. 그렇지 않았다면 붉어지는 얼굴 때문에 속내가 드러나고 말았을 테니까.

묵담철과 누이는 금명이 내심 무슨 생각을 하고 있는지도 모르고 조용히 소면을 먹었고, 얼마 있지 않아 식사를 끝냈다.

여인이 먼저 자리에서 일어났다.

"술은 고맙게 마셨습니다. 저희는 갈 길이 멀어 먼저 일어나겠어요."

금명은 그녀의 얼굴을 외면한 채 술잔만 기울였다. 묵담철이 누이를 뒤따라 일어나 포권을 취했다.

"나중에 인연이 된다면 또 뵙겠습니다."

"그럴 리는 없을 거다. 잘 가라."

금명은 작게 고개를 끄덕이며 귀찮다는 듯 손을 내저었다.

그렇게 남매는 떠났고, 금명은 혼자 남았다.

'젠장할.'

복잡 미묘한 기분이었다.

그의 생전에 이런 만남이 또 있을까 하는 생각이 들어 아쉬움이 생겼고, 이처럼 쉽게 마음이 동요되고 있다는 것에 화가 났다.

'정신 차려라. 넌 잔혹마 금명이다.'

금명은 골치 아프게 하는 생각을 떨치기 위해 술을 마셨다. 그리고 비어 버린 술병이 하나둘씩 늘어나 열이 되었을 때 자리에서 일어났다.

그는 살짝 비틀거렸다. 지팡이에 의지해야만 할 정도였다. 그의 공력이 깊고, 무공이 높다는 걸 감안해도 너무나 많은 양의 술을 마신 것이다.

하지만 그가 계산대에 이르렀을 때쯤엔 그의 움직임은 이전과 같은 균형을 되찾았다. 그는 그 정도로 자기 조절이 가능한 고수였으니까.

"얼마지?"

"구십오 전입니다."

금명은 품에서 은덩이 하나를 꺼냈다. 주인의 눈동자가 밝게 빛났다. 음식을 까다롭게 주문하고, 술을 연신 마셔대는 걸 보면서 돈이 있을까 걱정했기 때문이었다.

'모양새답지 않게 돈이 많네. 무림인이었나? 무림인들은 셈이 어둡고 배포가 큰 걸 자랑하는 족속들이니, 저걸 다 줄지도 모르겠구나.'

주인은 얼굴에 기대감을 숨기지 않았다. 그런 노골적인 표정에 금명은 코웃음을 쳤다.

'헉!'

주인은 깜짝 놀랐다. 금명이 은덩이를 손가락으로 꼬집듯 잡아당겨 가볍게 손가락 마디 하나만큼 뜯어냈기 때문이었다. 쇠에 비해선 강도가 약한 은이라고는 해도, 손가락으로 뜯어낸다는 건 일반인의 상식으로는 불가능한 일이 아닌가.

"이 정도면 되겠지?"

"아, 예. 충분합니다."

"그리고……."

금명은 계산대 너머로 손을 뻗어 주인의 멱살을 잡았다. 근처에서 불안 불안한 얼굴로 보고 있던 점소이가 제대로 보지도 못했을 만큼 빠른 속도였다.

금명은 주인의 얼굴을 자신의 코앞까지 끌어당겨놓고 말했다.

"난 잔혹마 금명이다. 날 경멸의 시선으로 쳐다보던 네놈의

두 눈을 뽑아 버리고, 죽을 때까지 후회하게 만들 사람의 이름
이지."

주인의 얼굴이 창백하게 변했다. 금명은 멱살을 잡은 손에
힘을 빼며 얼굴을 살짝 뒤로 뺐다.

"아깐 그럴 생각이었다. 하지만 지금은 그럴 기분이 아니
다."

주인의 눈동자에 안도감이 어렸다. 금명은 다시 손에 힘을
주고 주인의 얼굴을 끌어당겼다.

"오래 살고 싶으면, 다음부터는 외모만 보고 사람을 함부로
판단하지 마라."

"예, 예, 나리. 명심하겠습니다."

주인은 열심히 고개를 끄덕였고, 그제야 금명은 주인의 멱
살을 놓아주었다. 그리고 싸늘한 시선을 던지며 빠르게 객잔
을 떠났다.

"후……."

주인은 그제야 긴 안도의 한숨과 함께 이마 가득 흘러내리
고 있는 식은땀을 닦았다.

"응?"

땀을 닦던 주인은 이상한 느낌이 들어 자신의 손을 쳐다보
았다.

"으악!"

주인은 객잔 안의 손님들이 모두 쳐다볼 만큼 커다랗게 비

명을 질렀다.

왜?

그의 손은 마치 그의 것이 아닌 것처럼 덜렁거리고 있었다. 손목이 부러진 것이다. 그러나 주인을 더욱 경악케 하는 건, 손목이 이 지경인데도 전혀 아프지가 않다는 점이었다.

'그자는 알지도 못할 사이에 날 죽일 수도 있었겠구나.'

새삼 금명에 대한 두려움이 주인의 등골을 쓸고 지나갔다.

"주인어른, 얼른 의원을 찾아가 보시는 게……."

주인만큼이나 얼굴이 창백하게 질린 점소이가 다가와 말했다.

"알고 있……. 으으!"

갑자기 낯빛이 누렇게 변한 주인은 부러진 손목을 움켜잡고 신음을 터트렸다. 아무 감각이 없던 손목에 통증이 나타나기 시작했기 때문이다.

이것 또한 금명이 의도한 게 분명했다.

"마, 마차!"

주인은 금방이라도 졸도할 것 같은 얼굴로 덜렁거리는 손을 부여잡고서 마차를 준비하라며 난리법석을 떨었다.

이날 주인에게 일어난 일은, 외모만 가지고 사람을 무시했다가는 쥐도 새도 모르게 죽을 수 있다는 교훈을 남기며 사람들에게 두고두고 회자되었다.

잔혹마 금명의 악명이 더욱 드높아진 것은 두말할 필요도 없는 일이었다.

*　　　*　　　*

안휘 서쪽 곽산 밑자락에 자리 잡고 있는 경가장(更家莊).

장주 경헌봉을 위시한 두 명의 아우와 장원의 중진들은 한 자리에 모여 있었다.

쾅!

"더러운 사파놈이, 감히 날 더러 제 밑으로 들어오라고!"

경헌봉은 손에 쥐고 있던 서신을 와락 구기며 탁자를 내리쳤다. 그의 아우들인 둘째 경헌장, 셋째 경헌상 역시 그러한 분노에 동승하며 목소리를 높였다.

"큰형님, 놈들이 알맹이도 없이 부풀려 놓은 세를 믿고서 우릴 무시하고 있는 겁니다."

"그저 덩치만 크면 제일인 줄 아는 무식한 사파놈들이니 겁도 없이 덤벼드는 게 아니겠습니까. 이참에 다시는 이런 오만방자한 짓거리를 못하도록 박살을 내버려, 우리의 무서움을 뼈에 새기도록 해야 합니다."

"아우들의 말이 옳다. 이번에 잔꾀나 부리면서 안휘 무림을 어지럽히고 있는 상관모웅에게 본때를 보여주고 말리라!"

세 형제는 죽이 맞아서 경가장에 선전포고를 한 거룡방의 방주와 그 무리들을 성토하는데 열을 올렸다. 장원의 중진들 역시 동조하며 분노의 표현을 아끼지 않았다.

'곤란하군.'

허나, 장원의 살림을 책임지고 있는 총관 강학청은 이러한 분위기에 동조할 수 없었다. 무림인보다는 서생에 가까운 그가 볼 때, 장주와 동료들의 자신감은 현실을 외면한 대단히 주관적인 우월감에서 비롯되었기 때문이다.

"장주님, 제가 한 말씀 드려도 되겠습니까?"

"오, 그래, 강 총관. 자네의 깊이 있는 학식으로 저 무도한 거룡방을 비판해 보게나."

"거룡방은 명실상부한 안휘의 최강세력입니다."

"응?"

경헌봉의 미간이 찡그려졌다. 유식한 언변으로 비판을 하라고 했더니, 도리어 칭찬을 하다니.

"하지만 그들은 지금까지 경가장에 작은 시비조차 일으킨 적이 없습니다. 단순히 운이 좋았다기보다는 북쪽의 오행궁(五行宮)을 견제해야 하기 때문에, 의도된 회피라고 봐야 하겠지요. 헌데, 그런 거룡방이 서신까지 보내 협상에 대해선 일언반구도 없이 막무가내로 복종을 요구하고 있습니다. 오행궁과 큰 싸움이 있었다는 소문이 없었으니, 그들과 모종의 합의를 통해 다툼을 종식시켰다는 의미로 받아들여야 합니다. 그리고 안휘의 패권을 확고히 하기 위한 마무리로 경가장을 선택한 것입니다. 그러니 상황을 잘 따져보고, 저들의 동정을 세심하게 살펴 냉철하게 대응해야 할 것입니다. 솔직한 제 생각으로는 경가장이 단독으로 거룡방과 정면승부를 벌인다는 건 무리가 있으니, 최근 거룡방에 대항하기 위해 은밀히 무리를 형성하고 있다는 자들을 찾아서 협력을 구하는 게 옳다고 생각합니다. 더불어 경가장이 거룡방에 의해 멸문한 문파들의 생존자들이 찾아올 수 있는 구심점이 되어야 한다고 봅니다."

장내엔 잠시 침묵이 감싸고돌았다. 곧바로 경헌장이 분노한 얼굴로 버럭 소리쳤다.

"강 총관, 지금 무슨 헛소리를 하고 있는 거요! 거룡방이 어찌 안휘 최강세력이란 말이오."

강학청은 주눅이 들었지만, 애써 태연한 척하며 응수했다.

"이공께선 그리 생각하지 않으신단 말입니까?"

"당연하잖소. 사파놈들 따위가 안휘의 최강세력이란 건 말도 되지 않는 헛소리요."

"허면 묻지 않을 수 없군요. 전통이 깊은 남궁세가를 무너트린 거룡방이 안휘의 패자가 아니라면 누가 그 자리에 적합하다고 보십니까?"

"그건……."

말문이 막힌 경헌장의 얼굴이 붉게 물들었다. 거룡방을 제외하면 오행궁이 남는데, 그 오행궁도 사파이기 때문에 거론할 수가 없었던 것이다.

다행스럽게도 셋째 경헌상이 그를 돕고 나섰다.

"거룡방은 힘으로 남궁세가를 무너트린 게 아니오? 그들이 남궁세가와의 싸움에 무림인이라면 대부분이 꺼려하고, 멀리 하는 독을 사용한 건 안휘에서 모르는 사람이 아무도 없소. 그리고 남궁세가가 본격적으로 거룡방과 싸움을 시작하기 몇 년 전부터 세가의 고수들이 원인도 모르게 죽거나, 실종된 것을 간과해서도 안 되오. 즉, 거룡방은 정면으로 이길 자신이 없자 갖가지 음모와 계략으로 남궁세가의 힘을 약화시키고, 궁지에 몰아서 멸문시켜 버린 것이오. 그런 거룡방을 안휘의 최강세력이라 할 수 있소? 그 간악하고, 협이라고는 쥐뿔도 모르는 자들은 절대 안휘의 최강일 수가 없는 것이오."

"셋째가 내가 하고자 하는 말을 속 시원하게 말해 주었구나. 얕은꾀로 안휘 무림을 속이고 있는 거룡방 따위는 최강이란 말도 아까운 쥐새끼들이다."

기다렸다는 듯이 경헌장이 찬동하며 나섰고, 다른 이들은 박수까지 쳤다.

말로 거들지는 않았지만, 장주도 고개를 끄덕이며 소리 없는 지지를 보내고 있으니, 강학청은 충심으로 의견을 냈다가 완전히 구석으로 몰리게 된 것이다.

'참으로 답답하구나.'

가슴 한쪽이 텅 비는 느낌이었고, 내심 한숨을 내쉬지 않을 수 없었다.

'과정이야 어찌되었든 결과적으로 살아남은 자가 강자인 것이고, 그래서 냉철하게 힘을 비교하자는데, 지금과 같은 상황에서 협의 가치를 따져 무엇을 한단 말인가. 어느 정도 예상은 하고 있었지만, 이들이 빠진 고루함은 생각했던 것보다 더욱 깊구나.'

"모두 그리 생각하신다면 더 드릴 말씀이 없군요. 다만, 거룡방에 대항한다는 무리를 찾아 협력을 구하는 일은 장주께서 조금 더 심사숙고해 주셨으면 합니다."

강학청은 마지막이라 생각하고 진언을 했다. 그런데 경헌상이 또 걸고 넘어졌다.

"강 총관이 학식은 풍부할지 모르나, 무림의 경험은 너무 부족한 것 같소. 도대체 소문만 무성하지 얼굴도 모르는 무리를 지금 당장 어찌 찾을 것이며, 설사 찾아냈다고 해도 그들의 무얼 믿고서 같이 협력을 할 수가 있단 말이오. 어쩌면 그 모든 소문들이 거룡방에서 고의로 내보낸 소문일지도 모르잖소. 그로 인해 문제가 발생하지 않을 것이라는 걸 강 총관이 목숨을 걸고 자신할 수 있으시오?"

"……."

강학청은 대꾸 않고 고개를 숙였다. 그러나 경헌상의 말에 승복했기 때문이 아니었다.

'대장부가 충의를 담고 말을 꺼냈으니, 그에 목숨을 거는 것이야 무슨 문제가 될까. 허나, 선비는 자신을 알아주는 사람을 위해 죽는다고 했다. 날 알아주지도 않고, 조롱하기까지 하

는 이들을 위해 걸 목숨도, 책략도 나에겐 없다.'

강학청은 이후 입이 없는 그림자마냥 아무 말도 하지 않았다. 또한 장주와 아우들도 그런 강학청을 없는 사람처럼 취급하고, 논의를 이끌었다.

"며칠 전 근방에서 거룡방의 무사들이라 여겨지는 자들을 보았다는 보고가 있었는데, 새로 들어온 소식은 없느냐?"

"낯선 무리가 반나절 거리에 있는 미령에 모여 있다는 보고가 있었습니다. 인상착의도 지난번 그들과 비슷하다고 합니다."

"몇 명이라고 하더냐?"

"지금까지는 오십 명 정도가 있다고 파악됐습니다."

"알려진 자는?"

"아직까진 없었습니다. 수하 열 명을 주변에 심어 감시를 하게 했으니, 알려진 자가 나타나거나 증원이 있으면 즉각 보고가 올라올 것입니다."

"오십 명이라……."

많다 할 수 있는 인원은 아니었다. 경가장에서 싸울 수 있는 이들만 해도 칠십 명은 충분히 넘고도 남으니까. 하지만 몸집만 따져보면 안휘에서 가장 크다는 거룡방이 그 정도의 인원만 보내고 끝낼 리가 없었다.

'최소 백은 생각해야 하겠지.'

진짜 신경 써야 할 것은 일반 무사들이 아니라, 고수들을 몇 명이나 파견했을까, 하는 것이었다. 무림의 싸움에서 승패에 영향을 줄 수 있는 건 다수를 홀로 상대할 수 있는 고수가 얼마나 되느냐, 하는 점이니까.

'이럴 때 아버님께서 계셨다면……'

경헌봉은 부친을 떠올리며 안타까움을 금할 수가 없었다.

경가장의 태상장주 일장진천(一掌振天) 경번당.

장주의 부친은 오랫동안 그 별호로 무림에 이름을 알렸지만, 지금은 구노(九老)의 일인인 장노(掌老)라 칭해지며 더욱 큰 명성을 안휘에 떨치고 있었다.

그런데 지금은 장원의 뒷산 동굴에서 반년 째 폐관수련 중에 있어, 도움을 받을 수가 없는 상황인 것이다.

"장주님, 태상장주님께선 나오실 기미가 없으십니까?"

중진들도 경헌봉과 같은 생각을 하고 있던 모양이었다. 하지만 그럴 수밖에 없으리라. 경가장의 위세는 경번당이 있음으로 가능한 것이었고, 거룡방이 그동안 시비를 걸지 않았던 이유도 경번당의 존재감이 적지 않은 영향을 주었으니까.

"폐관에 들어가실 때 천지가 무너지지 않는 이상에는 방해 말라 하시고, 얼마나 계실지에 대해선 아무런 언질도 없으셨으니……"

"이럴 때 태상장주님께서 계신다면 천군만마를 얻은 것과 같을 것인데……"

중진들 모두 혼잣말처럼 중얼거리며 경번당의 부재를 아쉬

위했다.

"아버님에 대한 이야기는 그만하라. 오히려 이번에 우리의 힘만으로 거룡방을 물리친다면, 아버님께서도 매우 흡족해하실 것이다."

"큰형님의 말씀이 맞습니다. 닭을 잡는데, 굳이 소 잡는 칼을 써야 할 필요는 없는 것이지요."

"옳습니다. 이런 일로 태상장주님의 수련을 방해해서는 안 될 것입니다. 사파놈들 정도는 우리들의 힘만으로도 충분하지 않습니까."

아우들과 중진들이 아쉬움을 떨쳐내고 의견을 하나로 모으자, 경헌봉은 자리에서 일어났다.

"모두 수하들을 모아라. 기다릴 것도 없이 놈들을 찾아갈 것이다."

"명을 따르겠습니다, 장주님!"

강학청을 제외한 모두가 들뜬 얼굴로 방을 나갔고, 경헌봉 역시 준비를 하기 위해 밖으로 나섰다.

그런데 그의 거처로 향하던 경헌봉은 전혀 생각도 못한 사람을 발견하고 깜짝 놀라 멈춰 섰다.

"아버님!"

변함없이 당당한 풍채의 경번당이 뒷짐을 지고서 정원의 풍경을 바라보고 있었다. 그는 느긋한 미소를 입가에 머금으며 경헌봉을 향해 돌아섰다.

"잘 있었느냐?"

경헌봉은 퍼뜩 정신을 차리고 얼른 다가가 공손히 머리를 숙였다.

"소자, 아버님께 인사 올립니다."

"허허허, 그래."

"헌데, 어떻게 여기 계신 겁니까? 소자는 아버님께서 족히 몇 달은 더 폐관수련을 하실 것이라 생각했습니다."

"원래는 그럴 생각이었다. 그런데 귀가 간지러워서 수련을 할 수가 있어야지."

"아!"

경헌봉은 감탄하지 않을 수 없었다. 외부와 차단된 곳에서도 사특한 무리가 장원을 위협하고 있음을 알아채다니. 물론, 실상은 장원의 안주인인 경헌봉의 아내가 겁을 먹고 뒷산으로 올라가 상황을 알리고, 도움을 청한 것이었지만 말이다.

"거룡방의 잡졸들이 시비를 걸고 있다고?"

"그렇습니다. 아버님."

"흠, 상대할 가치도 없는 것들이라 그동안 내버려두었더니, 너무 소란을 떨고 있구나. 감히 내가 있는 곳까지 와서 어쭙잖게 위세를 떨고 있다니, 이젠 간과하고만 있을 수 없게 되었어. 이왕 이리 되었으니 내 직접 나서서 일벌백계하여 예의를 가르치고, 정파인의 무서움을 깨닫게 해줘야겠다."

경헌봉의 얼굴이 환하게 밝아졌다. 장주로서의 능력을 의심

받을지도 모른다는 생각에 어떻게 말을 해야 할까, 고민을 하고 있었는데 쉽게 해결이 되었으니 기쁠 수밖에.

"모두 연무장에 모이라 하거라."

"예, 아버님."

＊　　　＊　　　＊

경가장이 자리한 곽산으로부터 반나절 거리에 있는 미령.

"……."

거룡방에서 파견된 흑룡이대(黑龍二隊) 무사들은 대주 임열포를 제외하고는, 잔뜩 겁먹은 얼굴로 눈도 깜빡하지 못하고 있었다. 실상 임열포도 무척 긴장하고 있었지만, 내색을 않고 있을 뿐이었다.

하지만 그럴 수밖에 없지 않은가. 외부인들뿐만이 아니라 거룡방 내부에서조차 공포의 존재인 총단주 잔혹마 금명이 일그러진 얼굴을 한 채 그들을 보고 있으니, 겁을 먹지 않으면 그게 더 이상한 것이다.

"어이."

금명은 턱짓으로 임열포를 불렀고, 그는 얼른 달려가 머리를 숙이며 한쪽 무릎을 꿇었다. 방주가 아니라면 취하지 않는 극공경의 태도였다. 그만큼 금명을 두려워하고 있는 것이다.

"예, 총단주님."

"이게 다냐?"

"그렇습니다."

"죽을래?"

"예?"

"내가 무슨 뜻으로 물었는지 몰라?"

무사들의 숫자는 오십 명. 그것도 정예가 아닌 흑룡대. 아무리 경가장이 거대문파는 아니라고 해도, 무사들의 숫자가 이보다는 많을 것이다.

"방주님이 뭐라면서 널 보냈냐?"

"총단주님께서 훌륭히 이끌어 주실 것이니, 거룡방의 무사로서 자부심을 마음에 품고 당당히 출진하여, 폭풍과 같은 기세로 경가장을 굴복시키라 하셨습니다."

"하!"

금명은 어이가 없었다.

'날 믿으라고? 자부심을 마음에 품어? 폭풍? 지금 장난해? 별로 내키지도 않는데 믿을 사람이 없다면서 억지로 등을 떠밀더니, 이 따위로 뒤통수를 쳐!'

금명의 이마에 핏줄이 곤두섰다. 눈치를 보던 임열포는 급히 뒤로 물러났다. 이런 표정을 하고 있던 금명의 주변에 있다가 죽은 이들에 대한 소문을 듣기도 했지만, 그가 감당하기 어려울 만큼의 살기가 뻗쳐 나와 마냥 참고 버티고 있을 수가 없었던 것이다.

"야."

더 물러나야 하나, 하고 벌렁거리는 가슴을 부여잡고 심각하게 고민하고 있던 임열포는 화들짝 놀라며 대답했다.

"예?"

"단도 열한 개만 가져와봐."

"전 단도 없는데요?"

"죽을래?"

"아, 아닙니다! 즉시 가져오겠습니다!

임열포는 부리나케 돌아서서 수하들 사이를 헤집고 다녔다. 그리고 간신히 열한 개의 단도를 수집하여 금명에게 내밀었다.

"따라와."

금명은 단도를 받아들자마자 경공을 펼치며 오른쪽 언덕 아래로 달리기 시작했다. 임열포는 영문도 모르고 그의 뒤를 쫓았다.

'경공 수준은 별로네. 아니지, 이건 내 실력이 뛰어나기 때문인 거야.'

임열포는 금명의 뒤를 쫓는 게 예상보다 어렵지 않자 스스로를 대견스러워 했다. 금명이 꼽추이고, 지팡이까지 짚고 달린다는 걸 감안하지도 않는 지극히 주관적인 만족감이었다.

게다가 그가 모르고 있는 내막이 있었으니, 금명은 그가 따라올 수 있도록 적당히 속도 조절을 하며 달리고 있다는 점이다.

'그런데 대체 어딜 가려는 거야?'

임열포의 의문이 해답을 얻기까지는 그리 긴 시간이 걸리지 않았다.

금명은 아래쪽에 형성된 작은 숲이 보이자마자 믿기 힘들 만큼 빠르게 달려가더니 단도 세 개를 연달아 던져 버렸다. 그 것도 번개처럼 빠른 속도로.

쿵! 쿵! 쿵!

묵직하게 땅으로 떨어지는 소리와 함께 임열포가 본 것은 미간에 단도가 박힌 세 구의 시체들이었다.

'경가장의 무사들이다.'

시체들의 정체를 알아챈 임열포는 뭔가 나올지도 모른다는 기대감으로 품을 뒤져보고 싶었지만, 금명은 어느새 왼쪽으로 달려가고 있었다.

'아, 단도가 열한 개였지.'

그렇다면 죽일 자들도 열한 명이란 뜻이니, 아직 경가장에 서 보낸 밀정이 여덟 명이나 남아 있는 것이다.

임열포의 짐작대로 이후 금명은 주변을 돌아다니며 계속해 서 숨어 있는 밀정들을 죽여 나갔다. 헌데 정확히 열 구의 시 체가 만들어졌을 때, 수하들이 대기하고 있는 언덕 위로 돌아 가는 게 아닌가.

임열포는 금명에게 말을 거는 게 두려웠지만, 도저히 궁금증을 참을 수가 없었다.

"총단주님, 소인의 짐작이 맞다면 취할 목숨이 하나 더 있는 것이 아닙니까?"

금명은 마지막 남은 단도를 손에 들고 고개를 끄덕였다.

"맞다."

"그렇다면 소인에게 그 일을 맡겨 주십시오."

금명에게 잘 보이겠다는 의도도 있지만, 죽이기 전에 고문을 하여 그가 모르는 경가장의 사정이라도 캐내고자 하는 것이다.

"오, 그래? 이제 보니 너 제법 기개가 있는 사나이구나."

"감사합니다."

"감사는 무슨. 자, 단도 여기 있으니, 사나이답게 자결해."

"예?"

"내가 마지막으로 취할 목숨을 네가 처리하겠다며? 그러니까 자결하라고."

"소, 소인은……."

임열포는 너무 놀라고, 당황해서 말도 제대로 못하다가 오체투지의 자세로 넙죽 엎드렸다. 목숨이 달린 일이니, 수하들 앞에서 체면이 구기니, 어쩌니 하는 게 문제가 아니었던 것이다.

"잘못했습니다! 용서해 주십시오! 살려주십시오!"

"네가 무슨 잘못을 했는지는 아냐?"

"그, 그것이……."

퍽!

임열포는 가슴을 걷어차이고 이 장이나 뒤로 날아가 나뒹굴었다.

"으……."

충격이 큰지 임열포는 잠시 동안 일어나지 못하고 신음만 터트렸다. 하지만 살기 위해서는 견뎌내야 한다는 절박함에 안간힘을 써서 일어나 금명의 앞으로 돌아왔다.

"잘못했습니다! 용서해 주십시오! 살려주십시오!"

"넌 그 말밖에 할 줄 모르냐?"

퍽!

임열포는 다시 걷어차이며 날아갔고, 처음과 같은 고통을 다시금 되새긴 뒤 금명의 앞으로 가 엎드렸다.

하지만 이번엔 아무 말도 않고 덜덜 떨기만 했다. 또 걷어차이면 절대 일어날 수 없을 거라는 불안감과 이대로 그냥 죽는 게 아닌가 하는 두려움 때문이었다.

금명은 그런 임열포가 한심하기만 했다.

"기습을 하는 것도 아니고, 정면으로 붙겠다고 남의 앞마당까지 와서는 주변도 제대로 살피지 않다니. 어떻게 너 같은 놈이 대주가 됐냐? 너란 녀석을 믿고 따라다녀야 하는 저 애들이 불쌍하다."

임열포는 겁도 나고, 대꾸할 말도 없어 머리만 더욱 납작 숙였다.

"일어나. 마음 같아선 당장에 숨통을 끊어놓고 싶지만, 머릿수가 부족해서 참는다."

"가, 감사합니다, 총단주님!"

"아가리 닥치고 싸울 준비나 해."

"예?"

"경가장 놈들이 오십 장 안에 들어섰다. 안 들리냐?"

"……."

들릴 리가 없었다. 경가장의 무리는 그의 능력으로는 감지할 수 없는 거리에 있는 것이니까. 상관이 얻어맞는 걸 초조하게 지켜보고 있던 흑룡무사들 역시도 마찬가지였다.

'도대체 어떻게 오십 장이나 떨어진 적들의 소리를 들을 수가 있는 거야?'

금명은 소리가 아니라 땅의 미세한 진동을 통해 알아챈 것이지만, 그것도 임열포나 흑룡무사들에겐 꿈에서나 가능한 능력이었다.

"어디 내 머리 위에 있다는 구노의 실력을 확인해 볼까나."

가뜩이나 가늘어서 매섭기 이를 데 없는 금명의 눈동자는 칼날처럼 좁혀졌고, 입가엔 비틀린 미소가 지어졌다. 그리고 그 표정을 본 임열포와 흑룡무사들은 적을 마주한 것도 아닌데, 등줄기에 소름이 돋는 걸 경험해야만 했다.

"감시하고 있던 수하들은 모두 죽었습니다."

미령에 이르자마자 수하들을 찾으러 갔다 온 중진의 보고를 받고도 경헌봉의 얼굴엔 변화가 없었다. 그 정도는 수하들이 나타나지 않았을 때부터 예상하고 있었으니까.

'하지만 놈들에게 아무런 증원도 없다는 건 의외로군.'

최소한 배로 늘어나 있지 않을까, 하고 예상했었다. 그런데 동정을 살피러 갔던 중진의 말로는 여전히 오십 명 정도밖에 보이지 않는다는 것이다.

'이러면 아버님께서 오실 필요도 없었지 않은가.'

자신들은 칠십 명이 넘으니, 수적인 전력만 따져보면 적들을 압도하는 것이다. 물론, 저들 중에 고수가 몇 명이나 있는지는 아직 몰랐다.

허나, 한 손이 열 손을 당해내기 어렵고, 자신들도 고수라 자신하는 이들이 충분히 있으니 승리는 따 놓은 당상이라고 봐야 했다.

물론, 그 정도의 인원으로 꼼짝도 않고서 자신들을 기다리고 있는 게 살짝 신경 쓰이기는 했지만, 깊이 고민할 문제는 아니었다.

"아버님, 이번 싸움은 저희들만으로도 충분할 것 같습니다. 잠시 기다려 주시면 한식경 안에 놈들을 처리하고 돌아오겠습니다."

"아니다. 내 이미 손을 쓰기로 작심을 하였으니, 같이 가도록 하겠다."

경헌봉의 입장에선 반대할 이유가 없었다. 부친이 나선다면 피해가 더욱 줄어들 것이고, 적들을 더욱 빠르게 괴멸시킬 수 있을 테니까.

"가자."

경번당이 천천히 앞장섰고, 세 형제와 중진들은 자신감 가득한 얼굴로 그 뒤를 따랐다. 그리고 언덕을 반쯤 올라 적들이 기다리고 있는 곳으로부터 다섯 장의 거리를 두고 멈춰 섰다.

경헌봉이 부친의 눈짓을 받고 소리쳤다.

"우두머리는 앞으로 나서라."

열과 오를 맞춰 서 있던 흑룡무사들이 좌우로 한 걸음씩 물러나며 가운데 공간을 열자, 그 끝에 임열포를 옆에 서게 하고 작은 바위에 앉아 있는 금명의 모습이 드러났다.

경헌봉은 눈살을 찌푸렸다.

'꼽추?'

게다가 균형이 전혀 잡혀 있지 않은 이목구비에 머리카락은 드문드문 나 있고, 피부는 거무죽죽하기까지 해서 다시는 보고 싶지가 않은 용모였다.

경헌봉의 뇌리에 한 사람의 별호가 떠올랐다.

"잔혹마!"

놀람 가득한 외침은 경헌봉이 아니라, 수하들에게서 나왔다. 안휘에서 추악한 용모의 대명사고, 가장 악명이 높은 잔혹마 금명을 그들이라고 모를 리 있겠는가.

'저자를 보낼 줄이야.'

구노의 일 인이 있는 경가장을 공격하는데 거룡방 최고 고수가 나설 것이란 예상을 하지 않은 것은, 금명이 최근 삼 년간 활동을 거의 하지 않았기 때문이다.

안휘에서 다섯 손가락에도 들지 못하던 거룡방이 천천히 주변 문파들을 병합시키고, 남궁세가와 결전을 치루고, 다시 빠르게 세력을 확장할 때, 동서남북을 가리지 않고 악귀처럼 날뛰던 그의 모습을 최근엔 볼 수가 없었던 것이다.

오죽했으면 대외적으로 위세가 높아진 그를, 부담을 느끼게 된 거룡방 방주가 제거했다는 소문이 나돌 정도였으니까.

'허면 잔혹마 하나를 믿고 인원을 적게 보냈단 말인가?'

금명의 등장에 놀랐던 가슴이 분노로 채워지기 시작했다. 거룡방 방주는 자신뿐만이 아니라, 부친까지 무시한 것이었다.

금명이 천하 오십삼 명의 고수 중 한 명으로 호명되고는 있지만 그 위치는 말단에 불과했다. 그 서열이 구노보다 아래에 있으니, 객관적으로 봐도 누가 더 강한가는 명백하게 드러나 있지 않은가.

게다가 그는 금명의 명성이 일정 부분 거품이라고 생각하고 있었다. 잔혹한 손속과 추악한 외모로 악명을 떨치기는 했지만, 실질적으로 이름 있는 고수와 싸워 이겼다는 이야기는 들어본 적도 없었으니까.

물론, 남궁세가와의 최후 결전에서 금명이 남궁 가주를 죽이기는 했다. 허나, 당시 상황에 대해 알려진 소문으로는 남궁 가주가 그 전까지의 격한 싸움으로 기력이 떨어져 있었고, 중독까지 되어 제대로 힘을 쓰지 못했다는 것이다.

경헌봉이 생각할 때, 금명은 부친의 상대로서 턱없이 부족한 인물이었다.

"어이, 사람을 불렀으면 말을 해야 할 거 아냐."

기다리다 못한 금명이 짜증스런 목소리로 말했다. 그러자 경헌봉은 버럭 고함을 질렀다.

"이놈! 사파의 무리답게 언행이 경박하기 이를 데가 없구나!"

"어이, 무림출도 시기나, 나이로 보나 내가 너보다 위잖아. 그걸 생각하면 네가 더 싸가지 없는 거지."

경헌봉은 분노로 인해 얼굴이 붉어졌다. 하지만 금명의 말이 이치에 맞는지라 입만 우물거릴 뿐, 반박을 할 수가 없었다.

이때, 경번당이 앞으로 나섰다.

"네놈이 추귀란 놈이더냐?"

목소리를 높여 말을 한 것도 아닌데 금명을 비롯한 모두에게 또렷이 들린다는 건, 명성만큼이나 공력이 심후하다는 의미일 것이다.

허나, 금명의 표정이 굳은 것은 그 때문이 아니었다.

"염병, 누가 추귀야! 누가 그렇게 부르래!"

금명은 추귀라 불리는 걸 싫어했다. 오십삼 명의 고수에 이름이 들어가는 것과 추귀라 불리는 건 별개의 문제였으니까.

그러니 구노뿐만이 아니라, 삼존이 그렇게 부른다고 해도 금명은 지금처럼 화를 낼 게 분명했다.

"허허, 생긴 것만큼이나 되먹지 못했구나!"

마치 훈계하는 듯한 경번당의 노성을 듣고 금명의 이마에 핏줄이 곤두섰다. 붉게 충혈되어 가는 눈동자에선 살기가 스멀거리며 피어났다.

"늙은이, 지금 뭐라고 나불거렸어?"

"겉모양은 내면을 따라 간다고 했으니, 네놈의 모양새가 추악한 것에는 그만한 이유가 있음이 분명하다. 하긴 사파의 무리들은 모두 사람 같지도 않은 것들이니, 너만 탓하는 것도 우스운 일일 테지. 허나, 오늘 네놈은 상대를 잘못 택했다. 내 오늘 하늘을 대신하여 안휘 무림의 영기를 어지럽히며 간악하게 살아왔던 목숨을 거두어 주리라."

금명은 코웃음을 쳤다. 그리고 한참 동안을 웃었다. 하지만 결코 즐거워서 웃는 게 아니었다. 금명의 가는 눈동자는 독이 오른 살모사의 그것처럼 서슬 퍼런 살기와 분노로 가득 차 있었으니까.

웃음이 멈췄다. 적아를 떠나 모두가 기괴한 기분에 빠져 침묵하고 있었다.

"그것이 사람을 죽이고도 의롭다고 하는 정파인의 변명이냐!"

금명은 자리에서 일어났다. 굽은 등 때문에 앉은 거나, 일어난 것이나 크게 차이가 없었으나, 흑룡무사들이 놀라 식은땀을 흘릴 만큼 기세의 크기가 달라졌다.

"어떤 하늘이 너희 정파인들에게 사람을 죽일 권한을 주었냐? 나도 보고 있는 저 하늘이냐, 아니면 너희들이 상상으로나 볼 수 있는 협의 하늘이냐. 사람을 죽이는 것엔 협도, 의도, 고귀함도, 비천함도 없다. 누가 어떤 이유로 죽였건 간에 그건 살인인 거다."

"이놈, 협은 네놈의 그 간교한 혀에 올릴 것이 아니니라."

"하! 협이란 그렇게 고귀하여 사람을 구별하는 것이냐? 협을 입에 올리는 것만으로도 나는 죽어 마땅한 자가 되는 거냐?"

금명은 지팡이를 짚으며 한 걸음씩 움직였다. 그의 얼굴은 더 이상 그럴 수 없을 만큼 험악하게 굳어져 있었다. 걸음걸이는 천근거석처럼 묵직했고, 몸에서 분출되는 기운은 점점 더 강력해졌다.

허나, 말을 멈추지는 않았다.

"너희 정파인들이 사람답다고 하는 것은 무엇이냐!"

경번당은 대답할 의무가 없었지만, 말을 하지 않으면 금명에게 논리로 지는 것이라 생각하고 입을 열었다.

"예와 의다!"

"살기를 품은 얼굴과 칼을 찬 몸가짐으로 예를 말한다고? 목숨을 거두겠다는 이유는 가식과 억지로 가득하고, 태도는 하늘의 아들이라도 된 것처럼 오만하여 사람을 금수 대하듯 하면서 의를 가졌다고 한단 말이냐? 하! 그것이야말로 궤변이구나. 너희 정파인들의 하늘은 그 소리를 듣고 흡족해할지 모르지만, 나는 웃음밖에 나오지 않는다. 크하하하하!"

금명의 웃음소리는 내공이 담겨 있는데다, 쇠붙이를 긁는 소리처럼 카랑카랑하여 적아를 떠나 모두가 인상을 쓰며 듣기 거북해했다.

경번당은 무언가를 억누르듯 입을 다물고, 눈을 감았다. 금명의 비아냥거림과 논리 정연함에 대꾸할 수 없다는 것이 화가 난 것이다. 허나, 점점 굳어가는 표정을 보면 참는 것도 잘되지 않는 모양이었다.

'사파놈 따위에게!'

결국 촌각도 참지 못하고 분노가 폭발했다.

"이놈—!"

경번당은 쩌렁한 고함을 내지르며 땅을 박차고 뛰어올랐다. 하지만 금명의 움직임은 그보다 더 빨랐다.

"그것도 도약이라고 한 거냐?"

경번당보다 더 높이 솟아올라 머리 위를 선점한 금명의 발끝이 일순간 대여섯 개로 늘어나며 경번당의 상체를 뒤덮었다.

경번당은 다급히 손바닥을 펼쳐 연달아 내질렀다.

파파파파팡—

북이 터지는 소리가 시끄럽게 터져 나오며 금명은 위로, 경번당은 뒤로 밀려났다.

*   *   *

"뭣들 하느냐, 저 간악한 사파놈들을 쓸어버려라!"

부친과 금명이 격돌하는 것과 때를 맞춰 경헌봉이 소리쳤고, 위에서도 임열포가 수하들에게 공격 명령을 내렸다.

'잔혹마는 아버님께서 처리하실 것이다.'

경헌봉은 금명에 대해선 신경을 끊기로 했다. 지금 그의 역할은 중진과 수하들을 통솔하여 나머지 흑룡무사들을 전멸시켜 버리는 것이니까.

"아우들아, 경가장과 정파의 힘을 확실하게 보여주자꾸나!"

"예, 큰형님!"

세 형제는 호기롭게 대답하며 두 손 가득 공력을 운용해 눈앞으로 몰려오는 적들을 향해 장력을 발출했다.

허나, 임열포 역시 그들만큼의 자신감을 가지고 있었다. 수적으로는 부족할지 모르나, 거룡방이 안휘의 대부분을 제패하는 동안 지겹도록 실전을 겪으며 단련되지 않았던가. 게다가 자신들을 이끌고 싸우는 사람은 방내 최고 고수이고, 안휘에서 최고의 악명을 자랑하는 잔혹마.

지금은 어떤 상대라도 두려울 게 없는 것이다.

"씨발, 저 정파새끼들을 깡그리 죽여 버려라!"

임열포는 금명에게 얻어맞은 덕분에 악과 깡이 넘쳤고, 그래서 그 누구보다 광폭한 기세로 적들을 향해 뛰어들었다.

*   *   *

"제법이구나."

금명과 한 번의 공방을 주고받은 경번당은 내심 놀라며 말했다. 급히 방어를 하기는 했지만, 이처럼 밀려날 것이란 생각은 하지 않았기 때문이었다.

게다가 금명의 공력이 제법 심후하다는 게 그를 당혹케 했다.

'흥, 아직도 자신만만하다니.'

금명은 내심 코웃음을 치며 앞으로 전진했다. 꼽추의 몸이라 생각할 수 없는 전광석화와 같은 움직임이었다.

'저 지팡이가 문제구나.'

경번당은 허리가 굽어진 상태로도 균형을 유지하며, 쾌속한 신법을 펼칠 수 있는 건 지팡이가 제 삼의 다리 역할을 하고 있기 때문이라 판단했다.

'그렇다면……'

경번당은 왼쪽으로 움직이며 금명의 지팡이를 향해 손을 휘둘렀다.

펑—!

금명이 몸을 틀어 물러나자 땅이 폭발하며 흙과 먼지가 튀어 올랐다.

'의와 예를 들먹이고, 협을 따지면서도 싸움에서는 아무렇지 않게 약점을 파고드는구나.'

금명이 정파인들을 싫어하는 건 그렇게 언행이 불일치하고, 속과 겉이 다른 면모 때문이었다. 그가 어릴 적 무공을 배우겠다고 무림문파들을 찾아다닐 때, 정파문과 정파인들은 사파 못지않게 그를 멸시하고, 무시했었다.

그들이 의와 예, 협을 내세워 자신들의 정당성을 주장한다면 외모 이전에 재능과 내면을 보고 판단해야 함에도, 그들 역시도 사파인들과 조금도 다를 바가 없었던 것이다.

펑 펑 펑 펑!

경번당의 강력한 장력은 집요하게 지팡이를 노렸다. 그 힘과 파괴력은 구노의 일인으로 꼽힐 만큼 강력했으나, 그 의도는 소인배의 짓거리처럼 옹졸했다.

'구노란 것도 별거 아니구나.'

금명은 삼존(三尊)으로부터 시작하는 오십삼 명의 고수란 것이 참으로 의미가 없음을 깨닫게 되었다. 그리고 이제껏 자신이 그 안에 들어가는 것에 자부심을 가졌고, 서열이 높지 않음을 안타까워했다는 것이 부끄러웠다.

'무림의 명성이란 것은 이렇듯 직접 부딪쳐보면 대단한 것도 아닌 거다.'

들끓었던 분노가 가라앉기 시작했다. 경번당에 대한 화가 사라졌다는 게 아니었다. 단지 흥분할 이유가 없어져 평소처럼 냉정해진 것이다.

금명은 또다시 지팡이를 노리고 날아오는 장력을 피하지 않았다. 오히려 공력을 왼손에 모아 마주쳤다.

'어리석은!'

경번당은 자신에게 일장진천이란 별호를 얻게 하고, 구노의 일인으로 만들어 준 거력패천장을 맨손으로 막으려 하는 금명을 비웃었다.

펑—

"큭!"

얇은 신음과 함께 금명의 어깨가 흔들렸다. 하지만 그 이상으로 큰 충격을 받은 경번당은 두 개의 깊은 선을 땅에 새기며 주르륵 뒤로 밀려나고 있었다.

"쿨럭!"

경번당은 간신히 멈춰 섰지만, 한 움큼의 핏물을 쏟아냈다.

"나보다 월등한 공력이라니⋯⋯."

그는 장력으로, 그것도 내공의 열세로 패했다는 걸 믿고 싶지 않다는 얼굴이었다.

젊을 적 기연을 얻어 오백 년이나 묵은 하수오를 먹었고, 그래서 내공 하나만은 무림에서 열 손가락 안에 들어간다고 자부했기 때문이다.

'이놈이 천 년이 넘은 하수오를 먹었다면 모를까, 어떻게 나보다 공력이 높을 수 있단 말인가.'

금명이 하수오와 비교도 되지 않는 영물의 내단을 몇 개나 먹었다는 걸 경번당이 알 리가 없었다. 그러나 지금 상황에서 그런 상념은 쓸데없는 시간 낭비에 불과했다.

금명은 어느새 그의 코앞에 이르러 왼손을 내뻗고 있었다.

타타타타탁!

경번당은 내상의 고통을 감수하고 다급히 공력을 끌어올려 거력패천장의 강맹한 초식을 연달아 펼쳐 금명의 손을 맞받아쳤다.

'공력은 네놈이 앞설지 모르나, 초식의 정교함은 내가 우세하다.'

경번당은 금명의 손을 맞받아치면서 그렇게 자신했다. 허나, 공방이 십여 번을 넘기면서 그런 자신감은 조금씩 사라져 갔다. 금명은 처음부터 왼손 하나로 그의 양손을 상대했고, 여전히 조금의 흔들림도 없이 한 손으로만 그를 상대하고 있기 때문이었다.

'어떻게 된 거냐.'

이해할 수가 없었다. 무림의 명성으로 보자면 금명은 그의 상대가 될 수 없는 자였다. 분명 고수지만, 그에게 이런 좌절감을 느끼게 할 만큼 강한 고수는 아닌 것이다.

"네놈, 무슨 사술을 부리는 것이냐!"

금명은 한 귀로 흘려버렸다. 실력으로 그를 압도했다고 사술을 부린다고 한다면, 귀에 담을 필요조차 없지 않겠는가.

"언제까지 진실을 외면할 테냐."

한 손만 쓰던 금명이 갑자기 지팡이를 휘둘렀다.

퍽!

"윽!"

어깨를 맞은 경번당은 의지와는 상관없이 한쪽으로 비틀거렸다. 그러나 금명의 공격은 그게 시작이었다.

퍽 퍽 퍽 퍽 퍽!

지팡이는 마치 스스로 의지를 갖고 있는 생물처럼 빠르고, 경쾌한 변화를 만들어내며 경번당의 몸 곳곳을 후려쳤다.

처음 몇 번은 손과 팔로 막았던 경번당도 결국 충격을 견디지 못한 팔과 손가락에 금이 가고, 부러지면서 방어할 수단조차 잃어버렸다. 뒤로 물러나며 있는 힘껏 신법을 펼쳐도 금명의 공격을 떨쳐낼 수가 없었다.

"그, 그만!"

경번당은 몸을 웅크리며 비명처럼 소리쳤다. 하지만 금명이
그 말을 따를 리가 없었다. 대신 아우들에게 임열포를 합공하
게 하고, 자신은 수하들을 이끌며 우세를 점하고 있던 경헌봉
이 부친의 위급함을 알아채고서 달려왔다.

"물러나라—!"

바닥을 차고 뛰어오른 경헌봉은 양손 가득 공력을 응집시켜
금명의 등을 향해 내뻗었다.

"주제도 모르는 게."

금명은 돌아서는 것과 동시에 지팡이에 숨겨진 칼을 뽑아들
었고, 그대로 내리쳤다.

스악—

마치 하나의 동작처럼 군더더기가 없는데다, 번개처럼 빠른
발도술이었다.

"……!"

경헌봉은 장력을 날리지도 못하고 그대로 땅에 내려섰다.

털썩!

그는 힘없이 무릎을 꿇으며 부릅뜬 눈으로 금명을 쳐다보았
다. 그의 가슴에서부터 사타구니까지 가는 선이 점점 붉게 물
들어갔다. 눈 깜짝할 사이에 긋고 지나간 칼이 그렇게 만들어
버린 것이다.

"마, 말도 안……."

그는 채 말을 끝맺지 못하고 앞으로 고꾸라졌다. 그의 몸을 중심으로 붉은 핏물이 넓게 번져갔다.

"헌봉아—!"

경번당은 비명처럼 소리쳤다. 그리고 괴성을 지르며 금명을 향해 몸을 날렸다. 하지만 멀쩡한 상태일 때도 당할 수 없던 상대를 양팔이 부러진 몸으로 어찌할 수 있을 리가 없었다.

퍽!

"컥!"

금명의 발끝이 복부에 꽂힌 순간, 경번당은 내장이 뒤집어지는 끔찍한 고통과 함께 핏물을 뿜어냈다. 그리고 연달아 그의 가슴, 복부, 그리고 다시 복부, 가슴을 번갈아 가격당하고 뒤로 날아가 땅을 굴렀다.

"크으…….'

경번당은 일어나려고 했지만, 꼼짝도 할 수가 없었다. 입술을 타고 쉼 없이 흘러내리는 핏물 때문에 숨 쉬기조차 버거울 지경이었다.

금명이 다가왔다. 그리고 그의 가슴을 한쪽 발로 밟고 지그시 누르며 말했다.

"늙은이의 얼굴이 이제야 솔직한 표정을 짓는구나."

"무, 무슨…….'

"늙은이처럼 죽음 앞에선 누구나 겁을 먹기 마련이지. 사람이 사람다운 것이란 바로 그런 걸 말하는 거다."

경번당은 부정하고자 했다. 자신이 겁을 먹다니, 말도 되지 않는다고, 자신은 일장진천이고, 구노의 일인인데 어떻게 겁을 먹을 수 있느냐고.

하지만 입 안 가득 채워진 핏물과 내장조각 때문에 아무 말도 할 수가 없었다.

"이런 말은 늙은이처럼 허영심으로 가득한 사람에겐 소용없겠지만……, 미련 없이 가라."

우드득─

금명이 발에 힘을 주자 그대로 가슴뼈가 함몰된 경번당은 눈도 감지 못하고 숨이 끊겼다.

"……."

금명은 그를 가만히 내려다보다가 손을 뻗어 눈을 감겨주었다. 그리고 돌아서서 부친과 큰형이 죽었는지도 모르고 싸우고 있는 경 씨 두 형제를 향해 몸을 날렸다.

*   *   *

임열포는 남은 적들을 완전히 제압한 뒤 바위에 앉아 있는 금명에게 조심스레 다가갔다.

금명의 표정은 썩 좋아 보이지 않았다. 거룡방 내엔 금명에 대한 불문율이 몇 가지 있는데, 그중 하나가 싸움이 끝난 뒤에 절대 건드리지 말라는 것이었다.

이유는 알 수 없지만 심기가 매우 불편해져 있기 때문에 방주조차 그의 눈치를 살필 정도였으니까.

'진짜 이해할 수가 없네. 그전에는 그렇다고 쳐도 지금은 자신보다 서열이 높은 장노를 죽였잖아. 나 같으면 입이 찢어져라 웃고 있겠네.'

허나 자신은 금명이 아니라는 점을 새삼 인식하고 최대한 조심히 물었다.

"총단주님, 시신들은 어찌할까요?"

금명은 대꾸도 하지 않았고, 저 멀리 어느 곳을 향하고 있는 시선을 돌려서 쳐다보지도 않았다.

임열포는 괜히 물었다고 후회하면서 이도저도 못하고 멀뚱히 기다려야만 했다.

다행이 얼마 있지 않아서 금명이 입을 열었다.

"이전에는 어떻게 했는데?"

"예?"

"그 전에는 적들의 시신을 어찌했냐고."

"아, 예. 방주님께서는 시신을 마차에 실어서 적들의 본거지로 고이 돌려보내 유족들이 장사를 치르게 하셨습니다."

금명은 내심 코웃음을 쳤다.

'이유가 무엇이건 간에 세상 사람들에게 대인배로 보이고 싶어 하는 건, 사파인이나 정파인이나 마찬가지군. 아니, 정사를 떠나 윗대가리란 것들은 죄다 그렇게 가식으로 넘쳐나는

족속들이라고 해야겠지.'

금명은 자리를 털고 일어섰다.

"이전처럼 하던 대로 해. 난 간다."

"예? 하지만 아직 경가장의 본거지가 남았는데요?"

금명은 인상을 쓰며 임열포를 노려보았다.

"장원에 남은 무사들이라고 해봐야 서너 놈일 테고, 아니면
여자나 늙은이, 어린애가 있을 뿐인데, 나 없이 그 정도도 마
무리 못하겠냐?"

"아닙니다!"

"오늘은 특별히 두 번이나 봐준 거다. 분명히 말해 두는데
나한테 세 번의 용서란 없다."

낯빛이 창백해진 임열포는 얼른 고개를 끄덕이고, 덜덜 떨
면서 머리를 깊이 숙였다.

그가 다시 고개를 들었을 때, 금명은 이미 저 멀리 사라져가
고 있었다.

'적과 싸울 때 총단주와 함께라면 천군만마를 얻은 것과 같
은 기분이지만, 정말 다시는 같이 있기가 싫다. 천금을 준다고
해도 거절이야. 아니, 천금을 주면 할 만하겠군. 그래, 백금을
준다면 거절이야.'

임열포는 잠시 혼자만의 상념에 빠졌다가 그에게 이목을 집
중하고 있는 수하들에게 적의 시체를 모으라고 명령했다.

경가장.

경번당 등과 많은 무사들이 빠져나간 장원은 마치 흉가처럼
조용하기만 했다. 그래서 장원으로 숨어드는 금명은 깃털처럼
가볍게, 실바람처럼 은밀하게 움직이고 있었다.

실상 그가 정문으로 들어간다고 해도 장원 내에서 막을 자
는 아무도 없었다. 하지만 금명은 누군가 단 한 사람이라도 그
가 장원을 몰래 숨어드는 목적에 대해서 알게 하고 싶지 않은
것이다.

'저기가 장노의 거처일 가능성이 높겠군.'

금명은 경험이 많은 도둑처럼 장원에서 가장 중요한 위치에
있는 건물을 짚어냈고, 즉시 그곳으로 움직여 안으로 들어갔
다.

짐작대로 건물은 죽은 경번당의 거처였고, 금명은 침실을
세밀히 둘러보기 시작했다.

'흠, 먼지가 쌓인 책장이라.'

태상장주의 거처인 이곳의 책장에 먼지가 쌓였다는 건 한
가지 이유밖에 없었다. 방을 청소하는 시녀들에게 책장을 절
대 건드리지 못하게 한 것이다.

'책에 먼지가 쌓인 걸 보면 잘 읽지도 않는다는 건데, 책장
은 건드리지도 못하게 했다라. 흠, 여기에 매우 중요한 게 있

다는 거군.'

금명은 책장의 이곳저곳을 주의 깊게 살폈고, 곧 이상한 점을 발견했다. 책장 양끝에 밀린 자국이 있었던 것이다.

'책장 뒤에 금고가 있구나.'

즉시 책장을 옆으로 밀어내자, 벽 중앙에 쇠로 만든 작은 문이 달려 있었다. 예상대로 금고였다.

'이 정도쯤이야.'

금명은 지팡이에서 칼을 뽑아 쇠문을 향해 열십자로 휘둘렀다. 몇 번의 반복된 칼질 이후, 쇠문에 안을 훤히 볼 수 있는 구멍이 생겼다. 금고 안은 문에 비해서 공간이 널찍했고, 작은 상자들이 몇 개나 있었다.

상자 하나를 꺼내 열자 금원보가, 또 다른 상자에는 보석들이 가득히 차 있었다. 하지만 지금 금명은 재물보다 더 중요한 걸 찾고 있기에 옆으로 치우고 안을 계속 뒤졌다.

'이거다.'

금명이 회심의 미소를 지으며 꺼낸 것은 두 권의 책으로, 겉에 각기 건양진력(乾陽眞力)과 거력패천장(巨力覇天掌)이라고 쓰여 있었다.

바로 경가장을 대표하는 비전무공서였다.

'이 무공에 기대할 건 별로 없을 것 같지만······.'

혹시 모르는 일이었다. 환골탈태의 열쇠가 될 수 있는 내용이 적혀 있을지도.

그것도 아니면 그의 무공 경지를 높여줄 수도 있었다. 지금 껏 거룡방에 의해 문파가 무너질 때마다 그가 지금처럼 몰래 빼돌린 많은 무공 덕분에 오늘 경번당을 압도할 수 있는 실력이 된 게 아니던가.

물론, 영물의 내단을 복용하여 막대한 내공을 쌓은 것도 큰 도움이 되었지만.

'슬슬 멍청한 놈과 흑룡무사들이 들이닥칠 때가 되었으니, 얼른 돌아가자.'

금명은 무공서와 보석 상자 등을 챙겨 넣은 자루를 메고서 장원을 빠져나왔다. 그리고 그만이 알고 있는 은신처를 향해 경공을 펼쳐 빠르게 달려갔다.

第三章

안휘 동릉(銅陵) 봉화산 중턱에 형성된 협곡.

금명은 협곡 위에 서서 십 장 내에 아무도 없음을 확인한 뒤 협곡을 타고 내려가기 시작했다.

협곡은 멀리서 보면 매우 가파른 경사인 것처럼 보이지만, 일정한 간격을 두고 튀어나온 곳이 있어서 오르내리기가 불가능하지는 않았다.

물론, 금명처럼 벽호공(壁虎功)이 상승의 경지에 이르지 않았다면 시도조차 할 수 없겠지만.

협곡을 절반 정도 내려갔을 때쯤 금명은 손에 힘을 주고 몸을 뒤튼 다음 빙글 회전을 하면서 아래로 뛰어내렸다.

탁.

그가 착지한 곳은 기울어지듯 깎여서 두 치 정도 밖으로 튀어나온 바위 위였다. 그 안쪽에는 동굴 하나가 뚫려 있었다.

동굴은 그 내부를 짐작하기 어려울 만큼 캄캄한 어둠으로 꽉 막혀 있었고, 이상할 정도로 차가운 기운이 흘러나왔지만, 금명은 거침없이 안으로 걸어 들어갔다. 깊어질수록 냉기는 더욱 강해졌다.

금명의 체형에 딱 맞게 뚫려 있는 길을 따라 다섯 장 정도 걸어 들어갔을 때쯤, 갑자기 확 트이며 널찍한 공간이 나타났다. 이곳이 냉기의 근원지인 듯 겨울의 혹한을 떠올리게 할 만큼 기온이 낮았다.

금명이 옆으로 손을 뻗어 무언가를 덮고 있던 두꺼운 천을 치웠다. 그러자 은은한 빛을 뿜는 주먹만 한 돌이 모습을 드러냈으니, 천하에서 손꼽히는 가치를 지녔다는 야명주였다.

놀라운 점은 야명주가 하나가 아니라는 점이었다. 금명이 다른 벽에 걸려 있는 천들도 벗겨내자 세 개의 야명주가 모습을 드러낸 것이다.

총 네 개의 야명주가 빛을 발하자 중간에 네모반듯한 바위가 놓여 있고, 몇 개의 커다란 책장과 크고 작은 나무상자로 가득한 동굴 내부가 환하게 밝혀졌다.

금명은 우선 나무상자 쪽으로 가서 덮개를 모두 열었다.

상자들은 하나하나가 말 그대로 보물 상자였다. 각각의 상자는 종류대로 금, 은, 옥, 진주 등등의 보석들로 채워져 있었다. 부피로 따지자면 많다고 할 수 없는 양이었지만, 가치로 따지면 금명을 안휘에서 손꼽히는 부자로 만들어 줄 수 있을 정도였다.

야명주를 포함해 이 모든 건, 그동안 거룡방에 의해 멸문한 문파들에서 방주 몰래 수집한 것들이었다.

금명은 메고 있던 자루를 내려놓고, 경가장에서 가져온 금과 보석을 꺼내 종류대로 상자 안에 넣었다. 그리고 감상하는 기색도 없이 곧바로 덮개를 닫았다.

금명은 보물 상자를 뒤로하고 중앙에 놓인 바위에 올라가 앉았다. 바위에 앉는 순간 머리털이 곤두설 만큼의 냉기가 등골을 타고 올라왔다.

허나, 금명은 참았다. 그가 이 동굴을 근거지로 삼아, 재물과 무공비급을 숨겨둔 것도 결국 냉기를 뿜는 동굴과 이 바위 때문이었으니까.

이곳을 발견한 때는 십오 년도 더 전이었다. 당시 환골탈태를 위해서는 막대한 공력이 필요하다는 걸 인식한 뒤, 내단을 얻기 위해 본격적으로 영물을 찾고 있던 중이었다.

두 번째로 찾은 수백 년 묵은 지네의 보금자리가 바로 이곳이었다. 지금 앉아 있는 바위를 돌돌 말고 잠에 빠져 있는 놈을 발견하고, 한 시진에 걸친 치열한 혈투 끝에 간신히 죽이고 내단을 얻을 수가 있었다.

하지만 얼마 있지 않아 이 동굴이, 바위가 심법을 수련하는 데 매우 큰 도움을 준다는 걸 알게 되었다. 지네와의 혈투로 만신창이가 된 몸을 치료하기 위해 바위에 앉아 운기를 했는데, 내공이 이전보다 몇 배나 빠르게 전신 기혈을 순환하고, 심신을 안정시켰던 것이다.

이유는 지금도 알 수가 없지만, 지네도 바로 이 동굴과 바위 때문에 영물이 될 수 있었던 게 분명했다.

이후 금명은 틈만 나면 이곳을 찾아 운기를 하며 무공을 수련했고, 비급과 재물까지 가져와 자신만의 비밀 은신처로 만든 것이다.

"후……."

금명은 가부좌를 틀고, 길게 호흡을 내쉰 뒤 운기에 빠져들었다. 그가 다시 눈을 뜬 것은 한 시진이나 흐르고 나서였다.

"가뿐하구나."

게다가 지난번 복용했던 영물 도마뱀의 내단 기운까지 이젠 완벽하게 단전에 자리를 잡고, 다른 기운들과 합쳐지게 되었다. 그러나 역시 아쉬운 것은 여전히 환골탈태를 연상시킬 아무런 변화도 보이질 않는다는 것이었다.

'급하게 마음먹지 말자.'

금명은 생각을 멈추며 우울해지려는 기분을 떨쳐냈다.

"비급을 한 번 봐볼까."

경가장에서 가져온 건양진력과 거력패천장의 무공서를 꺼

내 든 금명은 차근히 한 장 한 장 넘기며 삼매경에 빠져들었
다.

시간은 흘러, 흘러, 한 시진, 두 시진, 그리고 밤이 되고, 새
벽이 되고, 다시 낮이 되었다. 거의 하루에 이르는 시간 동안
가부좌한 상태에서 꼼짝도 않고 있던 금명은 실망스런 표정을
지으며 무공서를 내려놓았다.

"흠, 확실히 뛰어난 심법과 장법이지만……."

분명 상승의 무공들이었지만, 환골탈태와 연관지을 만한 내
용은 전혀 없었던 것이다.

"그래도 익혀둘 만한 무공이니까."

애써 스스로를 자위하며 일어난 금명은 책장으로 갔다.

상자가 쌓여 있는 곳을 제외한 벽면을 모두 채운 책장에는
몇백 권의 책이 꽂혀 있었는데, 지금껏 모은 무공서뿐만이 아
니라, 도교, 불교, 할 것 없이 종교와 사상을 담고 있는 책들
과 잡학서까지 망라한 갖가지 서적들을 비치해 두었다.

금명이 가지고 있는 지식욕의 결과이기도 하지만, 혹시 환
골탈태나 그에 관한 암시 문구를 찾을 수 있을까 싶어서 읽고,
모아두었던 책들이었다.

금명은 두 무공을 다음 달부터 익히기로 마음먹고서 책장에
꽂아두고, 동굴을 나왔다. 그리고 곧장 거룡방의 본타가 자리
잡고 있는 남동쪽 구화산(九華山)으로 향했다.

* * *

구화산 거룡방의 본타.

오행궁에 갔다가 지금 막 당도한 냉면수사(冷面秀士) 홍문한은 딱딱하게 굳은 얼굴로 급하게 걸어가고 있었다. 거의 뛰는 것과 다름없을 만큼 빨라서 저 멀리서 가고 있던 무사 무리가 순식간에 그의 앞을 가로막게 된 형국이 되고 말았다.

"비켜라!"

홍문한은 노성을 터트렸다. 무사들은 급히 좌우로 흩어지며 그가 지날 수 있게 길을 열고 머리를 숙였다. 방주의 의동생이자, 천문당(千聞黨) 당주이며, 책사로서, 영향력으로만 따지면 이인자인 그의 위세를 짐작할 수 있는 광경이었다.

허나, 평소 홍문한은 이런 식으로 무사들에게 위세를 부린 적이 없었다. 오히려 희노애락의 감정을 잘 드러내지 않고, 늘 무표정을 하고 있어서 별호가 냉면수사가 아니던가.

홍문한의 빠른 걸음은 방주의 거처에 도착하고 나서도 줄어들지 않았고, 경비를 서고 있던 무사들이 말릴 사이도 없이 집무실까지 들어갔다. 하지만 방주는 집무실에 있지 않았다.

"방주님은 지금 어디 계시냐?"

무사들은 굳은 얼굴로 쏘아보는 홍문한의 시선에 놀라 얼른 승룡정(乘龍亭)에 가셨다고 대답했다. 승룡정은 본타 심처에 인공으로 만든 호수 중앙에 세운 정자였다.

홍문한은 무사들을 지나쳐 빠르게 호수 쪽으로 향했고, 곧 호수에 당도하여 돌다리를 지나 승룡정에 들어섰다.

"오, 아우가 돌아왔구나."

방주 상관모응은 커다란 덩치에 맞지 않게 축 처진 어깨를 하고서 혼자 술을 마시고 있었다. 승룡정에서 술을 마실 때면 꼭 다섯 명의 첩들 중 한 명과 함께 있곤 하던 그였기에 의외의 광경이 아닐 수 없었다.

허나, 홍문한은 지금 그런 것에 신경 쓸 심리 상태가 아니었다.

"마침 잘 되었다. 이리 와 같이 한 잔 하자꾸나."

"사실입니까?"

"뭐가 말이냐?"

홍문한의 잔을 놓고, 술을 따르던 상관 방주는 영문을 모르겠다는 듯 되물었다.

"경가장을 치는데 흑룡이대만을 파견해 총단주를 보좌하게 했다는 게 사실이냐고 묻는 겁니다."

"아! 그거? 맞다. 흑룡이대만 보냈지. 사실 내 기분이 별로 좋지 않은 것도 그 일 때문이란다. 아, 그러고 있지 말고 이리 앉으라니까."

홍문한은 얼른 자리에 앉아 술잔을 단숨에 비웠다. 그리고 다시 물었다.

"지난번에 제가 분명히 반대한다고 말씀드리지 않았습니

까. 아직은 총단주를 제거할 시기가 아니라고 말입니다."

"그랬지. 하지만 도저히 이번 기회를 놓칠 수가 없더구나. 그래서 흑룡이대만 보낸 것인데, 장노 그 늙은이가 이름값도 못하고 너무 빨리 죽어 버리고 말았다. 최소한 부상만 입혔어도 대기하고 있던 애들이 처리할 수 있었는데 말이야. 답답해, 답답해."

상관 방주는 한숨까지 내쉬며 아쉬움을 여가 없이 드러냈다. 허나, 진정 답답해할 사람은 그가 아니라, 홍문한이었다.

"일장진천이 구노의 일인이라 하여 총단주를 처리할 수 있다고 보셨단 말입니까?"

"크게 기대는 안 했지만 죽이면 좋고, 그도 아니면 부상은 입힐 수 있을 거라 생각했지. 아우가 예전에 이야기한 적이 있던 차도살인의 계책을 써 본 거야."

"계책이 나쁘다는 게 아닙니다. 그 내용이 틀렸다는 겁니다. 천하 오십삼 인의 고수를 말할 때 총단주는 가장 말단에 자리 잡고 있습니다. 허나, 그 같은 서열은 총단주의 실력을 제대로 가늠하지 못한 것입니다. 그는 지난날 홀로 남궁 가주와 맞서 승리했습니다. 세간에는 남궁 가주가 기력이 빠지고, 중독되어서 그렇다고 알려졌지만, 방주님과 전 그게 사실이 아님을 알고 있지 않습니까. 솔직히 말씀드리면, 전 그가 칠웅에 준하는 고수라고 생각하고 있습니다. 게다가 이해가 가지 않을 만큼 빠른 그의 성장을 볼 때, 오 년 내에는 오군에 근접

할 것으로 예상하고 있습니다."

"어허, 오군이라. 그렇다면 나보다 서열이 높아진다는 게 아닌가. 도대체 그는 어떻게 그리 빠르게 실력이 향상되는 거냐? 총단주가 무공의 천재라는 건 알고 있다만, 공력의 상승 또한 믿기 힘들 만큼 빠르니, 도저히 이해가 가질 않는구나."

"그 점은 저도 의문스럽게 생각하고 있습니다. 하지만 제 수하들에게 감시하고, 추적해 이유를 찾게 했지만 매번 그를 놓치고 있는지라 현재로선 알아낼 방도가 없지요. 그리고 바로 그와 같은 점들 때문에 총단주를 제거할 시기가 아니라고 말씀드렸던 겁니다. 그의 비밀도 모르고, 아직 오행궁과의 일도 완전히 해결하지 못한 상황에서 우리 방을 대표하는 고수를 죽여서는 안 됩니다."

"하지만 아우야. 난 총단주를 더는 방관할 수가 없다. 너도 그가 처음 우리 거룡방에 들어왔을 때를 기억하겠지?"

"어찌 잊을 수가 있겠습니까. 세상 모든 사람들이 꺼려할 만큼의 추악한 용모와 선천적으로 한계를 가질 수밖에 없는 몸을 가지고 입방을 허락해 달라고 한 달이 넘도록 찾아오지 않았습니까. 경비무사들한테 죽도록 얻어맞고서도 벌레처럼 땅을 기며 입방시켜 달라고 했던 그의 독기어린 눈빛은 아직도 제 기억 속에 또렷이 남아 있습니다. 작고하신 전 방주님께서 그자를 받아들이시겠다고 결정하신 것도 그의 고집과 집념이 무사들에게 좋은 본보기가 될 것이라는 점 때문이었습니다."

"난 그때도 총단주가 싫었다. 그런 놈을 입방시키는 건 거룡방의 얼굴에 먹칠을 하는 것과 같다고 생각했었다. 그리고 그 생각은 지금도 변함이 없다. 실력은 인정하지만, 총단주는 집단에 들어와 자릴 잡을 만한 인물이 아니란 건 너도 잘 알지 않냐."

그래서 직속의 무력대를 거느리지 못하는, 일종의 명예직인 총단주의 직위를 준 것이 아니겠는가.

"난 총단주가 싫다. 그 추악한 얼굴도, 구부러진 몸뚱이도, 지랄 같은 성격도 싫다. 거기다 지금은 내게 너무 위협적인 존재가 되었다. 이젠 예전처럼 이용만 해먹고, 무시해 버릴 존재가 아니란 말이다."

홍문한은 방주의 마음을 이해했다.

지금 거룡방에서 금명의 존재감이라는 건 대단히 기묘했다. 방이 빠르게 세력을 넓히고, 패자의 길로 들어설 수 있도록 지대한 공을 세웠으나, 방의 무사들에게조차 두려움의 대상이었다.

더구나 그 누구도 그에게 위엄을 내세울 수 없었다. 전 방주가 죽고 나서 그에게 명령을 내릴 수 있는 사람은 아무도 없게 되었다. 방주조차도 명령이 아니라, 어르고 달래고, 설득을 해야만 했던 것이다.

무사들은 방주보다 금명을 더 무섭고, 어려워했다. 거룡방에서 금명의 존재감을 한 마디로 표현하자면, 무소불위였다.

"이젠 그놈을 보기만 해도 짜증이 난다. 요즘엔 잠도 잘 못 잘 지경이야. 난 방주가 아니냐. 남궁세가를 무너트리고, 안휘 최강의 힘과 세력을 가진 거룡방의 방주란 말이다. 그런 내가 수하 놈의 눈치를 봐야 한단 말이냐?"

말을 하다 보니 울분이 치솟은 상관 방주는 술잔을 와락 움 켜쥐며 가루로 만들어 버렸다.

홍문한은 상관 방주의 분기가 가라앉길 기다리며 잠시 침묵 하고 나서 입을 열었다.

"방주님께서 마음의 병이 생기게 된 것은 모두 저의 잘못입 니다. 일단 벌주로 석 잔을 마시겠습니다."

손수 잔에 술을 따라 세 잔을 연거푸 마신 홍문한은 잠시 눈 을 감고 고심에 빠졌다가 눈을 떴다.

"총단주를 제거하십시오."

"그래도 되겠어?"

"이번 경가장의 일로 인해 총단주는 방주님의 처사에 불만 을 가졌을 게 분명합니다. 어쩌면 의구심을 가지게 되었을지 도 모르지요. 그렇다면 불안의 싹을 남겨두느니, 완벽하게 제 거하는 게 낫습니다. 그러니 제거하십시오."

"네가 찬성을 해주니 고맙구나. 헌데, 어떻게 그를 죽이지?"

"제게 한 가지 계책이 있습니다. 하지만 방주님께서 총단주 를 얼마나 죽이고 싶어 하느냐에 따라 실행 여부가 달려 있습니다."

"이미 그와 한 하늘을 두고 살 수 없을 지경이 되었는데, 어찌 수단방법을 가릴까. 계책을 말해 봐라."

"그러시다면……."

홍문한은 바짝 다가가 두 사람만이 들을 수 있는 음성으로 이야기를 했고, 상관 방주는 살짝 안색이 변하기를 반복하며 고심을 하다가 고개를 끄덕였다.

"아우의 말대로 하겠다."

"그럼, 저도 준비를 하겠습니다."

홍문한은 자리를 떠나고, 상관 방주는 술병을 통째로 들어 한 입에 쏟아 부은 뒤 승룡정을 나와 심처로 향했다.

*   *   *

방주를 가까이서 호위하는 보룡대(保龍隊) 대장 맹강배는 본타의 정문을 나와 오른쪽 담장을 따라 걸었다. 그는 방주의 명을 받고 가는 중이었다.

길고 긴 담장이 끊기기까지는 일각, 산자락을 돌아 그가 목적하고 있는 곳에 당도하기까지 다시 일각이 걸렸다.

갖가지 채소들이 자라는 밭이 있고, 온갖 가축들을 키우는 우리가 있고, 그 중심에 깔끔하고 단출한 집 하나가 있었으니, 언뜻 보면 농가라고 여겨질 만한 곳이었다.

허나, 이곳은 거룡방 최고 고수이자, 안휘 최고의 악명을 자랑하는 추귀 잔혹마 금명의 거처였다. 내막을 모르는 사람이라면 절대 믿을 수 없겠지만 말이다.

맹 대장은 밭과 우리를 아우르듯 둘러 친 싸리담장 밖에 멈춰 섰다. 그리고 목소리를 가다듬고 소리쳤다.

"보룡대 대장 맹강배입니다. 방주님의 명을 전해드리기 위해 왔습니다."

이틀 전 돌아온 금명이 거처에 있다는 건 확실했다. 하지만 집에선 아무런 반응도 없었다.

'어떡하지?'

다른 사람의 거처였다면 이 있으나 마나 한 담장을 넘어 들어가 문을 열고 방주의 명을 확실히 전달했을 것이다.

하지만 이곳은 금명의 집이었다. 고의든, 실수든, 그 어떤 이유든 간에 이 담장을 허락도 없이 넘었다가는, 혹은 소란을 떨어 자신의 휴식을 방해했다가는 지위고하를 상관 않고 가차 없이 죽이겠다고 해서, 근방 오 장 내에 인적을 완전히 끊기게 만든 잔혹마의 집인 것이다.

그래서 맹강배는 어떤 반응이 나타나기를 마냥 기다리고 있어야만 했다. 하지만 다행히도 얼마 있지 않아 문이 열리고 지팡이를 든 금명이 밖으로 모습을 드러냈다.

'저 용모는 아무리 봐도 익숙해지지를 않는구나. 저런 인물이 우리 거룡방을 대표하는 고수라니 참으로 부끄럽고, 답답

할 지경이야.'

맹강배는 속내를 감추고 얼른 입을 열었다.

"총단주님, 방주님의 명을 전하기 위해 왔습니다. 안으로 들어가도 되겠습니까?"

"안 돼."

"......."

단박에 맹강배의 요청을 거절한 금명은 밭으로 들어가 앉아 잡초를 뽑기 시작했다.

'정말 소문대로 손수 밭을 돌보고 있는 건가?'

맹강배는 금명이 잡초를 뽑는 모습을 보고서도 믿어지지가 않았다.

손짓만 해도 산처럼 쌓인 채소를 가져오게 할 수 있는 인물이 직접 밭을 일구다니.

하지만 그 이유에 대해서도 들은 맹강배는 이해가 가기도 했다.

'자신이 직접 기른 채소가 아니면 믿지 못해서라고 했다던데······.'

사부도 없고, 친구도 없고, 제자도 없고, 직속 부하들도 없지만, 목숨을 노리는 적들은 셀 수도 없을 만큼 많은 인물이 바로 잔혹마였다.

그런 처지이니 먹는 채소에도 의구심을 품는 게 당연했다. 그래서 가축도 직접 키우고, 음식도 직접 조리해서 먹는 게 아니던가.

"방주님께서 긴히 하실 말씀이 있으시다고 지금 모시고 오라 하셨습니다."

"무슨 말?"

잡초를 뽑아 뒤로 휙휙 던지며 퉁명스럽게 반문하는 금명의 모습은, 수장의 전언을 듣는 아랫사람의 일반적인 태도와는 완전히 동떨어져 있었다. 방주에 대한 충성심으로 똘똘 뭉쳐 있는 맹강배로서는 목에 핏대가 곤두설 만큼 불량한 태도였다.

허나 맹강배는 충성심이 강한 만큼 명령에 충실히 따르고, 더불어 자신의 목숨을 소중하게 생각하고 있기에 꾹 참고 대답했다.

"모시고 오란 명령만 받았을 뿐, 그 내용은 알지 못합니다."

"귀찮게."

금명은 신경질적으로 잡초를 집어던지며 일어났다. 자신을 경가장에 보내놓고, 제대로 지원도 하지 않은 것에 대해 아직도 기분이 좋지 않은 상태인 것이다.

'건방진 새끼.'

맹강배는 목까지 차오른 욕지거리를 간신히 억누르고, 금명의 대답을 기다렸다.

헌데, 금명이 그의 속내를 꿰뚫어본 듯 날카로운 눈빛으로 쳐다봤다.

"어이, 너 뭔가 기분 나쁘다는 눈빛인 거 같다."

"예? 그럴 리가 있겠습니까."

"아닌데. 나한테 불만스런 눈빛인데?"

"아닙니다."

맹강배는 완강히 부인했고, 금명은 여전히 의심스럽다는 눈빛이었지만 더 이상 따져 묻지 않았다.

"앞으로 조심해라. 나중에 또 이런 느낌이 들게 하면 묻지도 않고 그 머리를 부숴 버릴 테니까. 알았냐?"

"명심하겠습니다."

맹강배는 절대 승복하고 싶지 않은 마음이었지만, 속내를 감추기 위해 머리까지 숙이며 대답했다.

금명은 손을 탁탁 털고 밭을 나왔다.

"가자."

"손 안 씻으십니까?"

"뭐하러? 갔다 와서 다시 잡초 뽑아야 하는데."

"아, 예."

"앞장서."

길을 모르는 것도 아니니 본래는 윗사람인 금명이 앞장을 서야 하는 것이지만, 다른 사람을 등 뒤에 두지 않는 그의 방식을 모르는 사람이 없는지라 맹강배는 자연스럽게 앞장서 걸었다.

                    *   *   *

  별다른 장식도 없이 거대한 공간만을 자랑으로 삼고 있는
대전.

  그 끝에 한 층 위로 하여 태사의가 놓여 있고, 상관 방주가
앉아 있었다.

  탁 탁 탁 탁 탁.

  금명이 안으로 들어서고, 그의 걸음을 따라 바닥을 짚는 지
팡이의 일정한 소리가 잔잔히 대전 안을 울렸다.

  금명은 태사의와 두 장의 거리를 두고 멈춰 섰다.

  "왜 불렀습니까?"

  상관 방주는 속내를 짐작할 수 없게 미소를 지었다.

  "허허, 총단주. 왜 그리 퉁명스럽나?"

  "방주님의 감언이설에 속아 나갔다가 거시기에 땀나도록 고
생하고 왔는데, 기분이 좋을 리가 있습니까?"

  "이런, 이런. 자네 말투를 들어보니 단단히 화가 난 모양이
군. 허나, 흑룡이대만 보낸 걸 두고 하는 말이라면 오해일세.
내 총단주의 실력을 알고 있고, 장노 따위는 상대도 되지 않는
것을 알고 있으니 딱 알맞은 숫자를 보낸 것이야. 이처럼 건재
한 자네의 모습과 큰 피해 없이 돌아온 흑룡이대만 봐도 내 믿
음이 증명되지 않았는가. 그리고 약간의 핑계를 대자면, 총단
주도 알다시피 오행궁 때문에 전력을 돌리기가 쉽지 않았네."

"말로는 무슨 말을 못합니까."

상관 방주의 미소가 더욱 짙어졌다. 자꾸만 커져가는 짜증과 분노를 감추기 위함이었다.

"왜 불렀는지 용건이나 말하십쇼."

하지만 금명의 태도와 말투는 전혀 변하지 않았다. 마치 고의로 상관 방주를 분노케 하려고 하는 것처럼.

"귀환한 지 얼마 되지도 않았는데 또 부탁을 하기가 쉽지 않군."

"그럼 하지 마십쇼."

"허허, 일단 들어나 보게. 이번에 오행궁과 협력 관계를 맺기로 했네. 거기 소궁주와 우리 미조를 짝지을 생각이야."

금명의 얼굴에 처음으로 관심이란 감정이 나타났다. 상관 방주의 딸인 상관미조는 금명에게도 남다른 의미가 있는 여인이기 때문이었다.

"옛날부터 관계를 다지기에 혼인만큼 좋은 방법이 없었잖은가."

"그게 날 부른 거랑 무슨 상관입니까?"

"미조가 이 일을 듣고는 정략결혼이라면서 난리를 치더라고. 그래서 그 아이의 마음을 달랠 요량으로 부탁을 들어주겠다고 했더니, 유람을 가겠다고 하지 뭔가. 하지만 세상이 얼마나 험한가. 미조처럼 절색의 여인이 돌아다녔다가는 별것들이 다 접근해 올 게 분명해. 그리고 요즘 우리 방에 불만을 품은 자들이 무리를 형성하고 있다는 말을 총단주도 들었을 거야. 이런 시국에 미조를 어찌 내보낼 수가 있겠어. 그런데 그 아이의 기분을 맞춰주려면 별수가 없지 않겠나."

"그런데요?"

"역시 총단주밖에 믿을 사람이 있어야지. 만부부당의 신위를 가진 자네가 미조의 호위를 맡아준다면 안심하고 내보낼 수 있을 거 같네. 딸을 아끼는 아비로서 부탁하는 것이니, 받아주게나."

"……."

금명은 고심하는 것처럼 눈을 감고 침묵했다. 허나 그가 결국 고개를 끄덕이리란 것은 금명 자신도, 방주도, 이 일을 계획한 홍문한도 알고 있었다.

"하겠습니다. 하지만 이런 거 다신 안 합니다."

"하하하, 고맙네. 그리고 앞으로 이런 일로 자넬 귀찮게 하지 않을 것이니, 염려 붙들어 매게나."

상관 방주는 진정 기쁜 마음으로 크게 웃었고, 금명은 축객령이 떨어지지도 않았는데 날짜가 정해지면 연락하라는 말을 남기고 대전을 나가 버렸다.

이전에 금명이 그렇게 나가면 울화가 치밀어 갖은 욕을 다 뱉었을 테지만, 오늘의 상관 방주는 달랐다. 그는 마냥 유쾌한 사람인 것처럼 웃을 뿐이었다.

"하하하! 좋구나, 좋아! 하하하하!"

                    *   *   *

　묘시(卯時; 오전 5시~7시).

　금명은 눈을 떴다. 그리고 늘 그러하듯 일어나 앉아 가부좌를 하고 운기를 시작했다.

　한식경 동안 다섯 번의 짧은 행공으로 운기를 마친 뒤 침상을 벗어나 밖으로 나간 금명은 밭을 꼼꼼히 살피고, 우리에 가서 가축들에게 먹이를 주고 우물가로 갔다.

　촤악 촤악.

　물을 가득 채워서 두 번이나 머리 위로 쏟아붓고, 다시 얼굴과 전신 곳곳을 깨끗하게 닦은 후 집으로 들어간 금명은 물기를 말리고 옷장을 열었다.

　"……"

　마음에 드는 옷이 하나도 없었다. 모든 게 검거나, 회색빛의 무복인 이유는 운신을 하는데 편하기도 하지만, 그동안 자신을 가꾸는 것에 전혀 필요성을 느끼지 않았기 때문이다.

　하지만 오늘은 달랐다. 뭔가 화사하고, 고급스런 옷 하나 없다는 게 짜증이 났다.

　'지금 나가서 하나 살까?'

　나름 색이 가장 환하고, 깨끗한 회색 마의를 걸친 금명은 거울에 모습을 비춰보며 생각했다. 하지만 그의 얼굴은 곧 일그러졌다.

122

'웃은 무슨.'

나방에 어여쁘고 화려한 문양을 새긴다고 나비가 되겠는가.

금명은 거울을 볼 때마다 느끼는 절망감을 평소보다 더욱 강하게 느끼고 있었다. 거울을 깨트리고 싶은 심정이었다.

'넌 잔혹마 금명이다.'

우울해지려는 마음에 일침을 가했다. 추악한 자신의 용모는 그가 지금의 명성을 얻는데 일조를 해왔다. 환골탈태를 통해 변화를 꿈꾸고 있지만, 지금의 모습도 부정할 수는 없는 것이다.

오히려 한껏 이용하고, 자부심을 느끼는 게 살아가는데 이로운 일이었다.

"넌 잔혹마 금명이다!"

금명은 거울에 비춰지는 균형미가 전혀 없는 이목구비와 구부러져 툭 튀어나온 허리, 거뭇한 피부 등을 똑바로 쳐다보며 힘있게 소리쳤다.

해가 명확하게 떠올라 새벽 기운이 가실 때쯤, 지팡이를 짚고 집을 나섰다. 그가 향한 곳은 거룡방의 정문.

그곳엔 상관 방주를 비롯한 사람들 십여 명이 나와서 금명을 기다리고 있었다.

"오, 왔구만."

상관 방주는 밝은 얼굴로 금명을 맞이했고, 곧바로 크고 튼튼하게 만든 사두마차로 이끌었다.

"미조야, 총단주가 왔다."

마차의 문이 열리고, 그림 속의 선녀처럼 아름다운 묘령의 여인이 밖으로 나왔다. 경국지색이라 칭송을 해도 충분할 미모였다.

그녀가 상관모웅의 장녀이자, 안휘제일미라고까지 칭송받고 있는 상관미조였다.

"총단주님께 인사드립니다."

상관미조는 하늘하늘 날아갈 것 같은 몸짓으로 허리를 숙였고, 금명은 그답지 않게 얼른 인사를 받았다.

"어, 그래. 오랜만이구나."

"소녀가 총단주님께 괜한 수고를 끼쳐드리는 게 아닌가 하여 송구합니다."

"전혀 그렇지 않다."

금명은 기분이 좋았다. 오 년 전에 보았던 상관미조는 지금과 달랐다. 한마디로 그에게 차가웠다. 다른 어떤 이들보다 노골적으로 그를 무시하고, 꺼려했다.

어릴 때는 더 심했다. 그를 보기만 해도 울어 버렸으니까. 마치 너무나 흉하고, 무섭고, 더러운 짐승을 본 것처럼.

그런데 지금 그를 보는 눈길은 차분하고, 조용하고, 부드러워 따스함까지 느껴질 정도였다.

'미모뿐만이 아니라 마음까지 그녀를 닮아가는 모양이구나.'

금명은 방주의 아내이자, 상관미조의 모친이었던 여인을 떠올렸다. 아름다움과 재능을 가졌고, 무림가의 여인답지 않게 눈물이 많았지만, 더할 수 없이 착하고 여렸던 그녀.

 그를 외면하고, 무서워하고, 조롱하는 시선을 던지던 대부분의 여인들과 달리 그녀는 따스하게 그에게 말을 걸어주고, 안부를 묻고, 차를 대접했었다. 그가 내처에 드나드는 것을 방주가 매우 싫어했음에도 그녀의 친절은 한결같았다.

 애초 그가 용모를 바꾸겠다고 환골탈태에 집착하게 된 것도 그녀 때문이었다.

 금명은 그녀를 남모르게 사랑했었다. 인생의 대부분을 악명으로 가득 채운 그에게 사람이란, 여자란, 믿고 의지할 존재가 아니었지만, 그녀만은 달랐다.

 자신과 같이 삐뚤어지고, 추악한 존재도 사랑을 할 수 있단 걸 알게 해준 여인이었다. 그런 그녀 앞에서 조금이라도 당당해지기 위해, 남자로 보이기 위해서 환골탈태를 꿈꾸었던 것이다.

 그래서 그녀가 상관미조를 낳다가 죽었을 때, 그는 세상 누구보다 슬퍼했고, 아무도 찾을 수 없는 깊은 산으로 들어가 며칠 동안 내내 울고, 또 울었었다.

 상관미조가 그에게 남다른 의미를 가진 여인인 것은, 바로 그녀의 딸이기 때문인 것이다.

 "안으로 오르세요."

퍼뜩 상념에서 깨어난 금명은 고개를 내저었다.

"난 마부석에 타고 가겠다."

"그러면 소녀의 마음이 편치 않습니다. 그리고 안에 같이 계셔주신다면 너무나 든든할 것 같아요. 그러니 저와 함께 계셔 주세요."

금명은 내심 감격했다. 진정 그녀의 현신인 것처럼 따스하고, 배려심 가득한 태도가 아닌가.

더는 그녀의 요구를 거절할 수가 없었다.

"알겠다."

"총단주, 내 딸을 잘 부탁하네."

상관미조를 대하는 태도와는 달리 퉁명스럽게 고개만 살짝 끄덕인 금명은 마차에 올랐고, 곧이어 상관미조가 뒤따라 탔다.

그렇게 두 사람을 태운 마차와 무사 세 명과 시녀 세 명이 탄 또 다른 마차까지, 두 대의 마차가 거룡방을 떠나 유람을 시작했다.

                    *   *   *

거룡방을 떠난 두 대의 마차는 이십 일에 걸쳐 안휘 남방을 떠돌았다.

이태백이 술에 취해 달을 건지러 들어갔다가 빠져죽은 채석기(采石磯)와 태백루(太白樓), 봉우리와 벼랑의 기괴함으로 묵객들의 발길을 잡아끄는 제운산(齊雲山), 소호 등의 여러 명소를 거쳤고, 마지막으로 황산에 이르렀다.

"이곳이 황산이군요."

문을 열고 밖으로 나온 상관미조는 황홀경에 빠진 얼굴로 황산을 올려다보았다.

기이한 소나무, 괴석, 운해(雲海)를 비롯하여 태산의 웅위로움, 화산의 험악함, 아미산의 수려함, 안탕의 기이함, 형산의 구름, 여산의 폭포를 모두 갖춘 황산을 보고나면 오악(五嶽; 오대명산)이 시시하다, 라는 말까지 있지 않은가.

"총단주님은 황산에서 가장 높은 곳이 어디인지 아시나요?"

뒤따라 나온 금명은 상관미조의 옆에 서며 고개를 끄덕였다.

"연화봉이다."

"올라가보셨나요?"

"아니."

영물을 찾기 위해 황산에 다녀간 적은 있었지만, 연화봉까지 오르지는 않았었다. 그는 제일 높은 봉우리나, 경치를 살피는 일과 같은 것엔 관심이 없었으니까.

"올라가보고 싶어요. 저 높은 곳에서 아직 가보지 못한 세상을 내려다보며 술을 마시면 너무 좋을 거 같아요."

"아가씨, 연화봉은 구름조차 오르지 못할 만큼 높고, 험하다 하였습니다. 그러니 마음을 돌리시어요."

"총단주님이 나와 함께 계시는데 무엇이 걱정이냐. 그렇지요, 총단주님?"

"내가 널 등에 태우고 올라가겠다."

"그렇게 수고를 끼쳐드릴 수는 없어요. 여인의 몸이기는 하나, 무림가의 여식으로서 충분할 만큼 무공을 익혔으니 총단주님께선 그냥 이끌어만 주세요."

"아니다. 저 아이의 말대로 황산은 너무 험하고, 높다."

"하지만 어찌 저를 업으실 수가 있겠어요."

"내 몸뚱이는 이러하나 너 하나 업고 가는 것은 조금의 문제도 되지 않는다."

상관미조가 극구 만류함에도 금명은 무사들에게 한 사람이 앉을 수 있고, 자신이 등에 짊어질 수 있는 의자를 만들라고 지시했다.

조금 뒤 금명은 무사들이 만든 의자에 비단을 깔아 상관미조를 앉게 하고, 등에 짊어졌다. 굽어진 허리에도 불구하고 의자를 짊어진 그의 자세는 매우 안정되어 보였다.

"아가씨, 여기 있어요."

"너희들은 우리가 다시 올 때까지 이곳에서 기다리고 있어라."

상관미조가 시녀에게서 술과 음식이 담긴 보자기를 받아들자, 금명은 곧바로 산 위를 향해 걸음을 내딛었다.

높고, 험한 황산을 오르는 것은 결코 쉽지 않은 일이었다. 물론, 금명과 같은 고수가 혼자서 느긋이 오르는 것이야 문제 될 게 없을 것이다.

허나, 등에 사람을 태운 채 급하게 오르는 건 금명에게도 힘 든 일이었다.

수 개의 내단을 복용하여 엄청난 양의 내공을 단전에 품고 있었지만, 두 시진이 넘도록 상승의 경공을 발휘하여 달렸더 니, 공력의 한계가 드러나면서 진한 피로까지 느끼기 시작한 것이다.

'생각보다 힘이 드는구나.'

금명은 내심 한숨을 쉬며 절벽 앞에 멈춰 섰다. 그리고 고개 를 위로 크게 들어올려도 끝을 볼 수 없는 절벽을 올려다보았 다. 새하얀 운해가 절벽 중간을 휘어 감고 있었다.

'이쪽으로는 갈 수 없겠구나.'

시간이 걸리더라도 이곳보다 오르기 용이한 길을 찾아봐야 할 것 같았다.

"힘드시지요?"

염려어린 음성과 함께 상관미조의 길고, 가녀린 손이 금명 의 이마에서 흘러내리는 땀을 닦아냈다.

금명은 갑자기 힘이 나서 고개를 흔들었다.

"아직 가뿐하다."

금명은 지팡이를 옆구리에 차고 양손에 공력을 주입하여 갈고리처럼 만들었다. 상관미조 앞에서 약한 모습을 보일 수는 없는 일. 조금 무리를 해서라도 절벽을 오르기로 작심한 것이다.

높이 치켜든 오른손을 절벽으로 내리찍었다.

푹.

마치 두부를 내리친 것처럼 손끝이 절벽을 파고들었다. 그리고 그렇게 한 손, 한 손 절벽을 찍으며 오르기 시작했다.

"아, 경관이 너무 멋져요! 이게 운해인가 봐요. 마치 구름 위를 걷는 기분이에요!"

상관미조의 기쁨 가득한 감탄사는 땀을 뻘뻘 흘리며, 절벽을 오르고 있는 금명의 비틀린 입가에 미소를 그리게 했다.

'이 아이를 기쁘게 해줄 수 있다면, 이 정도 고생쯤이야.'

금명은 상관미조가 즐거워하는 것만으로도 피로가 싹 가시는 기분이었다. 그래서 힘든데도 힘든지도 모른 채 열심히 손을 움직여 절벽을 올랐다.

두 시진 뒤, 금명은 절벽 끝에 올라섰고, 이어지는 몇 개의 돌산을 오르고, 절벽을 또 올랐다가, 다시 돌산을 오르기를 반복한 끝에 황산에서 가장 높은 연화봉 꼭대기에 도착했다.

"아! 여기가 연화봉이군요!"

상관미조는 양팔을 활짝 펼치며 봉우리 아래를 내려다보았다.

황산은 하나의 산이 아니었다. 높고 낮은 산자락들이 얽히고설켜 머리 위에, 혹은 허리에 운해를 걸치고서 드넓은 공간에 측량하기도 힘든 거체를 늘어트리고 있었다.

"조심해라."

의자를 내려놓고 땀을 닦고 있던 금명이 걱정스럽게 말했다.

상관미조가 서 있는 방향은 금명이 오랜 시간에 걸쳐 올랐던 높이를 절벽 하나로 묶어 버린 곳이었다. 말 그대로 바닥이 보이지 않는 만장절벽이라, 그곳으로 떨어졌다가는 신선이라 해도 살아남을 수 없는 것이다.

"바람이 너무 시원해요!"

상관미조는 금명의 경고에도 불구하고 자릴 옮기지 않고 밝게 웃으며 소리쳤다. 결국 금명이 그녀의 손을 잡고 끌어왔다.

"그러다 떨어지면 어쩌려고 그러냐."

"절 걱정해 주시는 거예요? 기뻐요!"

상관미조가 활짝 웃으며 말하자 금명은 저도 모르게 얼굴이 붉어졌다. 사십 평생 단 한 번도 여인에게서 이런 말을 들어본 적이 없는지라 괜스레 쑥스러웠던 것이다.

"우리 술 한 잔 해요."

손수 보자기를 풀어서 술병과 음식을 꺼내 차린 상관미조는 금명에게 잔을 건네고, 술을 따랐다.

"저도 주세요."

금명은 저도 모르게 미소를 지었다.

'양손으로 잔을 잡아 내미는 모습이⋯⋯.'

또 술을 마시고 아미를 상큼하게 찡그리는 모습이 너무도 어여뻤다.

한 잔 술에 볼이 붉게 물든 상관미조가 말했다.

"제가 시 하나 아는데 읊어 볼까요?"

"좋지."

상관미조는 목소리를 가다듬고 절벽 아래로 펼쳐진 경치를 향해 잔을 들어올렸다가 한 모금을 마셨다.

> 둘이 마시나니 산에는 꽃이 피네
> 한 잔 한 잔 또 한 잔
> 내 취해 잠이 오니 그대 그만 돌아가오
> 내일 아침 거문고 안고 다시 오시게

금명은 듣기 좋다는 듯 무릎을 쳤다.

"이백의 산중대작이구나."

"누구의 시인지도 몰랐어요. 그냥 어디선가 읽었는데, 좋아서 외워두었던 거예요. 총단주님도 시를 좋아하시나요?"

"그저 조금 아는 정도."

"아시는 거 있으면 들려주세요."

금명은 잠시 생각을 하다가 상관미조가 그러했듯 절벽을 향해 잔을 들었다가 단숨에 비워 버렸다.

> 천고에 쌓인 한을 풀어
> 한없이 마시는 술에
> 끝날 줄 모르는 이야기 밤은 깊어
> 밝은 달에 잠도 멀리 가는데
> 취한 채 빈산에 쓰러지니
> 천지는 하냥 이부자린 듯하구나

"그대와 더불어, 라고 하는 이백의 시다."

"너무 좋은 거 같아요."

금명은 동감한다는 듯 고개를 끄덕였다. 그리고 서쪽으로 많이 기울어져 가고 있는 해의 위치를 확인하고 상관미조와 자신의 잔에 술을 가득 따랐다.

"이것을 마지막 잔으로 하자. 지금 내려가지 않으면 너무 어두워져서 내려갈 수 없게 될 거다."

다른 산이었다면 밤이라고 해서 문제될 것이 없었지만, 오르기도 쉽지 않았던 연화봉을 내려가는 것은 이야기가 달랐다. 더구나 상관미조를 태우고 내려가는 건 위험부담이 너무 컸다.

"그렇다면 내일 아침에 내려가면 되잖아요. 여기서 달을 보는 것도 운치가 있지 않겠어요."

"안 된다. 산에서의 밤은 네가 생각하는 것만큼 운치 있지 않다."

"하지만 이런 기회가 언제 또 있겠어요."

상관미조는 갑자기 슬픈 표정을 지었다. 금명은 안타까웠다. 그녀가 어떤 이유로 유람 나오길 원했는지 알기 때문이었다.

허나, 그녀가 원하는 대로 이곳에서 밤을 지새울 수는 없었다. 혹시라도 그녀가 밤이슬을 맞고 병이 나는 상황을 절대 원치 않으니까.

"내려가자."

"싫어요. 전 이 술병이 비워질 때까지 내려가지 않겠어요."

"그렇다면……."

금명은 술병을 들어 입에 물고는 아직도 많이 남은 술을 모두 마셔 버렸다.

"이제 되었지?"

"총단주님은 정말로 고집이 세시군요."

상관미조의 입이 샐쭉해졌다. 하지만 그 모습 또한 어여쁘기 그지없었다.

"어쩔 수 없지요. 제가 포기할…… 어머!"

자리에서 일어나던 상관미조가 비틀거렸다. 금명은 얼른 손을 뻗어 그녀를 부축했다.

"고작 두 잔을 마셨을 뿐인데, 취해 버렸네요."

상관미조는 부끄럽다는 듯 취기어린 얼굴을 더욱 붉혔다. 그리고 몸을 가누기가 힘이 드는지 슬며시 금명의 품으로 기대는 것이 아닌가.

금명은 당황스러웠다. 이때껏 여인과 제대로 된 신체접촉 한 번 없었던지라 이러한 상황 자체가 그를 혼란케 했던 것이다. 또한 그녀에게 자신의 땀 냄새를 맡게 하고 싶지도 않았다.

그래서 몸을 뒤로 빼려 했다.

"제가 싫으세요?"

갑자기 그의 어깨를 잡으며 살짝 고개를 든 상관미조는 뭔가 안타까워하고, 원하는 듯한 표정을 지었다. 그 어떤 사내라도 마음이 흔들리지 않을 수 없는 표정이었다.

하지만 금명으로서는 너무도 혼란스러웠다. 표정의 의미조차 이해할 수 없었다. 그래서 그녀를 외면하듯 고개를 돌렸다. 그리고 상관미조를 조심스레 밀어냈다.

"이제 그만 내려……!"

순간 금명은 뒷골을 강하게 자극하는 본능에 따라 상관미조를 밀어내며 몸을 뒤로 뺐다. 하지만 평소의 그와 어울리지 않는 한 박자 늦은 대응이었다.

"큭!"

불에 달군 부지깽이에 지져지는 것처럼 어깨에 화끈한 통증이 일었다.

그의 어깨엔 조금 전까지 상관미조의 긴 머리카락을 고정시키고 있던 비녀가 꽂혀 있었다. 비녀는 나무가 아니라 강철로 만든 것이었다.

"아직 안 끝났어!"

상관미조가 뾰족하게 소리치며 금명의 품으로 번개처럼 파고들었다. 움직임도 예사롭지 않았지만, 그녀의 손엔 섬뜩하게 반짝이는 단도가 들려 있었다.

허나 금명은 단순히 고수라는 말로 설명할 수 없는 경지의 고수.

그는 빠르게 몸을 옆으로 꺾으며 단도를 피하고, 상관미조의 팔을 아래로 내리눌렀다. 그리고 오른손 가득 공력을 모아 휘둘렀다.

상관미조는 그 빠르고 강맹한 손을 피할 틈이 없었다.

'젠장!'

하지만 금명은 마지막 순간 아주 잠깐 망설이고 말았다. 상관미조의 얼굴에 사랑했던 그녀의 얼굴이 환영처럼 겹쳐져 보였기 때문이다.

그리고 그 잠깐의 망설임을 상관미조는 놓치지 않았다.

푹!

금명은 급히 상관미조의 어깨를 손으로 쳤고, 그녀는 그 충격을 감당하지 못하고 신음을 내뱉으며 물러났다.

하지만 그의 복부에는 이미 단도가 반쯤 꽂혀 있는 상태였다.

"왜?"

정신적인 충격으로 저도 모르게 몇 걸음 물러난 금명은 자신의 복부를 내려다보고, 다시 상관미조를 쳐다보며 물었다.

머리가 길게 풀어헤쳐진 채로 어깨를 감싸 쥐고 있던 그녀는 조금 전까지 볼 수 없었던 차가운 눈빛으로 그를 쳐다보고 있었다. 그리고 입가에 비웃음을 지었다.

"생각보다 멍청하네. 한 가지 이유밖에 더 있겠어? 아버지가 당신의 죽음을 원하기 때문이야."

금명은 한숨을 내쉬었다.

"그래서 나에게 호위를 부탁했구나. 내가 거절하지 못하리란 걸 그도 알고 있으니까. 하지만 너를 이용해 날 죽일 생각을 하다니……. 그는 내 생각보다 더 꾀가 많고, 냉철한 인간이었나? 아니, 그럴 리가 없지. 그는 욕심이 많은 사람이지만, 이런 계략을 떠올릴 사람이 아니지. 그래. 홍문한이구나. 그가 이 계책을 구상한 거야. 하지만 고작 이런 단도 따위로 날 죽일 수 있을 거라 믿었더냐?"

금명은 몇 개의 혈을 찍어 단도를 뽑을 때 출혈이 일어나지 않도록 조치했다.

"그 정도로는 죽일 수 없겠지. 하지만 걱정할 거 없어. 난 당신의 목을 잘라 죽일 생각이거든. 그 추악한 머리통을 들고

가야 한다는 게 마음에 들지는 않지만, 어쩔 수 없잖아."

금명의 입가에 씁쓸하고, 슬픈 미소가 그려졌다.

"넌 정말 그녀를 닮지 않았구나. 그녀라면 절대 이럴 수는 없는데……."

"그 추악한 입으로 내 어머니를 말하지 마! 너 같은 자는 내 어머니를 말할 자격이 없어!"

상관미조의 표정은 사납고 독살스러웠다. 조금 전까지는 그 어떤 표정도 예쁘고, 따스하기만 했는데, 지금은 완전히 다른 사람이 되어 버린 것 같았다.

"당신은 내가 생각했던 것보다 쓸데없이 말이 많아. 이제 죽여줄게."

"이런 부상을 입었다고 내가 쉽게 당할 거 같으냐?"

금명은 가능성이 없는 이야기를 한다는 듯 고개를 흔들었다.

하지만 그런 그를 상관미조는 비웃었다. 그녀의 얼굴엔 자신감이 넘쳤다. 대부분의 사람들이 금명을 앞에 두고 보일 수 있는 표정이 아닌 것이다.

"그렇겠지. 대단하신 잔혹마시니까. 하지만 산공독 때문에 내공을 쓸 수 없고, 극독에 중독되어 근육이 오그라들고 힘이 약해지면 어떨까?"

"……!"

금명은 그녀의 말이 아니라도 단도를 뽑은 순간 자신의 몸 상태가 정상이 아니라는 걸 깨달았다. 단도에 묻어나온 피가 검붉었고, 산을 오르면서 무리하게 공력을 운용해 가뜩이나 얼마 남지 않았던 단전의 내공이 어느 사이엔가 존재감을 상실해 가고 있었던 것이다.

"술에 산공독을 탔냐?"

"그리고 비녀와 단도에 극독을 발랐어. 사람들이 어찌 알았겠어. 아무도 믿지 않는 추귀 잔혹마도 미인계엔 어쩔 수가 없었다는 걸 말이야. 그런 추악한 몰골의 당신도 결국 남자였다니. 세상에 이보다 더 웃기는 일이 어디 있겠어!"

상관미조는 깔깔거리며 조롱어린 웃음을 터트렸다.

금명은 대꾸하지 않고 어깨에 박힌 비녀를 뽑았다. 그는 지금 최악의 상태였지만, 살아남기 위해서는 무엇보다 냉정해져야만 했다.

'극독이 심장에 이르기 전에 방법을 강구해야 한다.'

하지만 이 상황에서 방법이란 하나밖에 없었고, 그래서 즉시 상관미조를 향해 몸을 날렸다.

"흥!"

상관미조는 물러나거나, 반격을 하는 등의 움직임을 취하지 않았다. 그녀는 단지 코웃음을 쳤고, 그 순간 사방에서 칼을 든 십여 명의 무사들이 나타나 상관미조의 앞을 막고, 금명의 사방을 둘러싸며 살기 어린 공격을 해왔다.

'보룡무사들이다!'

상관미조의 앞을 막아선 무사들 중에 보룡대 대장 맹강배가 있다는 게 그들의 정체를 확실하게 증명해 주었다.

진작 알아채지 못했던 건 이들이 매우 오랫동안 매복을 하고 있어서 기척을 느끼기가 어렵기도 했지만, 상관미조에게 모든 감각이 집중되어 있었던 탓이 가장 컸다.

'내가 이런 함정에 빠지다니.'

무기를 지닌 사람을 지척까지 접근케 하고, 매복도 눈치 못 채고, 독에까지 중독되어 버린 건 전혀 그답지 않은, 멍청하기 그지없는 실수였다.

그녀의 말대로 미인계에 완벽하게 걸려든 것이다.

챙!

금명은 앞으로 향하던 걸 급히 멈추고, 그의 옆구리를 찔러오는 칼을 지팡이로 쳐냈다. 그리고 강철 비녀를 암기처럼 던져 한 명을 쓰러트리고, 동시에 칼을 뽑아 뒤로 물러나려는 무사의 가슴을 둘로 쪼개 버린 뒤, 사방에서 일시에 떨어지는 칼날을 피해 신형을 이리저리 뒤틀었다.

"……!"

완벽하게 피하지 못해서 두 개의 검상을 등에 입은 금명은 이를 악물고 신음을 참았다. 그리고 왼손을 뻗어 무사의 머리를 잡고 단번에 목을 비틀어 버렸다.

"도망 못 가게 막아!"

한 명을 죽이자마자 공중으로 뛰어오르는 금명을 보고 맹강배가 소리쳤다. 하지만 금명은 도망치기 위함이 아니라, 공격을 위해 뛰어오른 것이었다.

홍—

금명은 남은 공력을 활짝 펼친 왼손에 모아 아래를 향해 뻗었고, 강맹한 장력이 뛰어오르던 보룡무사들을 덮쳤다.

"끄악!"

세 명은 오공으로 피를 쏟으며 바다로 떨어지고, 두 명은 가슴을 움켜잡고 주저앉았다.

"두려워 마라! 놈은 더 이상 공력을 사용하지 못할 것이다!"

일순간에 다섯 명을 쓸모없게 만들어 버린 금명의 무위에 수하들이 당황하자, 맹강배는 앞장서 금명을 향해 몸을 날리며 소리쳤다.

'저 빌어먹을 놈이 초를 치는구나.'

땅에 내려선 금명은 내심 맹강배를 원망했다. 그의 말대로 그는 더 이상 공력을 사용할 몸 상태가 아니었기 때문이었다. 더구나 좌우에서 보룡무사 열 명이 더 나타나 합류했다.

아마도 매복자들은 그들만이 다가 아닐 것이다. 단지 이곳 연화봉의 공간이 좁아 나타나지 않고 있을 뿐.

'물러날 공간은 없고, 내려갈 수 있는 길은 놈들이 모두 막고 섰으니⋯⋯.'

금명은 열이 날 정도로 빠르게 머릴 굴렸고, 방법은 역시 상관미조를 인질로 잡는 수밖에 없다는 결론에 이르렀다.

그는 맹강배를 향해 마주 달려갔고, 근력이 받쳐 줄 수 있는 만큼 맹렬하게 칼을 휘둘렀다.

카카카카—

칼과 칼이 시끄럽게 맞부딪쳤다. 맹강배는 더욱 힘을 내 검력을 높였다. 하지만 금명은 힘을 빼고, 재빨리 옆으로 비켜 피하며 앞으로 힘껏 뛰어올랐다.

"아가씨를 보호하라!"

의도를 파악한 맹강배가 상관미조의 앞을 막고 서 있던 세 수하를 향해 소리쳤다. 하지만 금명은 그의 경고가 늦었다고 내심 비웃으며 칼을 휘둘렀다.

피피피피핑—

"⋯⋯!"

금명은 갑자기 그를 향해 쏘아진 다섯 대의 화살을 쳐냈다. 상관미조의 뒤쪽에서 석궁을 들고 모습을 드러낸 다섯 명의 무사들이 보였다.

'천문무사들도 왔구나.'

홍문한이 이 계획을 구상한 것이라면, 그의 수하들이 있는 게 이상한 일은 아니었다.

피피피피핑—

다시 다섯 대의 화살이 쏘아져왔다. 금명은 급히 칼을 휘둘렀지만, 그의 팔은 평소만큼의 기민함과 근력을 발휘하지 못했다.

푸푹—!

쳐내지 못한 두 대의 화살 중 하나는 왼쪽 어깨에, 또 다른
하나는 오른다리 허벅지에 박혔다. 게다가 화살의 힘에 밀려
뒤로 쓰러지기까지 했다.

"죽어라!"

바닥에 누운 그의 눈앞으로 두 개의 칼이 떨어졌다. 금명은
이를 악물고 오른쪽으로 몸을 굴렸다. 꼽추의 몸으로는 땅을
구르는 것조차 쉬운 게 아니었고, 몸 상태도 정상이 아니라 자
연히 기민함이 한층 떨어졌다.

"윽!"

목에 검상이 새겨졌다. 만약 조금만 더 깊었다면 그는 그대
로 이승과 하직하고 말았을 것이다.

"끈질긴 놈!"

높이 도약했던 맹강배는 몸을 일으키는 금명의 머리 위로
떨어지며 칼을 휘둘렀다. 순식간에 대여섯 개로 늘어난 칼이
금명의 상반신을 덮었다.

"합!"

몇 개는 칼로 막고, 몇 개는 몸을 뒤틀어 피하거나, 작은 상
처를 입는 것으로 대신했다. 하지만 몸은 천근처럼 무거웠고,
공력과 근력은 그의 의지를 벗어났으며, 검상과 화살이 박히
면서 흘린 피로 인해 현기증까지 일었다.

하지만 그 와중에도 바짝 접근해 온 두 보룡무사의 공격을

피하고, 있는 힘껏 손을 휘둘러 그들의 머리를 박살냈다.

울컥!

이어져 올 공격에 대비하기 위해 곧바로 뒤로 물러나던 금명은 검붉게 죽은피를 한 움큼이나 토해냈다. 그 순간 머리가 깨져 쓰러지는 수하들의 뒤로 맹강배가 뛰어올랐다.

퍽!

금명은 맹강배의 발길질에 격타당해 바닥을 끌며 뒤로 밀려났다.

바로 쫓아오려는 맹강배에게 칼을 내던졌다. 맹강배는 검을 휘둘러 칼을 쳐냈다.

피피피피핑—

기회를 포착한 무사들이 다시 화살을 쐈다. 금명은 막을 칼도, 피할 힘도 없었다. 하지만 그는 본능처럼 회피동작을 취했다. 최소한 치명상이라도 피하기 위해서.

하지만 그것도 그의 의지대로 되지 않았다.

푸푸푸푸푹—

다섯 대의 화살은 빠짐없이 몸에 박혀들었다. 그리고 그의 굽어진 몸뚱이는 반발력에 밀려 공중으로 붕 떠올라 날아갔고, 저 아래 운해로 뒤덮인 만장절벽으로 떨어졌다.

"안 돼—!"

상관미조는 놀라 소리치며 달려왔다. 하지만 이미 금명은 절벽 아래로 떨어져 모습을 찾을 수도 없는 상황이었다.

맹강배가 그녀의 옆에서 절벽 아래를 내려다봤다.

"죽었을 겁니다."

"찾아."

"예?"

"시체를 찾아 그의 죽음을 확인하란 말이야."

"하지만……."

맹강배는 흠칫 놀라 입을 다물었다. 상관미조의 눈빛은 그만큼 날카롭고, 살기에 물들어 있었다.

'호부에 견자가 없다더니.'

모친을 닮아 미모는 하늘에 닿을 지경이지만, 그 성정은 부친처럼 만만하지가 않았던 것이다.

맹강배는 아무리 금명이라고 해도 이런 절벽에선 절대 살아남을 수 없다고 생각하고 있었지만, 지시에 따라 수하들을 이끌고 연화봉을 내려가기 시작했다.

'이런 곳에 떨어졌으니 분명 죽었을 거야. 하지만…….'

맹강배가 사라지고, 혼자 남은 상관미조는 끝이 보이지도 않는 절벽 아래를 매섭게 노려보았다. 그리고 금명의 추악한 외모와 산공독과 극독에 중독되고도 악귀처럼 싸우던 모습을 떠올리고 몸서리를 쳤다.

'그의 시체를 확인해야 해.'

그렇지 않으면 부친에게 당당히 자신의 능력을 자랑할 수도 없을 뿐만 아니라, 한동안은 제대로 잠을 이루지 못할 것 같았다.

상관미조는 한참을 더 절벽을 내려다보다가, 고수의 그것처럼 민첩한 몸놀림으로 절벽과 반대쪽 연화봉 아래로 뛰어내렸다.

*　　*　　*

금명의 의식은 흐릿했다. 하지만 자신이 아직도 떨어지고 있다는 건 알고 있었다. 무형의 바람이 그의 온몸을 받치고 있는 느낌이 그걸 증명하고 있었다.

'참으로 허망하구나.'

세상을 믿지 않고 살아왔다. 하지만 그도 사람인지라 짝사랑했던 그녀와 그를 받아준 전대 방주의 핏줄을 외면할 수가 없었다. 그래서 그와는 어울리지도 않는 정을 흘려보냈는데, 도리어 똥물을 덮어쓴 격이 아닌가.

'이대로 죽는 것인가.'

의식은 더욱 흐려졌다. 문득 이렇게 죽어 버릴 삶이었다면, 여자라도 한 번 품어볼걸, 하는 우습지도 않은 후회가 일었다.

사십 평생 좋아해 주는 여자 하나 없고, 그를 앞에 두면 기녀들도 두려움에 떨고 울음을 터트리니, 옷을 벗고 교합하는 것은 생각할 수도 없었다.

억지로라도 하기를 원했다면 할 수 있었겠지만, 그는 자존심 때문이라도 그러고 싶지 않았다.

'하하하, 따지고 보면 아쉬운 것이 한두 개인가.'

순수하게 무공으로 이름을 알리고 싶었고, 가진 재물을 흥청망청 쓰며 우월감을 느끼고도 싶었다. 그 외에도 크고 작은 후회들이 죽음에 임박한 금명의 마음을 회오리쳤다.

'하지만 역시 가장 아쉬운 것은……'

환골탈태.

하늘에게 저주받은 이런 몰골이 아니라, 조금 더 사람다운 모습이 되고 싶었다.

절세미남이 되길 원한 게 아니었다. 평범하기만 해도 충분했다. 추악함으로 사람들의 시선을 모으고, 잘못도 없이 손가락질을 받거나, 조롱을 듣는 일만 없어도 더 이상 바랄 게 없었다.

'결국 헛된 바람이었나.'

의식이 흐리멍덩해져서 어떤 책인지는 기억나지 않지만, 지금의 심정을 지적하는 문구가 떠올랐다.

유를 없애려 하면 유에 떨어지고
공을 따르면 공을 등지네

지금의 모습을 없애려 할수록, 절망감은 더욱 커졌다. 환골탈태를 이루고자 노력하면 할수록 그에서 멀어지고, 불가능한 게 아닌가 하는 불안감만 짙어졌다.

'결국 집착을 버리고 흘러가는 대로 두면 마음이 편해지는 것을……'

생각 하나를 던져두고 금명은 완전히 의식을 잃었다.

허나, 그의 육체는 깨어나고 있었다. 시작은 극독에 잠식되어 쪼그라들고 정지되었던 심장이 다시 요동치는 것부터였다.

그리고 다음은 단전이었다. 산공독으로 인해 흩어져 버렸다고 생각했던 내공이 조금씩 되살아나, 뭉치고 또 뭉쳐 부피를 키우고, 금명도 상상하지 못했던 엄청난 양이 되었다.

그렇게 되살아난 내공이 살아 있는 생명처럼 스스로 단전을 벗어나 기혈을 타고 전신을 움직여 갔다. 노력해도 뚫리지 않던 곳들이 막대한 내공에 의해 시원스럽게 열렸다.

육체는 열기에 휩싸였다가, 냉기에 뒤덮이기를 반복했다. 칠공에서 독에 물들고, 검게 죽은피가 흘러나왔다. 솜털이 빠지고, 발톱이 빠지고, 피부가 벗겨지고, 다시 그것들이 새로 생겨났다.

깊숙이 박혔던 화살도 안으로부터 밀려나왔다. 그리고 보다 단단하고, 질긴 것들도 어긋나 있던 자리에서 바른 자리로 이동을 했다.

금명의 육신은 끝없이 깎아내려가는 절벽을 따라 떨어지면서, 의식을 완벽하게 배제한 변화를 조금씩, 때론 급격하게 이어갔다.

그가 염원하고, 또 염원하던 환골탈태가 일어나고 있는 것이다.

第四章

철썩 철썩.

뭔가 뺨에 닿는 느낌이 차갑다. 하지만 반면에 따사로운 기운도 느껴졌다.

"……."

눈을 뜬 금명이 처음 본 것은 감탄이 나올 만큼 푸른 하늘.

'저승의 하늘은 이리도 아름다운가?'

개똥밭에 굴러도 이승이 낫다고 하는데, 하늘만 보자면 크게 다를 것도 없는 것 같았다.

온몸을 감싸 안는 태양빛은 몸을 노곤하게 만들었다. 눈을 감고 있을 때 느껴졌던 따사로움이 바로 이것에서 기인한 것이리라.

'응?'

다시 뺨에 차가운 기운이 닿기에 고개를 돌리니 물이었다. 고개를 돌려 좌우를 살피니 강에 절반을, 땅에 절반을 두고 누워 있는 게 아닌가.

주변은 저승이라 할 수 없는 풍경들이었다.

'내가 살았나?'

확실히 이곳이 저승인 것 같지는 않았다. 너무나 명확하고, 분명한 현실적 풍경들이 그의 눈을 가득 채웠다.

다만, 여기가 어디인지, 어떻게 강가에 누워 있게 되었는지 등등에 대한 기억이 하나도 없었다. 그저 연화봉에서 떨어지며 어느 순간 의식을 잃었던 게 그가 기억하는 것의 전부였다.

상체를 일으켜 세웠다. 약간 부자연스럽고, 이상한 느낌이 들긴 했지만 큰 문제는 없었다. 몸을 살펴보니 넝마처럼 찢어진 옷이 간신히 제 역할을 하고 있었다.

헌데, 화살도 상처도 보이지 않았다. 더욱 이상한 것은 찢어진 옷 사이로 드러난 피부가 너무 깨끗하고, 하얗다는 것이었다. 그리고 보니 앉아 있는 자세도 평소와 달랐다.

"......!"

금명은 정신을 차려야겠다는 생각에 양손으로 물을 퍼 올려 얼굴을 씻어내다가 깜짝 놀랐다. 손에 느껴지는 이목구비가 너무나 생소했기 때문이다.

벌떡 일어났다. 그리고 자신의 상체가 곧게 펴지고 있다는 것에 당황했다. 어떤 생각 하나가 번개처럼 머리를 스치고 지나갔다. 그래서 얼른 강으로 뛰어 들어가 수면에 자신의 모습을 비춰보았다.

"아!"

이게 누구란 말인가. 생전 본 적이 없는 얼굴이 보였다.

게다가 잘생겼다. 머리카락은 너무 풍성하여 당혹스러울 정도였고, 고른 치아와 하얀 피부, 정확히 제자리를 잡고 있는 이목구비. 절세미남이라 할 수는 없지만, 어딜 가도 빠질 얼굴이 아니었다.

또 젊었다. 많이 봐야 스물 중반으로밖에 보이질 않았다.

"이게 정말 나야? 어라, 목소리도 달라졌네! 내 목소리가 이렇게 맑아? 도대체 이게 뭔 일이야!"

환골탈태에, 반로환동에, 목소리까지 변했단 말인가?

몸을 다시 내려다봤다. 고개를 이리저리 돌려서 꼼꼼하게 살폈다.

거울이라도 있다면 좋겠다는 생각이 들었지만, 반면에 굽어지지도 않고, 튀어나오지도 않은 평범한 등을 자신의 눈으로 볼 수 있다는 게 기쁨을 몇 배로 증대시켰다.

이게 꿈인지, 생시인지 혼란스러울 지경이었다. 하지만 팔을 힘껏 꼬집어보니 생시가 분명했다.

"하하하하—!"

커다란 웃음이 수면을 흔들었다. 근방 숲에 있던 새들이 놀라 날아올랐다. 그래도 그는 웃음을 멈추지 않았다. 멈출 생각이 없었다. 지금은 주체할 수 없는 환희가 그를 점령하고 있었다.

하지만 얼마 있지 않아 그는 울었다. 사십 년을 가슴에 담아왔던 썩은 물이 터져 버린 것이다. 그는 수면을 손으로 내리치며 눈물을 펑펑 흘리고 통곡했다.

그렇게 금명은 어딘지도 모르고, 인적도 없는 강가에서 웃고, 울고, 또 웃고, 울며 환골탈태한 자신의 모습에 광인처럼 기뻐하고, 또 기뻐했다.

*　　　　*　　　　*

'이게 내 얼굴이란 말이지.'

격한 감정의 분출이 끝나고, 어느 정도 마음을 안정시킨 금명은 벌써 한 시진이 넘도록 수면에 비친 자신의 얼굴을 보고 있는 중이었다.

'봐도, 봐도 질리지가 않는군.'

여인들이 시도 때도 없이 거울을 보는 이유가 이해될 것만 같았다. 자신을 사랑한다는 것, 자신에게 만족한다는 건 타인이 알아줄 수 없는 행복이었다.

'전신거울로 보고 싶은데.'

금명은 얼굴뿐만이 아니라, 바르게 펴진 몸을 제대로 보고 싶었다. 그래서 강가로 돌아섰다. 마을을 찾아 옷을 구하고, 전신거울에 자신의 모습을 비춰보기 위해서였다.

"......."

금명은 움직이지 않고 강가를 빤히 쳐다보았다. 웬 노인이 검은색 대나무 낚싯대를 어깨에 걸치고, 한손엔 바구니를 들고서 걸어오고 있었다.

척 봐도 고기를 낚고자 하는 강태공이었다. 그러나 금명은 노인을 그냥 낚시꾼이라 보지 않았다.

'저 정도의 기도에다가 묵철죽으로 만든 낚싯대와 철로 엮은 바구니라. 철수룡(鐵水龍)일지도 모르겠군.'

철수룡은 구노(九老)의 일인인 수노(水老) 구지행을 말하는 것이었다. 허나, 한 번도 만나본 적이 없는지라 확신할 수는 없었다.

"넌 뭐냐?"

강가에 멈춰 선 노인이 대뜸 물었다. 금명이 강에 들어가 있는 것과 넝마 같은 옷을 걸친 모양새가 이상하다 여긴 모양이었다.

"그 꼴로 왜 강에 들어가 있냐?"

"그냥 씻고 있던 중이오."

금명은 아무렇게나 대답했다. 그런데 그 대답이 마음에 들지 않는 듯 노인의 미간이 좁혀졌다.

"너 너무 짧다."

"뭐가 짧단 말이오?"

"뭐긴 뭐야, 바로 그 말투지!"

"같이 늙어가는 처지에 무슨."

"뭣이!"

노인은 뒤통수를 맞은 것 같은 얼굴로 화를 냈다.

"어린놈이 버르장머리가 없구나!"

'아!'

금명은 그제야 말투를 가지고 타박하는 이유를 깨달았다. 그의 외모만 보고 한참 어리다 생각했던 것이다.

'하긴 이런 얼굴로 마흔이라 한다면 아무도 믿지 않겠지. 생각지도 못한 문제네. 어딜 가든 매번 이런 문제가 생길 텐데, 곤란한걸.'

난감한 일이 아닐 수 없었다. 충분히 생각해 볼 사이도 없이 닥친 일이라 뭘 어찌 대응해야 할지 판단이 서질 않았다.

"이놈! 당장 무릎을 꿇고 용서를 빌지 않고 뭘 하는 게냐!"

금명이 말도 않고 있자, 무시를 당했다고 생각한 노인이 버럭 노성을 질렀다. 허나, 그 노성이 금명에게 반감을 일으키게 했다.

'반말을 한 것도 아닌데, 내가 무릎까지 꿇고 용서를 빌어야 하나?'

말도 되지 않는 일이었다. 게다가 얼마 전까지 세상 무서울 것이 없었던 잔혹마가 아니었던가.

'이거 은근히 열 받네.'

금명은 눈에 힘을 주고 노인을 마주 쳐다보았다. 절대 무릎 꿇거나, 용서를 빌 수 없다는 의지를 담고서. 만약 노인이 무력을 쓰겠다면, 그에 응해 시원스럽게 박살내 줄 의향도 있었다.

'어쭈, 이놈 봐라. 생긴 거 답지 않게 기개가 있는걸.'

노인은 금명의 힘 있는 눈빛에 살짝 놀랐다.

나름 기특하단 생각도 들었다. 그가 지금처럼 눈에 힘을 주고 호통을 치면 대부분의 젊은이들은 기가 죽어 머리를 숙이는 게 일반적이었으니까.

하지만 화를 내야 할 때는 화를 내야 하는 법.

"이놈……."

다시 노성을 터트리려던 노인은 갑자기 입을 다물고 뒤를 돌아봤다. 금명도 노인처럼 숲 쪽을 쳐다봤다.

왜?

정체모를 자들이 은밀히 접근하여 숲 속에 몸을 감추고 있었기 때문이다.

노인은 숲을 향해 물음을 던졌다.

"내게 불만이 있는 자들이냐, 아니면 불만 있는 자들에게 사주를 받은 자들이냐."

숲속에서 작은 웅성거림이 들렸다. 네놈들 때문이라느니,

그러게 뒤꿈치를 들고 걸으라 하지 않았냐, 무기는 천으로 쌌어야 소리가 안 나지 병신들아, 하는 등의 타박하는 말들이었다.

'수준 떨어지는 자식들.'

금명은 내심 코웃음을 쳤다.

종적이 들켰으면 도망가거나, 얼른 나설 것이지 오합지졸처럼 저게 무슨 짓거리란 말인가.

하지만 예상과 달리 오합지졸이 아니고, 제법 강단이 있는 모양이었다. 도망치지 않고 밖으로 모습을 드러냈으니까.

'열다섯 명.'

금명이 감지했던 딱 그만큼의 숫자였다. 하지만 그들의 모양새와 기질은 생각했던 것과 달랐다.

"물에 빠져 뒈져 버릴 늙은이야, 나 벽거길이다!"

무리 가장 앞에 서서 우렁우렁한 목소리로 소리친 사내는 족히 구 척에 이를 만한 거구에다가 허리 양쪽에 각기 쌍날도끼를 차고 있었다.

금명은 새삼스런 시선으로 거구를 쳐다봤다.

'벽거길이라 하면, 저 거구가 흑광웅(黑狂熊)이란 소리잖아.'

흑광웅 벽거길은 녹림의 고수로서 십괴(十怪)의 일인으로 호명되는 산괴(山怪)였다. 그리고 벽거길이 노인에게 하는 소리를 들어보면, 금명의 짐작처럼 노인의 정체가 철수룡 구지행이 맞는 것 같았다.

무림을 대표한다는 오십삼 인의 고수들 중 세 명이 한자리에 모인 것이다. 물론, 구지행과 벽거길은 이곳에 잔혹마가 있다고는 전혀 생각도 못하고 있겠지만.

어쨌든, 참으로 기묘한 만남이라 아니할 수 없었다.

'가만, 저들의 활동무대는 안휘가 아니라 절강인데. 그럼 내가 정신을 잃고 있는 사이에 강을 타고 절강까지 흘러왔단 말인가?'

금명으로선 황당할 따름이었다. 하지만 뭐라고 확정지어 결론내릴 수는 없는 일. 이곳이 정확히 어디인지 알기 위해서는 구지행이나, 벽거길의 도움이 필요했다.

이때 구지행이 오 장의 거리를 두고 멈춰선 벽거길을 불쾌한 시선으로 쳐다보며 입을 열었다.

"산괴, 내 듣던 대로 곰 같은 모양새를 하고서 여우처럼 행동하는구나."

"뭐? 어떤 새끼가 그래! 누가 나보고 여우래!"

"허허, 폭급한 성정은 멧돼지구나. 산도적이라고 산짐승들의 흉내를 내는 것이냐."

"미친 늙은이! 내가 말장난이나 하자고 온 줄 알아! 좋아, 이왕 말을 텄으니, 한 번 들어보자! 나하고 무슨 원한이 있다고, 툭하면 우리 애들을 괴롭히고 지랄이야!"

"원한이야 당연히 맺었지. 힘없는 양민을 공갈협박하고, 목숨까지 빼앗아 사리사욕을 채우는 녹림의 무리와 원한을 맺지 않는다면, 세상천지에서 누구와 원한을 맺을까."

"이런, 염병할! 댁도 손에 피가 마를 날이 없을 정도로 많이 죽여 놓고서, 누굴 욕하는 거야! 오호라, 그건 핑계지? 나하고 한 판 붙어보겠다는 거잖아! 산괴를 죽이고 싶은 거겠지! 내 듣기로 구노의 늙은이들은 자신들의 서열이 너무 아래라서 불만이라고 하던데, 날 죽여 명성과 서열을 높여 사리사욕을 채우겠다는 속셈이잖아. 그런데 말이야. 무식한 내가 생각해 봐도 그거야말로 불의가 아닌가! 차라리 나처럼 겉으로 드러내는 것이 더 의롭고, 더 사람다운 짓일 거 같단 말이지!"

구지행의 얼굴이 분노로 붉어졌다.

그가 벽거길의 말처럼 명성을 높이고자 했던 적이 있었는가. 많은 이들의 목숨을 그의 손으로 끊었지만, 무인의 입장으로, 그리고 협을 좇자는 자신의 신념에 어긋난 상황이 있었던가.

'없었다.'

스스로 그렇게 믿어왔다. 그래서 화가 나는 것이다. 산적 따위가 근거도 없는 비난을 하며, 하늘을 두고 한 점의 부끄러움도 없다고 믿어왔던 자신의 지난 삶을 폄하하고 있기 때문에.

하지만 벽거길은 그런 표정까지 걸고 넘겨졌다.

"저거 봐, 저거 봐! 속내가 들키니까 저러는 거 아냐! 늙은이도 부끄러움이란 걸 알고는 있던 모양이구만!"

"이놈! 감히 누구 앞에서 그 조악한 주둥아리를 놀리는 게냐!"

"늙은이야말로 그 가식의 껍질을 벗어라!"

구지행의 분노는 극에 이르러 어깨까지 부들부들 떨었다. 벽거길은 그걸 보고 비웃음을 지었다. 그의 수하들 역시 피식 거리며 웃고 있었다.

뭔가 시작될 일촉즉발의 순간, 갑자기 작은 코웃음 하나가 구지행과 벽거길의 시선을 잡아끌었다.

코웃음의 주인은 금명이었다. 하지만 두 사람의 이목을 끌 자고 웃은 게 아니기에, 금명은 고개를 돌려 그들의 시선을 외면했다.

허나 그렇게 외면한다고 두 사람이 그냥 무시할 수는 없는 일.

구지행이 먼저 불쾌한 표정을 지으며 물었다.

"날 비웃는 게냐?"

"아니오."

"애송아, 그렇다면 나 벽거길을 비웃었던 거냐?"

"아니오."

두 사람은 동시에 얼굴을 찡그렸다. 둘 다 비웃지 않았다면 누굴 비웃었다는 말인가.

"그럼 왜 코웃음을 쳤냐!"

금명은 내심 한숨을 쉬었다.

'저 새끼 쓸데없이 집요하네.'

얽혀들고 싶지 않았지만, 벽거길이 노한 음성으로 묻고 있으니 마냥 무시하고 있을 수는 없었다. 대답을 하지 않으면 또 그것을 이유로 시비를 걸 테니까 말이다.

물론, 얼마 전이었다면 대답이고 뭐고 간에 그가 먼저 욕지거리를 내뱉으며 덤벼들었겠지만.

"상황이 희한해서 그랬소. 댁은 이 노인장을 죽인다고 몰래 접근까지 해놓고서 화를 돋우는 말만 늘어놓고, 노인장은 저 사람이 원한을 맺을 만한 악한이라 하면서도 말로 이기지 못함에 격분하여 분노만 토하지 손 쓸 생각을 않으니 말이오. 무림인들은 스스로가 옳다 여기면 말보다 주먹이 앞선다고 하는데, 아무래도 지금의 상황은 전혀 그렇지가 않은 것 같아 그랬던 거요."

벽거길과 구지행의 표정이 돌변했다.

벽거길은 자신이 구지행을 도발하고, 평정심을 무너뜨려 싸움에 우위를 점하고자 한다는 걸 들켰다는 것에 당황한 것이고, 구지행은 벽거길의 얕은꾀에 빠져 냉정하지 못했던 자신의 어리석음을 지적받았기에 놀란 것이다.

먼저 반응한 것은 계획이 무산된 벽거길이었다.

'애송이 놈이 다 된 국수에 재를 뿌리는구나!'

"네놈은 뭐냐! 뭔데, 남의 일에 쓸데없이 끼어들고 지랄이야! 당장 이름부터 토해내라!"

금명은 잠시 침묵하다 대답했다.

"반악이오."

본래의 이름을 쓸까도 생각해 봤다. 같은 이름을 쓴다고 해도 그의 정체를 알아챌 리가 없었으니까.

실제로 무림에서 그를 추귀 혹은 잔혹마라 하지 이름을 부르는 경우는 거의 없었다. 그의 이름을 아는 사람도 극소수에 불과했다.

더구나 그는 추악한 외모와 곱추의 몸으로 유명했으니, 더더욱 연관지어 생각할 수가 없을 것이었다.

설사 거룡방의 인물들 앞에서 나는 금명이다, 라고 외쳐도 믿지 않을 게 분명했다.

허나, 유비무환이라 했다. 조심해서 나쁠 것이 없고, 새로운 이름을 갖는다고 해도 이상할 게 없는 것이다.

'새로운 몸에, 새로운 얼굴이니, 이름이라고 새로운 걸 쓰지 말란 법은 없지. 앞으로 새로운 인생을 사는 거다. 이제부터 내 이름은 반악이다.'

반악은 옛 시대에 뛰어난 문인이자, 미남으로 유명했던 인물. 갑자기 떠올린 것이지만, 자신의 용모에 만족하며 새로운 삶을 살아가는데 이보다 더 잘 어울리는 이름이 없을 것이다.

*   *   *

잠시 고개를 갸웃거리던 벽거길은 신경 쓸 만한 자가 아니라 판단하고 화를 냈다.

"반악? 생전 듣도 보도 못한 거지발싸개 같은 이름이구나!

그래, 좋다. 네놈이 무림인의 생리를 말하는 걸 보면, 괜히 끼어들었다가 제 명에 죽지 못한 병신들에 대해서도 들어보았겠구나! 오늘 그 경우를 직접 느끼게 해주겠다! 능력, 일단 저놈부터 죽여라!"

명령을 받은 능력은 벽거길이 데려온 세 명의 소두목 중의 한 명으로, 구지행의 눈치를 살피며 강가 쪽으로 움직였다.

'환골탈태하자마자 일을 치르는군.'

반악은 내심 쓴웃음을 지었다. 결국 이렇게 될 줄 예상은 하고 있었다. 무림이란 원래 이렇게 돌아가는 게 정상이었으니까.

'그건 그렇고 저놈들한테는 내가 무명소졸로 보이는가 보군. 예전에는 상상도 못했던 일이지. 뭐, 이것도 나름 재미라고 해야 하나.'

그런데 잠시 동안 말이 없던 구지행이 그런 상황을 두고만 보지 않았다.

"네놈들 눈에는 내가 목상처럼 보이느냐!"

구지행이 낚싯대를 들어 능력을 향해 휘둘렀다. 표정을 보자면 분노를 가라앉히고 냉정을 되찾은 것 같았다.

쉬릭—

낚싯대는 능력과의 거리를 감당할 수 있을 만큼 길지 않았지만, 그 끝에 이어진 낚싯줄은 부족한 길이를 메우고도 남을 정도였다. 게다가 인면지주의 실로 만들었다고 하는 낚싯줄은 그 날카로움이 뼈까지 잘라 버릴 정도라 했다.

팅—

능격은 황급히 칼을 휘둘러 낚싯줄을 쳐냈다. 하지만 줄의 본래 특성은 부드러움. 낚싯줄은 그대로 칼날을 감아 버리고, 위로 휘감아 올라가며 손까지 노렸다.

"멍청한 놈아, 칼을 놔!"

벽거길이 버럭 소리치며 구지행의 정면으로 달려들었다. 그리고 어느새 양손에 뽑아든 쌍날도끼를 위로 치켜들고 힘껏 내리쳤다.

훙—

구지행은 낚싯대를 당기며 왼쪽으로 몸을 뺐다.

쨍!

하나의 도끼는 피하고, 또 하나의 도끼는 바구니로 막았다. 그리고 낚싯줄에 걸린 칼을 당겨 벽거길의 뒤통수를 노렸다. 하지만 벽거길은 고개를 숙이며 간단히 피하고, 연달아 도끼를 휘둘러 구지행의 어깨와 머리를 노렸다.

타탁.

빠르게 바닥을 찬 구지행의 신형이 위로 둥실 떠올랐다가 바람을 탄 구름처럼 뒤로 날아가 땅에 내려섰다.

"빌어먹을 늙은이, 시작하자마자 도망질이냐! 당장 이리 와라! 내 오늘 세상의 모든 산주인들을 대신해서 그 대가리를 쪼개 버리고 말겠다!"

벽거길의 노성과 함께 수하들이 일제히 몰려와 구지행의 주위를 포위하기 시작했다. 그들이 맞서겠다기보다는 피할 공간을 최대한 줄여 버리려는 의도인 것이다.

'싸우는 방법을 아네.'

반악은 내심 벽거길을 칭찬했다. 곧바로 합격을 선택했다는 건 이 싸움에 모든 걸 걸었다는 의미이기 때문이었다. 어떤 자들은 합격을 비겁한 짓이라고 욕할지 모르지만, 죽고 사는 문제가 걸린 상황에서 그런 걸 따지는 것 자체가 웃기는 일이었다.

'저쪽은 그렇다고 치고, 난 어떻게 하나.'

반악은 강으로 걸어 들어오는 능격을 쳐다봤다.

구지행에게 칼을 뺏겨 빈손이었지만, 그의 얼굴에는 자신감이 넘쳤다. 명령을 내린 벽거길처럼 그도 반악을 무명소졸로 보고 있는 것이다.

하지만 지금 반악은 능격이 알면 깜짝 놀랄 만한 고민을 하는 중이었다.

'저놈을 어떻게 죽여야 잘 죽였다고 소문이 날려나?'

작심하면 두 수 정도에 때려죽일 수 있을 것 같았다. 느긋하게 손을 쓰면 다섯 수까지 늘어날 것이다.

'잠깐만……'

갑자기 마음이 바뀌었다. 지금의 자신은 잔혹마가 아니라는 생각이 든 것이다.

물론, 본질은 잔혹마지만, 이젠 달라져야 하지 않겠는가. 앞으로의 삶을 어떤 방식으로 살아갈 것이냐를 규정짓지도 않은 상태에서 예전처럼 함부로 살인할 수는 없는 일이었다.

물론, 목숨을 노리고 덤벼드는 자들이니 죽여도 괜찮다 싶지만, 새 인생의 길을 정하기 전까지는 살인을 포함한 모든 행동에 심사숙고할 필요성이 있었다.

'음, 대충 상대하고 있다가 저쪽의 싸움 상황을 보고 죽일지, 말지를 결정하자.'

반악은 그래서 능격이 가까이 올 때까지 가만히 기다렸다. 하지만 능격은 그의 의도를 완전히 다른 방향으로 이해한 모양이었다.

"아, 새끼, 완전히 굳었네. 쫄았냐? 내가 겁나? 그러게 주제를 알고 끼어들었어야지. 하지만 이미 늦었다. 네가 우리 두목을 너무 열 받게 했거든. 나도 어쩔 수 없어. 대신 고통 없이 바로 죽여줄게. 임마, 운 좋은 줄 알아."

반악은 헛웃음을 지었다.

'이거 그냥 죽여 버릴까?'

무식하면 용감하다지만, 자신이 누굴 상대하고 있는지도 모르면서 함부로 입을 나불거리다니. 가만히 있으면 중간이라도 간다고, 차라리 아무 말도 않고 살수를 펼쳤다면 무게감이 있구나, 하고 기특하게 여겼을지도 모를 일이었다.

"어쭈, 웃어? 이 새끼, 아직도 분위기 파악을 못했네. 한 번 피똥을 싸 볼래?"

능격은 어이가 없다는 듯 인상을 쓰다가 구지행과 싸우는 쪽을 돌아봤다.

수적인 우세 속에서 맹공을 퍼붓고는 있지만, 확실한 우위를 점하진 못하고 있었다. 그도 얼른 가서 도와야 할 분위기인 것이다.

"에이, 씨발. 너 같은 놈한테 낭비할 시간이 없다. 그냥 죽어라!"

능격은 점점 깊어져 허리까지 오는 강물을 팍팍 걷어차며 달려왔다. 그리고 그대로 반악을 향해 뛰어올라 얼굴을 향해 주먹을 내질렀다.

'제법이네.'

달려오는 동작과 내뻗는 주먹에 힘이 넘쳐, 수면이 파동 쳤다.

권각술은 무공의 기본. 기본이 튼실하니 칼을 쥐었을 때는 더욱 강하리라. 벽거길에게 우선적으로 명령을 받은 것도 그만큼 실력을 인정받고 있다는 증거.

허나, 반악은 무림에 이름 높은 잔혹마의 화신이었다.

'악, 소리 나게 놀아줄 테니, 네놈의 그 가벼운 혀를 원망해라.'

퍽!

시원스럽게 뛰어올랐던 능격은 둔탁한 충격음과 함께 강가까지 날아가 땅을 뒹굴었다.

뼈가 함몰한 듯 가슴은 움푹 들어가 있었고, 부릅떠진 눈엔 초점이 없었다. 입에서 흐르는 피는 가늘었지만, 즉사했다는 걸 누구나 알 수 있는 모습이었다.

"뭐, 뭐야?"

난데없이 들려온 둔탁한 소리에 고개를 돌린 벽거길은 죽어 있는 능격을 보고 황당한 표정을 지었다.

그뿐만이 아니라 다른 수하들도, 심지어 구지행도 똑같은 표정이었다. 누구도 능격이 당하는 모습을 보지 못했기에 어리둥절할 수밖에.

그래서 자연히 싸움도 멈춰 버렸다. 반악은 강에 그대로 서 있고, 능격은 그로부터 한참이나 떨어진 땅에 나자빠져 죽어 있는 건, 그만큼 놀라우면서도 쉽게 이해될 만한 상황이 아니었으니까.

'젠장, 이게 뭐야!'

헌데, 상황의 진상을 가장 잘 알고, 전혀 놀라지 말아야 할 반악도 어리둥절하기는 다른 이들과 마찬가지였다. 아니, 그들 이상으로 매우 당혹해하고 있었다.

왜?

'죽일 생각이 아니었는데.'

그가 노린 것은 가슴도 아니었다. 어깨 쪽이었다. 죽지 않을 정도로만 적당히 고통스럽게 만들 생각이었던 것이다. 그런데 이상하게 어긋나 가슴을 격타하고 말았다. 그것도 단번에 가슴뼈를 뭉개고, 즉사시켜 저 멀리 날아가게 할 정도로 강력하게.

'공력이야 그럴 수도 있다 치자.'

의식이 없는 사이에 환골탈태했지만 그 전에 꽉 막혀 있었던 기혈까지 뚫린 건 진작 알았고, 그래서 공력이 이전보다 증대했을 거란 예상은 하고 있었다.

그러니 공력을 적당히 조절해서 주먹에 주입했는데도 불구하고, 엄청난 공력이 주먹에 맺혀 일격필살의 권력을 발출했다고 해서 크게 당황할 필요는 없었다.

허나, 겨냥이 빗나간 건 이야기가 달랐다. 매우, 매우 심각한 문제인 것이다.

이 상황이 도대체 어찌된 것인가, 하고 어리둥절해하던 벽거길이 갑자기 깨달았다는 듯 불같이 노했다.

"저 새끼가 얍삽하게 실력을 숨기고 있었잖아! 답치, 속저, 그리고 너, 너, 너 같이 가서 죽여! 형체도 안 남게 완전히 박살내 버려!"

"옛, 두목님!"

"못 간다!"

구지행이 명령을 받고 움직이는 다섯을 향해 낚싯대를 휘둘렀다. 하지만 그 사이로 뛰어든 벽거길이 쌍날도끼로 낚싯대를 막았다.

캉—

"늙은이는 나랑 놀아야지!"

곧바로 남은 수하들이 벽거길을 중심으로 구지행을 둘러싸

며 아까처럼 움직일 공간을 줍히고, 매섭게 무기를 휘둘러왔
다.

*   *   *

'젠장할, 도대체 뭐가 문제인 거냐?'

전신에 내공을 빠르게 휘돌려 본 반악은 기혈의 순환에 관
해서 아무런 문제점을 찾지 못했다.

차분하게 생각도 많이 해보고, 뭔가 다른 방식으로 시간을
두고 찾아봐야 할 듯싶었다.

하지만 속저, 답치 두 소두목과 세 명의 조장급 산적은 그가
고민할 시간을 주지 않았다.

"범상한 놈이 아니다. 경계심을 가져."

강으로 들어가 반악과 가까워지자, 속저는 양손에 꺼내 든
단도를 꽉 움켜쥐며 진중하게 답치와 수하들에게 경고했다.
직접 보지는 못했지만 소두목들 중에 실력이 가장 좋은 능격
이 죽었으니, 확실히 조심해야 할 필요가 있었다.

"두목은 이놈을 죽이라고 했지, 포위만 하고 있으라 한 게
아니잖어."

답치가 속저의 말에 반발했다. 그 내용에 대한 거부감이 아
니라, 속저가 대장인 것처럼 말을 했다는 게 마음에 들지 않
던 것이다.

"그럼, 네가 앞장서든가."

"그러려고 그랬다."

"그럼 어서 움직여."

"난 네 부하가 아니니까, 명령하지 마!"

두 사람은 반악을 포위하지도 않고 어린애처럼 말싸움만 했다.

가만히 보고 있던 반악은 짜증이 났다.

"거 참, 말 많네. 안 올 거면 내가 가마."

반악은 곧바로 뛰어올라 가장 앞에 있던 속저를 향해 발을 내질렀다. 그런데 속저가 이를 쉽게 피해 버렸다.

'어라?'

반악은 어이가 없었다. 그의 발끝이 노렸던 곳에서 크게 틀어져 속저에게 피할 여유를 준 것이었다.

"그것도 발길질이라고 하는 거냐!"

속저가 코웃음을 치며 발목을 노리고 단도를 휘둘렀다. 반악은 급히 몸을 뒤틀어 발을 뺐고, 이 틈을 노려 답치가 허리를 향해 도끼를 내리쳤다.

'젠장.'

반악은 허리를 뒤로 젖히며 피하고, 어느새 뒤쪽에 자리 잡고 칼을 휘두르는 산적들을 향해 두 주먹을 동시에 내질렀다.

"큭!"

한 명은 어깨에 스쳐 비틀거렸지만, 또 한 명은 완전히 피해 버렸다. 이번에도 반악이 노렸던 방향에서 크게 어긋나 버린 덕분이었다.

'젠장할! 도대체 왜 이래?'

이해할 수가 없었다. 왜 이렇게 틀어지고, 어긋난단 말인가.

그의 감각은 최고 수준이었다. 환골탈태하면서 오감은 이전 과는 비교할 수 없는 경지에 올라서 있었다.

이 정도로 예민해질 수 있다는 것에 스스로도 놀랄 정도였다. 그래서 놈들의 공격과 방어의 움직임은 간단히 알아챌 수 있었다.

하지만 감각과 의지는 명확한데, 몸이 그에 부응을 하지 못하고 있는 것이다.

"이 새끼, 별거 아니잖아!"

도끼를 휘둘러오는 답치는 자신감에 넘쳤다. 그도 능격이 당한 것 때문에 내심 우려하고 있었는데, 막상 싸워보니 충분히 죽일 수 있을 것 같았기 때문이었다.

'이것들이!'

반악은 짜증이 와락 솟구쳐 단숨에 내공을 끌어올려 답치를 향해 손바닥을 내질렀다. 정교한 공격을 할 수 없다면, 막대한 공력을 통해 광범위한 공격을 퍼붓겠다는 생각인 것이다.

그리고 그의 의도는 정확히 들어맞았다.

펑—!

답치는 커다란 타격음과 함께 저 멀리 날아가, 능격의 시체

옆으로 나뒹굴었다. 오공에서 피를 흘리며 꼼짝도 않는 것이 능격처럼 즉사한 게 분명했다.

"……."

답치에 뒤이어 공격을 하려고 했던 속저와 산적들은 무기를 치켜든 채 돌처럼 얼어붙었다. 완전히 겁을 먹은 얼굴이었다.

그들은 아직도 분을 삭이지 못하고 씩씩거리고 있는 반악에게서 조금씩 뒤로 물러났다. 답치가 일격에 죽는 걸 보았는데, 공격할 용기가 날 리 있겠는가.

하지만 완전히 물러날 수는 없었다. 그냥 도망치면 지금은 살아도, 결국 나중에 벽거길의 손에 죽을 테니까.

그러나 이때, 그들에겐 구원과도 같은 명령이 들려왔다.

"물러난다!"

벽거길의 후퇴 명령이었다. 돌아보니 그 사이에 죽은 동료 두 명과 다친 한 명을 산적들이 들쳐 업는 게 보였다. 생각도 못한 반악에게 소두목이 두 명이나 죽어 버리고, 구지행도 쉽게 제압하기 힘들 것 같자 싸움을 포기한 것이다.

구지행은 쫓을 생각이 없는지 그냥 보고만 있었다.

속저는 가만히 서 있기만 하는 반악의 눈치를 보며 얼른 수하들과 강가로 물러나, 벽거길의 뒤를 쫓았다.

"철수룡! 다음에는 반드시 머리를 쪼개 버릴 것이다!"

구지행은 숲속에서 들려오는 벽거길의 외침에 헛웃음을 지었다.

174

"도망치는 놈이 말도 많네."

구지행은 강가로 걸어갔다. 그리고 여전히 강 속에 서 있는 반악에게 말했다.

"언제까지 거기에 있을 거냐?"

고심에 빠져 있는 반악은 대꾸도 하지 않았다. 그저 손을 내뻗고, 어깨를 당기고, 팔을 휘두르거나, 혹은 몸을 돌리고, 뛰어오르기도 하면서 고개를 갸웃거릴 뿐이었다.

구지행은 무시당하는 것이라 여겨질 수도 있는 상황이었지만, 이전과 달리 화를 내지 않고 가만히 기다렸다. 그리고 한식경을 기다려도 반악이 강에서 나올 생각을 하지 않자, 근처에서 바위를 옮겨와 강가에 놓고 앉아서 낚싯대를 강물에 드리웠다.

반시진이 흐르고, 다시 한 시진이 흐르고, 태양은 서쪽으로 기울어져 노을빛을 아래로 늘어트리고 있었다. 실력이 좋은 구지행은 철로 엮은 바구니에 열 마리나 되는 물고기를 채워둔 상태였다.

또 시간이 흘러 노을빛도 흐릿해지고, 점점 어두워져갔다. 구지행은 낚싯줄을 거두고, 숲으로 가서 마른 나무들을 가득 주워왔다. 그리고 주먹만 한 돌멩이들을 구해 와 원을 만들고, 그 안에 나무를 쌓은 뒤, 불을 붙였다.

"그런 것이었군! 하하하, 그런 것이었어!"

갑자기 반악이 소리쳤다. 그리고 크게 웃으며 수면을 내리쳤다. 네 시진이 넘도록 생각한 끝에 문제의 원인이 무엇인지를 알아낸 것이다.

구지행이 그런 반악에게 물었다.

"너도 먹을 테냐?"

반악은 웃음을 멈추고 강가로 고개를 돌렸다. 구지행은 물고기를 나뭇가지에 꿰어 모닥불에 굽고 있는 중이었다. 고소하게 타들어가는 냄새가 절로 군침을 돌게 했다.

"독이 들어 있지 않다면야, 거절할 이유가 없소."

구지행은 웃었다. 그가 누구인지 알았으면서도 변함없이 당당하고, 시비어린 말투로 대꾸하는 반악에게 화가 나면서도, 재밌어 하는 것이다.

"건방진 녀석 같으니라고. 이리 와 앉기나 해라."

*　　　*　　　*

화르르.

붉게 일렁이는 불빛을 사이에 두고 구지행과 반악은 아무 말도 않고 먹는 데만 집중했다. 그러다 보니 그 많던 물고기는 순식간에 사라지고, 하나만 남게 되었다.

구지행은 머리와 뼈까지 오독 오독 다 씹어 먹고는 손을 탁탁 털었다.

"마지막 건 네가 먹어라."

"잘 먹겠소."

반악은 망설임 없이 물고기를 집어 들었다. 그리고 천천히, 꼼꼼하게 맛을 음미하며 뜯어 먹었다. 그 모습을 보며 구지행은 흐뭇한 표정을 지었다. 구운 물고기도 일종의 요리한 음식이니, 남이 맛있게 먹어주면 기분이 좋을 수밖에.

"맛이 괜찮지?"

반악은 먹으면서 고개를 끄덕였다.

"내가 이거 먹는 재미로 낚시를 한다니까. 어떤 놈들은 뭔가 그럴듯한 이유로 낚시를 하는지 알고 철수룡이란 별호를 붙여주었지만, 그게 아니거든."

구지행처럼 머리와 뼈까지 모두 씹어 먹은 반악은 넝마 같은 옷에 손을 닦으며 물었다.

"이왕 먹는 거 술도 한 잔 걸치면 좋을 거 같소만?"

"허허, 모르는 소리. 술은 술대로. 음식은 음식대로. 그래야 진정한 맛을 알 수 있는 법이야. 식도락이란 하나의 맛에 집중하는 것이란 말이지."

"흠."

반악은 어깨를 으쓱였다. 완전히 동감하는 것이 아니라, 그의 말도 일리가 있다는 표현이었다.

"어쨌든 잘 먹었소."

"나를 도와주었는데, 이 정도는 별게 아니지."

"고의는 아니었소. 어쩌다 보니 그리된 것이오."

"하하, 고의가 아니었다. 네 녀석은 말을 재밌게 하는구나. 감출 이유가 없다는 것이겠지. 허나, 급히 해야 할 말이 아니니 조금 더 생각하고 대답해도 되는 것을."

"……."

"네가 생각하는 강함이란 무엇이냐?"

반악은 뜨악한 표정을 지었다. 배부르게 잘 먹었으면 되었지, 갑자기 무에 대해 설파하려는 이유가 뭔가.

'이거 뭔가 잘못 걸린 기분인데. 괜히 먹었나?'

"강함이란 강한 것이지, 또 어떤 의미가 담겨 있단 말이오?"

"네 말도 맞다. 강함이란 강함일 뿐이지. 허나, 사물도 아닌 것에 어찌 의미를 하나만 두려 하느냐? 내가 생각하는 강함을 들어볼 테냐?"

솔직히 듣고 싶지 않았다. 하지만 듣지 않겠다고 해도 하지 않을 것 같지 않았다.

"말해 보시오."

"내가 아는 강함이란 웅장하고, 위엄이 있고, 엄숙한 것이다. 그 세 가지를 가슴에 품으면 굳세어지는 것이니, 굳세어지는 건 때리고, 죽이는 데 뛰어난 것이 아니라, 나아가고, 물러나는데 급하게도 않고, 빠르게도 않는 것이니, 스스로를 잘 단속하는 것이라 할 수 있겠지."

"……."

"웅장은 기상이 단단한 것이고, 위엄은 몸가짐이 가지런한 것이고, 엄숙은 말과 표정이 의젓한 것이니……."

반악은 내심 한숨을 쉬었다.

'처음엔 그냥 괴팍한 늙은이라 생각했는데, 이 늙은이 그동안 외로웠나 보네.'

한동안 사람을 못 만났거나, 대화다운 대화를 못해 입이 근질근질했던 게 분명했다. 그렇지 않고서야 이렇게 재미도 없는 이야기를 침을 튀기며 열정적으로 토해낼 이유가 뭔가.

'아니면 그냥 말이 많은 늙은인가?'

"……그러니 강함이란 굳세게 마음을 하나로 이끌어 가면서, 도리에 어긋난 부정하고 사악한 행동들로부터 멀어지는 것이다."

"……."

"내 말을 이해하겠냐?"

반악은 문득 객잔에서 만났던 건방진 꼬마의 누이가 했던 말이 떠올랐다.

'말을 함부로 하지 않는 것은 어느 때건 언행이 일치해야 한다는 것이기에 실천하기 어려우나, 때에 이르게 되면 안과 밖이 서로 조화를 이루어 어떤 일을 당해도 마음이 편안하고, 여유가 있어 냉철함을 유지할 수 있게 되는 것이다.'

꼬마의 누이는 그것이 갖춰야 할 소양이라 했다. 구지행이 말하고자 하는 것도 결국은 그 누이와 비슷한 의미이리라.

물론, 구지행은 그 외에 다른 것들도 전해 주려 하는 것 같지만 더는 생각하고 싶지 않았다. 하나, 하나, 풀어나가자면 끝이 없을 테니까.

사실 지금까지 참고 들은 것만 해도 과거의 잔혹마라면 절대 있을 수가 없는 일이었다.

"끝났소?"

"끝났다."

"그러니까 노인장의 말은 나한테 말을 가려서 하라는 거 아니오."

"……."

"아니오?"

구지행은 속으로 한숨을 내쉬었다. 뭐, 요점이야 그런 것이긴 했다. 하지만 그 외에도 많은 의미를 담았고, 보다 많은 대화가 이루어지길 바라고자 한 말이었다.

그런데 소귀에 대고 입이 아프도록 경을 읽은 꼴이 되었으니.

"맞다. 그러니까 앞으로 입 조심 해라. 세상은 독불장군으로 살아갈 만큼 호락호락하지 않다. 그건 그렇고, 넌 어디의 누구 문하냐?"

"그런 거 없소."

"그럼 일격에 사람을 죽일 수 있는 무공을 너 혼자 익혔다고? 내공의 깊이도 대단하던데."

"그냥 이곳저곳에서 배웠소. 내공은 운이 좋았다고만 알아두시오."

사실 틀린 대답도 아니었다.

처음엔 무관에 숨어들어가 몰래 훔쳐 배웠고, 거룡방에 입방하고서는 사부라고 할 것도 없는 무공사범들에게 배웠으며, 이후로는 제대로 가르쳐 주지 않아 혼자서 갖은 방법을 다 쓰며 무공을 연구하고, 익히고, 다듬으면서 경지를 높여 왔으니까.

내공은 더더욱 말할 것도 없었다.

"말하기 싫은 모양이군. 뭐, 그럴 수도 있지. 하지만 아까 하는 걸 보니 고민이 많은 거 같다만, 조심하지 않으면 주화입마에 걸릴 수도 있다. 그럴 때일수록 경험 많은 사람의 조언이 필요하지. 허험."

"……"

반악은 구지행을 빤히 쳐다보았다. 말을 들어보니, 자신에게 조언을 하고 싶단 뜻이고, 그건 일종의 사부와 제자라는 관계성립으로까지 이어질 수가 있는 것이다.

'세상 오래 살고 볼 일이군. 환골탈태를 했더니 이 잔혹마에게 사부가 되겠다는 사람도 나타나다니.'

우습기도 하고, 씁쓸하기도 했다. 조롱과 치욕으로 점철되었던 어린 시절에는 이런 인연을 너무도 절실하게 원하지 않았던가.

솔직히 이전처럼 꼽추에 추악한 몰골이었다면, 구지행이 이런 제의나 했을는지가 의문이었다.

'나답지 않게 이야기를 너무 길게 들었군.'

말도 너무 많이 한 것 같았다.

"그런 거 필요 없소."

반악은 퉁명스럽게 내뱉고 구지행을 외면하며 돌아누웠다.

"자는 거냐?"

"……."

"잘 자거라."

"……."

반악은 눈을 감았다. 하지만 잠은 쉽게 오지 않았다. 그것이 구지행 때문인지, 아니면 바라던 환골탈태를 이루었기에 마음이 들떠서인지, 또는 과거와 미래를 이어가야 할지, 단절시켜야 할지에 대한 고민으로 인한 건지는 자신도 알 수가 없었다.

*   *   *

다음 날, 묘시(卯時; 오전 5시~7시)도 되기 전인 이른 새벽.

반악은 눈을 뜨고 일어섰다. 구지행은 쇠로 엮은 바구니를 베개 삼아 아직 자고 있었다.

'저러고 자면 자연스럽게 머리도 단련되겠군.'

우습지도 않은 생각을 하며 조용히 물러나왔다. 그리고 강을 따라 사라졌다.

반악의 모습이 보이지 않게 되자마자 구지행이 눈을 떴다.

'잡을 걸 그랬나?'

아쉬움이 드는 게 솔직한 심정이었다. 어디서 누구에게 무얼 배웠는지는 모르지만, 가르쳐 보고 싶었던 것이다.

무공뿐만이 아니었다. 그 외에도 가르쳐야 할 게 많았다. 잘 못하면 의롭지 못한 방향으로 흘러갈 수도 있어 보였던 것이다.

'어쩌면 내가 어찌할 수 없는 녀석인지도 모르지.'

천재는 가르치지 않더라도 크게 완성되고, 바보는 가르치더라도 결국 나아지는 것이 없다고 했다.

결국 교육이란 똑똑함과 바보스러움, 선과 악을 함께 갖고 있는 보통 사람을 성장시키는 데 더 쓰임새가 높다 할 수 있었다.

그런데 그가 볼 때 반악은 보통 사람이 아닌 것이다.

'그 녀석이 천재인지 바보인지는 모르지만, 언젠가 인연이 되면……'

또 만나게 될 거란 생각이 들었다.

"세상일은 누구도 알 수가 없는 법이니까."

구지행은 다시 눈을 감고 잠을 청했다.

第五章

　반악은 강가를 따라 한참 동안을 걸어가다 작은 어촌 마을
을 발견했다.

　"여기가 어디요?"

　집 앞에 모여 앉아 그물을 손질하고 있던 늙은 아낙네들은,
그가 멀찍이서 나타날 때부터 호기심을 갖고 지켜보고 있던지
라 놀라지도 않고 대답해 주었다.

　"여긴 순안 동쪽이라오. 그런데 젊은이는 강도라도 당했수?"

　순안이면 절강의 서쪽이었다.

　'염병, 진짜 절강으로 넘어왔군.'

　아무래도 황산 밑으로 흐르는 강에 떨어져, 그 물길과 이어진 지류를 타고 떠내려 오다가 절강까지 이른 모양이었다. 날짜를 물어보니 황산에 있었던 때로부터 십 일도 넘게 지난 시점이었다.

황당하고 웃기는 일이었다. 하지만 그 덕분에 목숨을 보전한 것이나 마찬가지니, 오히려 다행스런 일이라 여겨야 할 것이다.

'상관미조 고 여우같은 것이 내 시신을 찾으려고 황산 아래를 이 잡듯이 뒤졌을 테니까 말이야.'

"......?"

반악은 문득 따가운 시선을 느끼고 아낙네들을 쳐다봤다. 그녀들은 화들짝 놀라며 얼른 그물을 손질하는 척했다.

'내 얼굴에 뭐가 묻었나?'

환골탈태하여 더 이상 추악한 외모로 시선을 끌 이유는 없으니 그리 생각할 수밖에.

'아, 내 몰골 때문이군.'

넝마 같은 옷차림을 하고 있으니, 이상하게 보는 게 당연했다. 오죽했으면 강도를 당했냐고 물었겠는가.

'시선을 끌지 않을 만한 옷을 걸쳐야겠는데.'

반악은 다른 부위에 비해서 멀쩡한 소매를 뒤적거렸다. 열 냥짜리 금원보 하나가 잡혔다. 유사시에 사용하려고 특별히 숨겨둔 것이었는데, 다행스럽게 빠지지 않았던 것이다.

"옷 하나 있으면 파시오."

아낙네들은 대꾸는 않고 빤히 쳐다보기만 했다. 자신들도 어려운 형편인데, 팔 옷이 있겠냐는 눈빛이었다. 하지만 반악이 금덩이를 손가락 마디 하나만큼 떼어내서 보여주자, 단번에 표정과 태도가 바뀌었다.

"금방 가져올 테니, 잠시만 기다려 보시오."

가장 나이가 많은 아낙네가 그물을 내던지고 초가집들이 모여 있는 곳으로 뛰어갔다가 회색빛의 상의와 바지를 하나씩 들고 왔다. 돈을 주고 사기 그럴 정도로 허름한 옷이었으나, 반악은 망설임 없이 떼어낸 금덩이와 바꿨다.

"여기서 가장 가까운 큰 마을은 어느 쪽으로 가야 하오?"

아낙네들은 가장 가까운 곳이 동려현이라 하며 자세히 설명해 주었고, 반악은 그녀들이 알려준 길로 걸음을 옮겼다.

저 멀리 사라지는 반악의 뒷모습을 보며 아낙네들은 수다를 떨기 시작했다.

"꼴이 그래서 그렇지, 참 잘생겼네."

"그 하얀 피부 보셨죠? 어디 부잣집 공자인데, 강도를 당한 게 분명해요."

"형님, 얼굴은 선하게 생겼는데, 눈빛이 매섭지 않았어요?"

"그런 것 같기도 하고. 하지만 참 잘생겼어."

"그러게요. 저도 모르게 얼굴만 빤히 쳐다보게 되더라구요."

반악이 들었다면 참으로 기묘한 기분에 빠졌을 아낙네들의 대화는 그 이후로도 한참이나 더 계속되었다.

동려현에서 새로 옷을 사고, 나귀까지 구입한 반악은 북동쪽으로 향했다.

그의 목적지는 항주였다.

항주는 아름다운 서호로 인해 시인묵객들의 사랑을 받는 지역이면서, 온화한 기온과 풍부한 물산 덕에 중원 그 어느 곳에 비할 바 없이 사람이 많은 곳이었다.

그래서 반악이 서호에 도착하여 성문을 지날 때 그를 곤혹스럽게 한 것은 오고가는 많은 사람들이었다.

'지난번에 왔을 때는 이러지 않았던 거 같은데?'

성문지기들에게 제지를 받아 나귀에서 내리지 않아도 되었고, 오고가는 사람들에게 부딪쳐 짜증이 난 일도 없었다.

'아, 이젠 용모가 평범하게 되어서 그런가.'

이전에 그는 무서운 사람이었다. 처음엔 조롱을 받지만, 곧 살벌한 눈빛과 분위기로 사람들을 두려움에 떨게 만들었기 때문이다.

그러니 관병들이 감히 그에게 내리라는 명령을 하지도 않았고, 사람들이 그의 옆을 지나며 어깨를 부딪치는 일도 없었다.

'뭐, 이것도 즐겨야 하는 거겠지.'

평범함이라는 건 바로 이런 게 아니겠는가.

하지만 계속 사람들과 부딪치고, 길이 막히는 일이 반복되자 슬슬 짜증이 나기 시작했다.

'한두 놈 잡아서 두들겨 팰까?'

덩치 큰 사내 두 명 정도를 반쯤 죽을 정도로 때리고, 두 주먹에 피를 묻힌 채 크게 한 번 웃어주면, 대부분이 겁을 먹고서 그의 근처로 오지도 않을 것이다.

'아니다. 그럴 거면 예전과 다를 게 뭐가 있냐. 변화를 원했잖냐. 아직 어떻게 살지도 결정을 안 했는데, 사고부터 칠 수는 없지. 지금은 우선 흐트러진 무공을 갈고 닦는데 집중하자.'

그래서 항주까지 온 게 아니던가.

반악은 있는 힘껏 인내심을 발휘하며 사람들 사이를 헤쳐 나갔고, 변함없이 사람은 많지만 한결 여유가 느껴지는 중심 대로에 들어설 수 있었다.

그는 곧장 객잔으로 향했다. 중심에 자리하고 있는 큰 객잔이 아니라, 대로를 한참 지나서 구석진 곳에 있는 작고 허름한 객잔이었다.

나귀를 맡기고 안으로 들어섰다. 작고 허름한 곳인데도 불구하고 안에는 손님들로 그득했다. 앉을 자리가 없을 지경이었다.

"손님, 이리로 오십시오."

점소이가 얼른 다가와 반악을 젊은 사내 한 명이 앉아 있는 자리로 안내해 합석을 시켜주었다.

"무얼 드시겠습니까?"

반악은 일단 다른 손님들이 먹는 음식들을 살펴보고, 숙수의 솜씨를 파악했다.

"각기 고기, 생선, 야채를 주재료로 해서 만든 세 가지 요리를 가져오되, 평소보다 조금 더 바짝 익혀 요리하라고 숙수에게 전해라. 그리고 모태주 한 병."

점소이는 멍한 표정을 지었다. 합석하게 된 사내 또한 마찬가지였다.

"문제 있냐?"

"예? 아닙니다. 그런데 모태주는 없는데요?"

"혹시 분주밖에 없냐?"

"예."

"그럼 그거 가져와."

점소이는 곧 주방으로 갔고, 반악은 차를 마시며 차분하게 주변을 둘러보았다. 언뜻 별 의미 없이 보는 것 같지만, 그의 이목은 작은 것 하나도 놓치지 않겠다는 듯 예리하게 번뜩이고 있었다.

합석한 사내가 말을 걸어왔다.

"식도락이 남다르구려. 난 정 가라 하오. 항주에는 어제 왔다오. 척 보니 형씨도 나와 같은 처지인 것 같은데……."

하지만 반악은 대화를 나눌 이유가 없었다.

"관심 없으니, 말 걸지 마라."

"……."

사내의 얼굴이 일그러졌다. 표정만 보자면 반악의 얼굴을 한 대 칠 기세였다.

'한 주먹 감도 안 돼 보이는 놈이. 아후, 내가 항주에 온 지 이틀밖에 안 돼서 참는다.'

사내는 분노를 억누르기 위해 아예 고개를 돌려 버렸다. 낯선 곳에 와서 아직 분위기도 모르니, 사고를 칠 수 없다고 생각한 것이다.

하지만 그는 모를 것이다. 그렇게 참은 덕에 자신의 목숨을 보전할 수 있었다는 걸.

'마땅한 놈도 안 보이고, 그럴듯한 이야기도 들려오지 않는군. 젠장, 조금 더 구석지고, 음습한 곳을 찾아갔어야 했나.'

반악은 이목을 곤두세웠는데도 원하는 걸 얻을 수가 없어 실망했다. 물론, 들어온 지 얼마 되지 않았기에 조금 더 시간을 두고 기다릴 필요는 있었다.

이때, 주문한 음식이 나왔다.

정 가라는 사내에겐 달랑 소면 한 그릇이 나왔는데, 반악의 음식들과 비교가 돼서 그런지 그의 얼굴에 약간 부끄러워하는 빛이 보였다.

'꼴을 보니 이런 큰 성에는 처음 온 모양이군.'

단단해 보이는 덩치와 성깔 있어 보이는 인상. 분명 그의 고향에서는 어깨에 힘 좀 주고 살았을 사내였다. 그리고 성공하겠다고 목돈을 싸들고 올라온 게 분명했다. 소면을 먹으면서도 가슴을 오른손으로 감싸고 있는 걸 보면, 그 안에 값나가는 걸 품고 있다는 의미니까.

'주제도 모르고 자존심만 강하면, 얼마 못 가서 거덜나기 십상이지.'

하지만 반악은 더 이상 신경 쓰지 않고 음식을 먹으면서, 주변을 살피는 데 집중했다.

"죄송합니다만, 한 분 더 합석을 하셔야겠습니다."

점소이가 중년 사내 하나를 데리고 와 앉혔다. 자리에 앉은 사내는 앉자마자 웃는 얼굴로 인사를 건네 왔다. 그것도 곧바로 말을 놔 버리는 게 아닌가.

"반갑구만, 난 문 가라 하네."

"전 정 가라 합니다."

반악에게도 대답을 요구하는 시선을 주었지만, 그는 한 번 슬쩍 쳐다봤을 뿐 아무 대꾸도 하지 않았다. 허나, 그 짧은 순간에도 반악은 사내의 특이점 하나를 발견했다.

'손에 굳은살이 있는 걸 보니…….'

특히 손아귀 위쪽과 검지, 엄지의 굳은살이 두꺼웠다. 일을 해서 만들어진 굳은살일 수도 있으나, 반악이 볼 때는 머리 부위에 무게감이 있는 무기를 자주 사용한 흔적이었다. 추측해 보자면 도끼일 가능성이 높았다.

여하튼, 중년 사내는 반악의 무뚝뚝한 반응에 크게 개의치 않는 듯 밝게 웃었다.

"이 소형제는 말이 없는 친구군. 그래, 자넨 어디서 왔는가?"

"자계에서 왔습니다."

자계는 절강 동쪽 바닷가와 가까운 지역이었다.

"오, 그래? 난 상우 태생일세. 어릴 때 자계에도 몇 번 가본 적이 있지."

문 가는 이후 자계 어디가 좋았다느니, 상우 어디에 있는 자신의 친구들이 제법 떵떵거리며 산다느니, 자신과 정 가는 동향 사람이나 마찬가지니 앞으로 잘 지내보자며 너스레를 떨었다.

정 가도 이에 맞장구치며, 꽤 활발하게 이것저것 이야기를 하며 즐거워했다. 혼자 외지에 나왔는데, 아는 사람 하나 없어서 외롭기도 하고, 주변사정이 어두워 누군가의 도움이 절실했다는 걸 빤히 알 수가 있는 모습이었다.

"먹고 잘 데는 정했고?"

"아직 없습니다."

"그렇다면 내가 좋은 데 하나 알아봐 줌세. 내가 거기 주인하고 잘 알아서 싸게 해줄 거야."

"정말입니까?"

"당연하지. 사해는 동도라 하는데, 우린 동향이기까지 하잖아. 남이 아니지. 앞으로 날 형님이라 생각하게."

"감사합니다, 형님."

"하하하, 그래. 이런 든든한 아우가 생겨 좋구나. 사실 말이야. 내가 오늘 아주 기분이 좋아. 이번에 아주 큰 건수가 생겼단 말이지."

"건수요?"

"그래. 나도 항주에 올라와 이것저것 안 해본 게 없다네. 나름 고생도 하고, 돈도 어느 정도 모았지. 하지만 크게 성공하려면, 푼돈 가지고는 안 돼. 항주는 사람도 많고, 드나드는 물산도 많아 장사를 하면 무조건 성공하는 것인데, 그만큼 밑천이 많이 든단 말이지. 지금 내가 가진 걸로는 부족해. 그런데 이번에 크게 돈을 벌 수 있는 물건을 얻었지 뭔가. 아, 이런. 함부로 이야기하면 안 되는데. 괜히 소문이라도 나면 말짱 도루묵이거든. 그냥 듣지 않은 걸로 해."

문 가가 갑자기 정색을 하며 입을 다물자, 정 가는 마음이 급해졌다. 그는 얼른 점소이를 불러 술을 가져오게 하고, 문 가의 잔에 그득히 따라주었다.

"형님, 일단 한 잔 하십시오."

"아, 고맙네."

정 가는 이후 몇 잔을 더 권하고, 슬슬 분위기가 달아올랐다 싶을 때 말을 꺼냈다.

"그 건수라는 거 말입니다. 혹시 저도 같이 할 수 없겠습니까?"

"자네도?"

"예. 한 손보다 두 손이 맞잡으면 더 쉽다고 하지 않습니까. 절 보면 아시겠지만, 고향에선 제법 알아주는 놈이었습니다. 그런데 큰 맘 먹고 올라오기는 했는데, 마땅히 할 게 있어야지요. 그렇다고 자잘하게 일을 하며 푼돈을 벌기는 싫습니다. 그런데 마침 형님을 만난 게 아닙니까."

"글쎄……."

문 가는 난감한 빛을 보였다.

"자넬 끼어주면 내 몫이 줄어드는 것이라서 말이야."

"많이도 바라지 않습니다. 그저 한 만큼만 주시면 되잖습니까."

정 가는 문 가의 잔에 술을 따라주며 간절한 얼굴로 부탁했다. 문 가는 술잔을 비우고는 한참이나 고심하는 표정을 짓다가 말했다.

"사실 약간 도움이 필요하기는 했거든."

그러면서 슬며시 반악의 눈치를 보는 게 아닌가. 아무래도 비밀스런 이야기라 조심하는 것일까?

"자네도 낄 텐가?"

갑작스런 제의였다. 여태껏 듣고 있도록 그냥 두었던 것도 다 이유가 있었던 것이다.

그런데 반악이 고개를 끄덕였다.

"형씨의 말을 듣다보니 관심이 생겼소. 그리고 나한테 약간의 밑천도 있으니, 돈이 필요하다면……."

반악은 품에서 주머니를 꺼내 그 안에 든 다섯 냥짜리 금원보와 은덩이들을 보여주었다.

'나귀도 갖고 있고, 생긴 것도 곱상해서 적지 않은 돈을 지니고 있을 거라 생각은 했지만…….'

문 가는 반악이 생각보다 많은 돈을 가지고 있다는 것에 내심 놀랐다. 하지만 겉으로는 내색하지 않았다.

"많지는 않지만, 나름 도움이 되겠군."

그러자 정 가도 급히 품에서 주머니를 꺼냈다.

"저도 돈 있습니다. 자, 보십시오."

그의 주머니에는 은원보가 가득 들어 있었는데, 금액으로 따져보면 반약보다 약간 적었다. 그래도 두 사람이 가진 금액을 합하면 결코 적은 게 아니었다.

그러나 문 가는 기뻐하는 속내를 드러내지 않고 시종 담담한 표정으로 일관했다.

"허허, 자네들이 이렇게 나오니, 더 이상 안 된다고 할 수도 없겠군. 좋네, 같이 한 번 해보세. 아, 마침 저기 내 누이동생이 오는구만."

＊　　　＊　　　＊

"아!"

문 가의 시선을 따라 입구로 고개를 돌린 정 가의 눈이 크게 떠지고, 볼이 붉어졌다. 누이동생이라 하는 여인은 이십 대 후반의 나이로 보였고, 빼어난 미인은 아니었다. 하지만 모나지 않은 얼굴에, 객잔에 들어선 순간 사내들의 시선을 단번에 잡아 끌 만큼 멋진 몸매의 소유자였다.

여인의 걸음은 당당했다. 뭇 사내들의 시선을 한 몸에 받고 있으면서도 그녀의 표정엔 조금도 주눅 든 기색이 없었다. 오히려 그 시선을 즐기는 것처럼 보일 정도였다.

"오라버니, 저 왔어요."

여인은 문 가의 옆에 앉으며 싱긋이 웃었다. 그 웃음에 묘한 색기가 묻어나 정 가는 저도 모르게 군침을 삼켰다.

하지만 반악은 그처럼 음심이 동하지 않았다. 오히려 기분이 불쾌해졌다.

'이득이 생길 것이라 꼬드겨서 절로 달려들게 하는 언변과 냉철함을 잃게 하는 미인계라. 제법이군.'

반악의 마음속에서 슬며시 살기가 꿈틀거렸다. 얼마 전 상관 미조에게 미인계를 당해 죽을 뻔한 일이 있었기 때문이었다.

하지만 나름 목적이 있었기에 살기를 억누르고, 속내를 감추며 묵묵히 지켜만 봤다.

"여긴 내 누이동생, 문애라 한다."

"안녕하십니까, 소저. 정 가라 합니다."

반악은 고개만 살짝 끄덕였다. 문애는 정 가보다, 그런 반악을 더 흥미롭게 쳐다봤다.

문 가는 누이동생에게 조용히 물었다.

"받아왔냐?"

"네."

"한 번 보자."

"여기에서요?"

"이 친구들은 걱정 말아라. 우리와 함께하기로 했다."

"뭐, 그렇다면……."

문애는 어깨에 메고 있던 봇짐을 탁자에 올려놓고, 주위를 살피며 조금 열어 보였다. 탁자에 앉은 네 사람만 볼 수 있을 만큼 아주 살짝.

"엇!"

정 가는 놀라 탄성을 질렀다. 문 가가 재빨리 입을 틀어막지 않았다면, 다른 이들의 이목을 끌었을 게 분명했다.

"이건……?"

"맞네. 옥으로 만든 마상이지. 옛 왕조의 능에서 꺼내온 물건이야."

"왕조요?"

"자네도 이 항주가 오래전 몇 대에 걸쳐서 여러 나라의 수도였다는 건 알고 있지?"

"그렇지요."

"바로 그중 한 왕조의 무덤에서 꺼내온 거야."

"와아!"

"쉿, 조용히. 그런 반응조차도 보이질 말게."

"예, 예. 명심하겠습니다."

"이건 말 그대로 장물이야. 하지만 그만큼 비싸게 팔 수가 있지. 수집하기 좋아하는 부자들, 대단한 걸 소유하기 좋아하는 고위관료들이 없어서 못 구하는 물건이란 말이야. 허나 위험부담이 커. 잘못하다 관에 걸리기라도 하면, 물건을 빼앗기고 치도곤을 당할 수가 있거든. 까딱하면 목이 잘려 나간다구. 그래서 아무에게나 팔 수가 없지. 전문적으로 취급하는 자들을 골라야 한단 말이야. 허나, 그들을 그냥 믿고 만날 수는 없는 일이 아닌가. 우릴 얕잡아 보고 무력을 써서 빼앗으려 할 가능성이 있어. 그래서 어느 정도 수준을 맞춰야 하는데……."

문 가는 정 가와 반악을 잠시 쳐다봤다.

"우리도 호락호락하지 않다는 걸 보여줘야 한다는 거지. 그래서 자네들이 필요한 거야."

"형님, 맡겨만 주십시오. 힘쓰는 건, 제 전문입니다."

정 가는 그러면서 은근히 문애에게 시선을 주었다. 노골적인 관심이었고, 문애 역시 그런 시선을 거리낌 없이 받아들였다.

도리어 눈웃음까지 치며 정 가의 음심을 자극했다.

"오라버니."

"응?"

"물건이 더 있대요."

"뭐?"

"이만한 가치의 물건이 두 개나 더 있대요."

"하지만 우리한텐 그만한 돈이 없는데……."

아쉬운 표정을 짓던 문 가의 시선이 정 가와 반악에게 향했다.

"자네들 우리와 확실하게 동업을 해볼 텐가?"

정 가는 기다렸다는 듯이 하겠다고 대답했고, 반악 역시 고개를 끄덕였다.

*   *   *

문 가가 돈을 챙겨들고 객잔을 떠나고, 정 가와 반악은 문애와 함께 남았다.

"맛있겠네요."

문애는 반악의 앞에 놓인 음식들을 가리키며 빙긋이 웃었다. 그리고 젓가락을 꺼내들고 물었다.

"먹어도 되죠?"

"먹고 싶으면 직접 시켜 드시오."

반악은 단번에 거절하고, 식사에 열중했다. 문애는 살짝 민망한 표정을 지으며 젓가락을 내려놓았다.

기회다 싶었던지 정 가가 얼른 끼어들었다.

"소저, 먹고 싶은 게 있으면 시키시오. 내가 사겠소."

"정말요?"

문애는 조금 과장되었다 싶을 정도로 환하게 반응했고, 즉시 점소이를 불러 몇 가지 음식을 주문했다.

"너무 맛있어요! 정 오라버니가 사주셔서 더 맛있는 것 같아요!"

"하하하, 소저가 만족하니 나 역시 기쁘오. 자, 한 잔 받으시오."

"아이, 나 술 잘 못하는데. 그럼 딱 한 잔만요."

음식이 나오자 문애와 정 가는 술까지 시켜서, 정분을 나누는 사이라도 되는 것처럼 사이좋게 잔을 주고받았다. 허나, 반악은 조금도 개의치 않고 묵묵히 음식을 먹고, 혼자 술을 마실 뿐이었다.

'이 자식이!'

문애는 내심 분을 삼키며 반악을 힐끔 쳐다봤다.

정 가와 화기애애하게 먹고, 마시면서도 그녀의 관심은 반악에게 쏠려 있었다. 지금껏 사내에게 이렇듯 무시를 당한 적이 없었기 때문이다. 그렇다고 반악이 엄청난 미남도 아니질 않는가. 그저 잘생긴 정도에 불과했다. 그러니 자존심이 상할 수밖에.

'어차피 돈을 뽑아내면 상종도 안 할 놈이지만, 그래도 너무 짜증나잖아. 감히 나같이 매력적인 여자를 무시해!'

그녀도 자신이 얼굴로 혹하게 만드는 미인이 아니라는 건 알고 있었다. 허나, 그 어떤 남자라 해도 유혹할 자신이 있었다. 애교 넘치는 말투와 눈웃음, 풍만한 가슴으로 시작되어 가는 허리를 지나 미끈하게 퍼지는 엉덩이까지.

그녀의 농염한 몸매만 봐도 거의 모든 남자들이 침을 질질 흘리며 작업을 걸어오지 않았던가. 하지만 문애는 화를 내리눌렀다. 이제 자리를 뜰 시간이 되었기 때문이다.

"오라버니가 왜 이리 안 오시지. 두 분은 여기서 잠깐만 기

다려 보세요. 아, 혹시 모르니 이건 정 오라버니가 가지고 계
셔주세요."

문애는 옥마상이 들어 있는 봇짐을 정 가에게 건네고 일어
섰다. 아니, 일어서려고 했다.

"잠깐."

반악의 손이 일어나는 문애의 손을 잡았다.

'이 남자, 손아귀 힘이 왜 이리 센 거야.'

문애는 거부할 수 없는 힘에 이끌려 다시 앉고 말았다.

"그냥 있으시오."

"오라버니가 걱정돼서 그래요. 만약 내가 오지 않을 것을
염려하는 거라면, 걱정 말아요. 이 물건을 두고 떠날 수는 없
으니까."

"형씨, 그녀의 말이 맞소. 물건이 내게 있는데 무슨 걱정이오."

허나 반악의 의지는 단호했다.

"우린 그가 올 때까지 여기서 기다리는 거요."

"그렇지만……."

문애는 내심의 짜증을 감추고, 안타까운 표정으로 정 가를
쳐다봤다. 마치 도와달라는 듯이.

정 가는 인상을 쓰며 반악을 노려봤다.

"이봐, 그녈 보내주라고. 물건이 내게 있는데 무슨 걱정이야."

"……."

"꼭 문제를 만들어야겠어?"

정 가는 반악이 반응을 보이지 않자 문애의 손을 잡고 있는 반악의 손목을 움켜잡고, 사나운 눈빛으로 쏘아보며 으르렁거리듯이 말했다.

"보내줘."

반악은 대꾸 않고 그의 손목을 잡고 있는 정 가의 손목을 잡았다.

순간, 정 가의 낯빛이 돌변했다.

'윽, 이놈 힘이……'

손목이 끊어질 것처럼 괴로웠다. 그도 반악의 손목을 있는 힘껏 움켜쥐었지만, 아무 소용이 없었다. 손을 빼려고 해도 꿈쩍도 하지 않았다.

'고향에선 내 힘을 당할 자가 아무도 없었는데……'

결국 정 가는 반악의 손목을 놔 버렸다. 그렇지 않으면 자신의 손목이 부러질 것 같았기 때문이었다.

반악은 그제야 정 가의 손목과 문애의 손을 동시에 놔주며 말했다.

"우린 기다리는 거요."

"하지만……"

"아니면 같이 움직이던가."

문애는 내심 한숨을 내쉬었다.

"그래요. 기다려요. 급하게 생각할 건 없으니까요."

그녀는 퍼렇게 멍이 든 손목을 쓰다듬으며 얼굴을 붉히고 있는 정 가를 노려보았다. 정 가는 부끄러움에 더욱 고개를 숙였다.

'이 자식은 허우대만 좋지 하나도 쓸모가 없네. 그보다 이 사내 생긴 건 순진하게 보이는데 쉽지가 않네. 아무래도 첫 번째 계획은 틀린 것 같고…….'

문애는 괜스레 주변을 오가고 있는 점소이에게 눈짓을 보냈다. 오라버니로 행세하고 있는 그녀의 남편 문복에게 첫 번째 계획이 실패했다고 전하라는 신호를 보낸 것이다.

"정 오라버니, 우리 술 한 잔 더 할까요?"

굴욕감과 패배감에 얼굴을 들지 못하고 있던 정 가는 문애의 살가운 제의에 얼굴이 환해졌다. 그리고 얼른 고개를 끄덕이며 점소이를 불러 술을 시켰다.

그 사이에 음식을 남김없이 모두 먹은 반악은 그릇을 치우게 하고, 두 사람을 무덤덤하게 바라보며 느긋이 차를 마셨다.

문애는 그런 반악의 모습에 울화가 치밀었지만, 겉으로는 전혀 내색을 않고 정 가를 취하게 하는데 열중했다.

*　　　*　　　*

몇 시진이 흐르고, 해가 져 버린 밖은 어둑해져 있었다.

탁자엔 술병이 쌓여 있고, 만취한 정 가는 문애에게 노골적으로 수작을 거는 중이었다.

"소저는 하나도 안 취한 것 같소. 헤헤헤, 하지만 그 모습이 더욱 매력적이오."

똑같이 마셨는데도 불구하고 얼굴색 하나 변하지 않은 문애는, 매혹적인 미소를 지어보이며 그녀의 허리를 감아오는 정 가의 손을 슬쩍 밀어냈다.

"아이, 사람들 많은 데서 부끄럽게 왜 이러실까. 아, 저기 오라버니가 와요."

문애가 싫어하지 않는 것으로 판단하고 다시 손을 뻗으려고 했던 정 가는 퍼뜩 정신을 차리고 흐느적거리는 몸을 가누기 위해 노력했다. 물론, 잘 되지 않았지만.

정 가는 꽤 늦었는데도 불구하고 전혀 미안한 표정도 없이 싱글거리며 걸어오는 문복에게 혀가 꼬부라진 발음으로 물었다.

"형님, 왜 이리 늦으셨습니까? 누이와 제가 무척 걱정했습니다."

문복은 그 말을 전혀 믿지 않았지만, 걱정해 줘서 고맙다며 정 가의 어깨를 두드렸다. 그리고 어깨에 멘 봇짐을 흔들면서 물건이 준비되었으니, 거래를 하러 가자고 말했다. 청옥상이 들어 있던 봇짐도 주위를 살피다가 얼른 그가 멘 봇짐에 집어넣었다.

"지금 말이오?"

반악이 어둑해진 밖과 취한 정 가를 눈짓하며 반문했다.

그러자 문복은 지금이 아니면 안 된다면서 정 가에게 괜찮겠냐고 물었다.

"괜찮습니다! 이까짓 거 문제없습니다! 오히려 술기운이 돌아 힘이 넘친다니까요!"

"그거 다행이군. 어서 움직이세."

문복은 바로 일단락 지어 버렸고, 반악은 더는 반문하지 않고서 따라 일어났다.

무리는 정 가가 계산을 하는 동안 잠깐 기다렸다가, 곧바로 문복의 뒤를 따라 여전히 사람이 많고 불빛으로 치장해 더욱 화려해진 대로를 벗어나, 딴 세상처럼 어둑하고 지저분한 골목으로 들어갔다.

*　　*　　*

"형님, 지금 어딜 가는 겁니까?"

여전히 취한 상태이기는 하지만, 주변을 식별할 만큼 정신을 차린 정 가가 어둑하고, 지저분한 골목 좌우를 불안스럽게 둘러보며 물었다.

"아까 말을 했듯이 이 물건을 사줄 사람이지."

"여기 분위기가 좀 그런데요."

고향에서 제법 거칠게 놀았던 정 가지만, 도회지의 뒷골목이란 건 그가 겪어왔던 곳들과는 달랐다. 그 자체만으로도 암울함과 위험성을 발산하고 있다고나 할까.

겉으로 보이는 항주의 화려함과는 대조적이기에 더욱 그리 느껴지는 걸 것이다.

"저도 기분이 이상해요. 하지만 정 오라버니가 절 지켜주실 거죠?"

문애가 두려운 표정을 지으며 정 가의 팔에 매달렸다. 그러자 표정이 돌변한 정가는 자신감 있는 목소리로 말했다.

"걱정 마시오, 소저. 내가 어떤 일이 있든 지켜드리겠소."

"하하, 내 누이동생의 안전은 아우 덕에 걱정하지 않아도 돼서 다행일세."

문복까지 거들어 그의 존재감을 높여주자 정 가의 어깨엔 더욱 힘이 들어갔다.

하지만 반악에게는 그런 모습들이 우습기만 했다.

'지랄하고 자빠졌네.'

속는 줄도 모르고 여자의 감언이설에 빠져 해롱거리는 놈이나, 아무것도 모르는 촌놈을 등치기 위해 입에 발린 소리를 하고 있는 연놈들이나 웃기기는 매한가지였다.

'뭐 미인계에 빠져 죽을 뻔했던 내가 누구 욕할 처지는 아니지만……'

알면서도 이런 장단에 맞춰 주고 있는 자신이 한심스러울 지경이었다. 사실 지금이라도 당장 문복과 문애를 때려잡고 싶었다.

하지만 그가 찾고 있는 걸 알고 있다는 보장이 없었기에, 보다 분명한 답을 가지고 있는 자들에게 안내할 때까지 참고 있는 것이다.

제법 시간이 흘렀다. 이리저리 복잡하게 움직여 꽤나 많은 골목을 돌아다닌 것 같았다. 하지만 실제로는 몇 개의 골목을 빙빙 돌았을 뿐이란 걸 반악은 눈치채고 있었다.

"여길세."

문복이 몇 번이나 반복해 지나쳤던 골목 끝자락에서 멈췄다. 그곳엔 허름한 건물에 어울리는 작은 문이 있었다.

"미리 말을 해두지만, 그들은 잔인하고 무서운 자들이야. 그러니 내 지시가 있기 전까지는 말도 하지 말고 움직이지도 말게. 괜히 그들의 심기를 건드려서 좋을 게 없으니까."

문복의 음성에는 긴장감이 잔뜩 서려 있었다. 정 가는 저도 모르게 마른침을 삼키며 애써 표정을 관리하려 했지만, 매우 불안해하고 있다는 걸 완전히 감추지는 못했다.

탕탕.

문복이 문을 두드렸다. 그리고 조금 뒤 안에서 사내의 음성이 들려왔다.

"누구요?"

"나 문 가야."

잠깐의 침묵 뒤에 문이 열렸다. 문을 열어 준 사내가 안쪽 좁은 복도에 서 있었다. 무서운 인상과 덩치만으로도 그가 뒷골목 암흑가에 몸을 담고 있다는 걸 느끼게 해주었다.

"두목이 기다리고 계시오."

사내는 앞장서서 길을 안내했다.

반악은 가장 끝에서 따라가며 오감을 세워 건물을 탐색했다. 하지만 얼마 있지 않아 그의 눈살이 찌푸려졌다.

'이 건물은 매음굴인가?'

그의 예민한 귀에 들려오는 건 살과 살이 부딪치며 나는 야릇한 소리와 여인들의 달뜬 신음소리, 그리고 사내들의 거친 숨소리였다.

간간히 욕지거리도 들려왔다. 화나서 하는 욕이 아니라, 교합을 자극하기 위한 욕이었다.

'신경 쓸 것도 없군.'

아무리 오감을 세워 봐도 살기가 느껴지지 않았다. 그들이 지나는 복도 중간 중간 보이는 문 뒤에 몇 놈이 있는 게 감지되었지만, 그것은 매복이라 보기도 어려웠다. 누군가의 명령을 기다리며 대기하고 있는 것 같은데, 그 정도는 반악에게 위협적이라 할 수 없었다.

무리는 다시 하나의 문 앞에 멈춰 섰다.

"형님, 문 가가 왔습니다."

"들어와."

문이 열리고, 무리는 작은 등불 몇 개에 의지하고 있는 제법 널찍한 방으로 들어섰다.

방 안에는 다섯 명의 사내들이 있었다. 한 사람은 방 끝 의자에 앉아 있고, 나머지 네 명은 그 좌우에 서서 덩치와 인상으로 위압적인 분위기를 조성하고 있었다.

의자에 앉아 있는 사내가 두목일 게 분명했지만, 문제는 얼굴이 안 보인다는 점이었다. 등불은 반악 등이 있는 곳을 중심으로 자리 잡고 있어서 방 끝까지 빛이 미치지 못했고, 그래서 두목의 얼굴은 어둑함에 가려져 있었던 것이다.

하지만 그런 점이 두목이란 자에게 무게감을 실어 주었다.

"물건은?"

"가져왔습니다."

두목의 나직한 물음에 문복은 안쪽으로 걸어갔다. 그리고 그의 앞에 서서 옥마상을 포함한 세 개의 물건이 들어 있는 봇짐을 보여주었다.

하지만 곧바로 건네지 않고 물었다.

"그런데 돈은 준비됐습니까?"

두목의 옆에 있는 사내가 묵직한 주머니 하나를 들어올렸다. 그리고 그 안에서 다섯 냥짜리 금원보 하나를 꺼내 보여주었다. 주머니의 크기로 봤을 때, 족히 오십 냥은 들어 있다고 봐야 했다.

"이게 왕릉에서 나온 물건이라고?"

물건이 든 봇짐을 건네었으니, 돈주머니만 받으면 되는 상황이었다. 그런데 문복에게 주머니를 주려고 하는 수하를 물건을 살펴보던 두목이 제지하고 물은 것이다.

"그렇습니다. 딱 봐도 아시겠지만, 아주 귀한 물건입죠."

"흥."

두목이 코웃음을 터트리며 벌떡 일어났다. 그제야 드러난 얼굴은 암흑가의 두목답게 칼자국도 있고, 대단히 험악했다.

그런데 두목이 봇짐에서 꺼낸 물건을 바닥으로 내던지는 게 아닌가.

와장창창!

물건들은 완전히 산산조각이 났고, 문복은 크게 놀라며 소리쳤다.

"무, 무슨 짓입니까!"

"감히 내게 사기를 쳐! 죽여라!"

그 말과 함께 한 사내가 단도를 빼들고 번개처럼 달려들어 문복의 복부를 찔렀다. 너무나 갑작스러워 피하고, 어쩌고 할 틈도 없었다.

"개, 개자식들……."

사내가 붉게 물든 단도를 들고 떨어지자, 문복은 욕을 내뱉으며 앞으로 쓰러졌다. 그의 몸을 중심으로 핏물이 바닥을 타고 번져갔다.

"너희들도 한 패지?"

두목은 가뜩이나 험악한 얼굴을 잔뜩 일그러트리며 노려보았다.

두목의 시선을 받은 정 가의 얼굴은 이미 창백하게 질려 있었다. 살인을 처음 보았던 것이다.

그는 퍼뜩 정신을 차리고 다급히 고개를 내저었다.

"아, 아닙니다! 전 저 사람과 아무 상관없는 사람입니다! 저도 사기를 당한 겁니다!"

하지만 두목은 그의 말을 믿지 못하겠다는 표정이었다.

"자, 잠시만요! 이 여자가 한 팹니다! 저놈의 누이동생입니다! 그러니 이 여자도 알고 있었을 겁니다! 전 아무것도 몰랐습니다! 저도 가진 돈을 모두 사기 당했습니다!"

정 가는 문애를 손가락질하며 소리쳤고, 살려달라고, 자신은 피해자라며, 이 일과 전혀 상관없는 사람이라고 외쳤다.

"오라버니, 날 지켜준다고 했잖아요!"

문애는 놀란 얼굴로 정 가의 팔을 붙잡으며 소리쳤다. 하지만 정 가는 그녀를 밀쳐냈다. 그리고 헛소리 말라고, 너 같은 년은 알지도 못한다고 악다구니를 쳤다.

"너 문애라고 했던가? 그 몸매는 쓸모가 있겠군. 저년은 나중에 매음굴로 보내라."

수하 중 하나가 문애를 잡아서 끌어당겼다. 그녀는 저항했지만, 덩치 큰 사내의 힘을 당해낼 수 있을 리가 없었다. 그녀는 양손이 뒤로 결박당한 채 구석으로 던져졌다.

"살려 주십시오! 저는 진짜 모르고 있었습니다!"

상황이 더욱 살벌해지자 정 가는 무릎까지 꿇으며 목숨을 구걸했다. 그러다 뭔가 생각이 바뀌었는지 자신을 수하로 받아달라고 했다.

"힘으로는 고향에서 따를 자가 없었습니다! 살인 빼고 나쁜 짓도 다 해봤습니다! 항주로 온 것도 서리의 집을 털다가 걸려서 도망쳐 온 겁니다! 저놈에게 사기당한 돈도 그 집에서 훔쳐 온 겁니다! 수하로 받아주십시오! 받아주시기만 한다면, 시키는 대로 뭐든지 다 하겠습니다!"

두목의 얼굴에 잠깐 당혹감이 서렸다. 표정 변화가 순간적이라서 보통 사람은 알아챌 수 없었겠지만, 반악은 그걸 정확히 보았다. 하지만 두목은 금세 본래의 험악함으로 얼굴을 무장하며 짜증을 냈다.

"너 같은 새끼는 항주에서 남아도는데, 뭐하러 수하로 쓰냐. 우린 아무나 안 받아."

정 가는 울상을 지었다. 나름 최선의 방법이라 생각한 것인데, 소용이 없게 되었기 때문이었다.

그래서 다시 살려달라고 빌었다. 그리고 옆에서 가만히 서 있기만 한 반악의 바짓가랑이를 잡고 흔들며 말하라고, 우린 아무것도 모르고 있었다고 너도 말하라고 소리쳤다.

하지만 반악의 입에서 나온 말은 정 가를 대경실색하게 만들었다.

"이런 염병할, 너 두목 아니지?"

"이, 이봐, 무슨 헛소리야!"

정 가는 얼른 사과하라고, 무릎 꿇고 용서를 빌라며 반악의 바짓가랑이를 잡고 마구 흔들었다.

"시끄러우니까, 입 닥치고 있어."

퍽!

반악의 발길질에 걷어차인 정 가는 한쪽 구석으로 나뒹굴었다.

"야, 너 두목 아니지?"

반악은 두목을 향해 손가락질까지 하며 물었다. 그러자 두목은 어이없다는 듯 코웃음을 쳤다. 그의 수하들은 미친 새끼라고, 헛소리 한다고, 입 닥치라고 험악하게 소리쳤다.

하지만 반악은 이미 모든 걸 파악한 상태였다.

"머리 나쁜 것들이 꼭 매를 벌어요."

반악은 구석에 놓인 의자를 집어 들었다. 그리고 그걸 죽은 문복을 향해 집어 던졌다. 순간 모두가 헉, 하고 놀란 표정을 지었다.

콰지직!

의자는 바닥에 부딪쳐 산산조각이 났다. 그리고 죽은 문복은 어느새 일어나서는 날카로운 눈빛으로 반악을 노려보고 있었다.

그는 죽은 게 아니라 죽은 척을 하고 있었던 것이다. 두목인 것처럼 행동했던 사내는 그런 문복의 뒤에 섰다. 반악의 말대로 그는 두목이 아니었던 것이다.

"내가 죽지 않았다는 걸 어떻게 알았냐?"

문복의 분위기는 이전과 확연하게 달랐다. 차갑고, 무거웠다. 제법 두목다워 보인다고나 할까.

반악은 코웃음을 쳤다.

"내가 바보냐, 그런 것도 모르게. 저 깨진 물건들도 진짜가 아니잖아."

산산조각 나서 바닥에 널려진 물건의 잔해들은 옥이 아니라, 돌조각들이었다. 돌로 조각해 만든 물건에 옥과 같은 색을 칠해 그럴듯하게 보이도록 한 모조품에 불과했던 것이다.

"그건 그렇고. 여기 진짜 두목이 너였냐?"

"그것도 알고 있었나?"

"그건 지금 알았다. 이거야 원, 진짜 어이가 없군. 단순한 사기꾼은 아닐 거라고 생각은 했지만, 수하들까지 거느린 두목이시란 말이지. 젠장, 이런 줄 알았으면 시간 낭비할 것도 없이 진작 족치는 건데."

반악의 짐작은 정확했다.

문복은 매음굴의 주인이고, 작은 패거리를 거느린 암흑가의 두목이며, 멍청하거나 순진한 사람들을 속여 돈을 빼앗는 사기꾼이기도 한 것이다.

그의 누이동생으로 위장을 한 문애, 아니 본래 이름이 배희인 그녀도 더 이상 숨길 이유가 없기에, 허술하게 묶여 있던 줄을 풀고 문복의 옆에 서서 차갑고, 오만한 표정으로 그를 보고 있었다.

문복은 살짝 놀라기는 했지만, 전혀 문제 될 것이 없다는 듯 말했다.

"생긴 건 그렇게 안 보이는데, 진짜 눈치 빠른 놈이네. 두 번째 단계까지 끌고 오게 만든 놈도 참으로 오랜만이야. 처음 너희들을 찍었을 때 이렇게까지 귀찮아질 줄은 예상도 못했거든. 하지만 별수 없지. 돈만 챙기고 그냥 보내주려고 했는데, 굳이 맞고 떠나겠다면야."

그 말과 함께 뒷문이 열리고 다섯 명의 덩치 큰 사내들이 각기 도끼를 들고 안으로 들어왔다. 이미 자리하고 있던 문복의 수하들도 도끼를 꺼내들었다.

'이것들 무슨 도끼파야?'

반악의 입장에서는 위압적으로 보이질 않고, 무식에 무식을 덧붙인 멍청이들로 보일 뿐이었다.

"둘 다 반쯤 죽여서 내다버려."

문복의 명령에 세 명의 수하가 살기어린 얼굴로 나섰다. 뒤에 두 명은 반악을, 앞에 한 명은 정 가를 목표로 삼았다.

반악은 한숨을 내쉬며, 답답하다는 듯 고개를 흔들었다.

"너희 같은 것들은 그래서 안 되는 거야. 자신의 능력은 생각도 않고, 눈에 보이는 쪽수만 믿고 날뛰거든."

"뭔 개소리야!"

"아가리 닥치고 그냥 꿇어, 새꺄!"

두 수하는 와락 달려들며 도끼를 휘둘렀다.

    *   *   *

  과광 쾅!

  두 수하는 달려들던 것보다 몇 배나 빠르게 뒤로 날아가, 말 그대로 벽에 틀어박혔다.

  "……!"

  문복의 입이 딱 벌어졌다. 다른 수하들도 놀라기는 마찬가지였다. 도대체 어떻게 맞고 날아갔는지 너무 빨라서 제대로 보지도 못했기 때문이다. 게다가 단단한 벽을 꿰뚫고 틀어박힐 정도라니.

  하지만 반악은 지금의 상황에 만족할 수 없었다.

  '주먹을 여섯 번이나 내질렀는데, 그중 반만 제대로 맞았잖아.'

  짜증이 났다. 문제의 원인을 알지 못했다면 화를 참지 못하고, 이곳 건물 전체를 박살내고 말았을 것이다.

  어쨌든, 지금은 정확도가 떨어지는 공격력을 양으로 밀어붙여 보완할 생각이었다.

  "놀랐지? 뭔가 잘못되고, 큰일 났다 싶지? 근데, 어쩌냐. 상황을 돌이키기에는 이미 늦었거든."

  반악은 정 가를 처리하기 위해 가다가 굳어 버린 수하를 향해 성큼 다가갔다. 수하는 본능적으로 방어의 필요성을 느끼고 도끼를 휘둘렀다.

콰득!

충격을 감당하지 못하고 손에서 놓친 도끼는 뒤로 날아가 벽에 박히고, 동시에 팔이 기형적으로 꺾인 수하는 복부에 엄청난 고통을 느끼며 공중을 한 바퀴 돌고 내동댕이쳐졌다.

반악은 이어 다른 수하들을 향해 움직였다. 그런데 문복이 배희를 끌어당기며 같이 납작 엎드리는 게 아닌가.

"사, 살려주십시오!"

그는 고수를 못 알아보는 실수를 저질렀지만, 이길 수도 없는 상대를 앞에 두고 만용을 부리는 멍청이가 아니었다. 그래서 자신의 어리석은 판단력을 인정하고, 곧바로 굴복하는 현명한 선택을 한 것이다.

남은 수하들도 재빨리 그를 따라 엎드렸고, 용서를 빌었다.

하지만 반악이 용모가 바뀌고, 이름을 바꾸었다고 해도 잔혹마였다. 좋은 사람도 아닐뿐더러, 한 번 손을 쓰면 자비를 모르는 사람이었다.

물론, 지금은 새로운 삶을 추구하려고 변화를 주고 있기는 하지만, 갑자기 아량이 넓고 마음이 착한 사람으로 뒤바뀔 수는 없는 법이었다.

"이미 늦었다니까."

반악은 엎드린 사내들을 향해 가차 없이 발길질을 했다. 그리고 밟고, 밟고 또 밟으며 사지 중 한 군데는 반드시 부러트리고, 눈을 까뒤집고 기절할 때까지 또 밟았다.

"사, 살려……."

마지막으로 얼굴을 밟힌 문복이 피와 부러진 이를 토해내고 기절한 뒤에야 반악의 발길질이 멈췄다.

'그래도 생존력은 있는 놈들이네.'

문복과 그 수하들을 죽이지 않은 이유는 그들이 저항을 하지 않았기 때문이었다. 이 바닥에서 노는 자들은 대부분 궁지에 몰리면 모든 걸 체념하고 코라도 물겠다고 덤비는 법인데, 이들은 기절하기 직전까지 무저항을 고수하며 목숨을 구걸했던 것이다.

나름 살아남는 법을 아는 자들이라 할 수 있었다.

"사, 살려주세요."

구석에 덜덜 떨고 있는 정 가를 제외한 사내들이 모두 기절한 상황에 남은 건 배희뿐이었다.

낯빛이 창백해지기는 했지만, 말은 더듬거리지만, 두려움 때문에 눈에 눈물이 그렁그렁했지만, 허리를 꼿꼿이 세우고 앉은 채로 끝까지 울지 않는 것만 보자면 나름 대단하다고 평가할 수 있을 것이다.

어쩌면 배희는 그런 당당함이 자신이 할 수 있는 최고의 저항이라고 생각하는지도 몰랐다.

그리고 그런 점이 반악에게 통했다.

"하지만 그냥 용서할 수는 없지."

반악은 바닥에 떨어진 도끼를 집어 들었다.

배희의 얼굴이 더욱 창백해졌다. 그녀는 저도 모르게 눈을 질끈 감았다. 하지만 반악은 그녀의 목을 치겠다고 도끼를 집어든 게 아니었다.

스삭 스삭.

배희의 길고, 풍성한 머리카락이 도끼에 잘려 바닥으로 흩어졌다. 머리카락이 손가락 마디 하나 길이만큼 짧아졌을 때, 반악은 도끼를 내려놓았다.

"이 정도로 봐주마."

눈을 뜬 배희는 바닥에 흩어진 머리카락들을 보고 이를 악물었지만, 결국 눈물이 흐르는 걸 막아내지 못했다.

죽지 않았다는 것에 안도감을 느끼면서도, 미를 최고의 가치로 믿고 있는 여인으로서, 참으로 치욕스런 모습이 되었다는 것에 너무나 큰 좌절감을 느낀 것이다.

죽음에 대한 두려움보다, 아름다움을 잃었다는 것에 더욱 괴로워하고 슬퍼한다는 건, 여인이기 때문에 가능한 일이 아니겠는가.

"야."

반악은 이제 조금 마음이 후련하다는 듯 느긋이 의자에 앉아서 정 가를 향해 손가락을 까딱였다.

"예, 예!"

정 가는 덜덜 떨리는 다리 때문에 몸을 바닥에 질질 끌듯이 하며 반악의 앞으로 달려와 엎드렸다.

"저거 가져와."

정 가는 반악이 가리킨 돈 주머니를 몸을 날리듯이 움직여 집어왔다. 그걸 받아든 반악은 안에 들어 있는 돈이 생각보다 많지 않고, 그 대부분이 자신과 정 가가 문복에게 주었던 돈이라는 걸 알게 되었다.

그때, 정 가가 반악의 앞에 엎드리며 크게 외쳤다.

"나리, 절 수하로 받아주십시오!"

"뭐?"

"힘으로는 고향에서 따를 자가 없었습니다! 살인 빼고 나쁜 짓도 다 해봤습니다! 항주로 온 것도 서리의 집을 털다가 걸려서 도망쳐 온 겁니다! 저놈에게 사기당한 돈도 그 집에서 훔쳐 온 겁니다! 수하로 받아주십시오! 받아주시기만 한다면, 시키는 대로 뭐든지 다 하겠습니다!"

"너 얼굴에 철면 깔았냐? 어떻게 토씨 하나 틀리지 않고 같은 말을 또 하냐."

"충성을 다하겠습니다, 받아주십시오!"

"야."

"예?"

"아까 네가 하는 짓거리들을 다 봤는데, 내가 널 믿을 수가 있겠냐?"

정 가는 감히 반악의 시선을 마주하지 못하고, 입술만 우물거리며 대답을 못했다.

"너한테 현실을 말해 주마. 넌 이 바닥에서 성공하기 힘들어. 능력도 없는 게 노력도 하지 않으면서 자존심만 세고, 여자에게 잘 휘둘리고, 조금만 어렵다 싶으면 주변 사람을 팔아넘기는데 조금도 망설이지 않는 놈은, 결국 밑바닥에서 설설 기다가 죽을 수밖에 없어. 아까부터 힘이 세다고 자랑을 하는데, 그거야 네가 놀던 바닥에서나 통하던 힘이지. 이런 데에선 일찍 죽지 않는 것만 해도 행운아라고 불릴 거다. 욕심이 크면 그걸 충족시킬 만큼의 의지와 노력과 자제심도 있어야 한다는 거다. 별로 내키진 않지만 충고 하나 하마. 자신의 작은 그릇을 인정하고, 딱 네놈이 행세할 수 있는 지역에서 만족하며 살아라. 물론, 거기서도 지금처럼 행동한다면, 오래 살지는 못하겠지만."

정 가는 반악을 멍하니 쳐다봤다. 그리고 벌게진 얼굴로 울상을 짓다가 갑자기 엉엉 울기 시작했다.

콧물까지 흘리며 너무도 서럽게 울어서, 반악이 황당함에 잠깐 동안 아무 말도 못할 정도였다. 조금 전까지 울고 있던 배희도 어이없어 하기는 마찬가지였다.

'이놈이 우는 이유가 뭐야?'

반악은 짜증이 났다. 하지만 정 가가 우는 이유에 대한 궁금증이 더 컸다.

'슬퍼서? 억울해서? 아니면 취기로 인한 주정인가?'

"너 왜 우냐?"

*　　　*　　　*

정 가는 울먹이면서 대답을 하기 위해 애를 썼다.

"저는, 저는, 저는⋯⋯."

"너는 뭐?"

"저는⋯⋯ 협사가 되고 싶었습니다!"

울음을 참고 간신히 대답한 정 가는 다시 엉엉 울기 시작했다. 하지만 진정 울고 싶은 사람은 반악이었다.

'협사?'

그가 지금껏 들었던 말들 중에서 가장 황당하고, 어이없는 대답이었다.

그래서 자신의 귀를 의심하며 다시 물었다.

"힘만 믿고 고향에서 나쁜 짓만 하다가, 항주까지 도망쳐 온 네가 협사가 되고 싶었다고?"

정 가는 대답은 않고 울기만 했다. 인내심을 갖고 대답을 기다리던 반악은 결국 참지 못하고 정 가의 얼굴을 걷어찼다.

콰당탕!

"또 울면 죽는다."

정 가는 부러진 이 몇 개를 뱉어내고, 퉁퉁 부은 얼굴 가득 두려움을 담고서 고개를 끄덕였다. 그리고 손짓하는 반악의 앞으로 돌아와 앉았다.

"그러니까 너같이 나쁜 놈이 협사가 되고 싶었다고?"

"예, 예. 전 협사가 되고 싶었습니다! 어릴 때부터 제 꿈이었습니다!"

"그런데 왜 우냐?"

"지금까지 이렇게 살았어도 꿈을 버리지 않았었습니다. 항주에서 출세하면 꼭 그렇게 살 거라고 다짐했습니다. 그런데 나리의 말을 듣고 안 될 거라는 걸 알았습니다. 되고 싶은데 안 되니까요. 그래서 울었습니다. 제 자신이 너무 처량하고, 능력 없어 보이고, 불쌍해서 그랬습니다."

정 가는 또 울음이 나오려는 걸 피가 나도록 입술을 깨물고 참았다.

하지만 반악은 더 황당하고, 더 어이가 없어졌다.

"차라리 주정으로 하는 말이라고 해라. 그러면 더 믿기 쉽겠다."

지금 정 가는 술도 취했고, 두려움에 휩싸여 제정신이 아니니 이런 말을 하는 거라고 생각하고 싶었다.

하지만 만약 진실을 이야기하는 거라면……

'협사란, 협객이란, 이런 놈들에게도 꿈으로 남아 있을 수 있는 존재인가? 그것도 포기해야 한다는 생각만으로 사내놈을 울게 만들 정도로 그렇게 대단해?'

반악은 화가 나면서도 의문을 떨칠 수가 없었다. 그에게 협이란 바보 같은 것이고, 욕 나오게 만드는 것이기 때문이었다.

많은 정파인들이 옛날부터 협을 말하고 있었다. 사파니, 마

도니 하는 것과 그들을 확연하게 구분해 주는 절대적인 경계
선 같은 것이었다.

하지만 협이 뭔가.

그의 손에 죽은 장노 경번당은 예와 의라 했다. 당시엔 전혀
공감할 수 없는 말이었다. 그가 들을 때는 허영에 불과한 것이
었다. 그래서 분노했고, 조롱하며 때려죽였다.

환골탈태하고 만났던 철수룡 구지행이 했던 말이 떠올랐다.

'굳세게 마음을 하나로 이끌어 가면서, 도리에 어긋난 부정
하고 사악한 행동들로부터 멀어지는 것이라 했지?'

쓸데없이 말 많은 늙은이.

다시 생각해도 마음에 와 닿지는 않지만, 그가 말하고자 하
는 것도 결국은 협이라 할 수 있을 것이다.

정파인들은 사악하지 않은 것을 협이라 부르짖고 있으니까.

허나, 그래도 협에 대한 정의가 무엇이냐 자문하면 명확한
것이 없었다.

반악은 고개를 갸웃거리다가, 이제는 마음이 진정된 듯 울
음을 그치고 두려움으로만 가득 찬 얼굴을 하고 있는 정 가에
게 물었다.

"네가 생각하는 협이 뭐냐?"

"……?"

"네가 협사가 되기 위해선 뭘 해야 하고, 그 이후엔 어떻게
되는 거냐 말이다."

"그건…… 대단히 옳은 일을 하는 겁니다. 그래서 만인에게 칭찬을 받고, 영웅으로 불리는 겁니다."

반악은 잠시 정 가를 노려보았다.

'이 새끼 그냥 죽여 버릴까?'

하지만 문득 정 가가 한 말에도 맞는 부분이 있다는 생각이 들었다.

'만인이 옳다고 하는 행동을 하며 영웅으로 불리는 자들을 흔히 대협이라 하지. 그래서 정파인들은 소협이니, 대협이니 하는 말을 좋아하잖아.'

하지만 또 다른 의문이 떠올랐다.

'만인이 옳다 하면 그게 협인가? 난 이게 옳은데, 만인이 틀리다고 하면 그건 협이 아닌가? 협은 개인의 생각과 의지가 아니라, 다수의 시선과 평가에 따라서 옳고, 그름이 결정된단 말인가.'

반악은 머리가 아팠다. 짜증이 났다. 이제껏 협이란 것을 생각할 일이 없었다. 지금도 이렇게 깊이 고민할 필요가 없었다.

그런데 머릿속에서 떠나질 않는 것이다. 대답을 얻고 싶었다. 하지만 계속 생각하는 것도 싫었고, 그래서 더 짜증이 나고, 화가 나고, 살심이 치솟았다.

이런 상태라면 방 안에 있는 모두를 죽여 버린다고 해도 쉽게 진정될 것 같지가 않았다.

"젠장할!"

228

반악은 벌떡 일어났다. 그의 전신에선 광폭하고, 무게감 있
는 기운이 넘실거렸다.

두려움과 의아한 시선으로 보고 있던 정 가는 깜짝 놀라 뒤로
물러났고, 배희도 불안해하는 얼굴로 슬며시 거리를 벌렸다.

'갑자기 뭐야, 이 압박감은.'

그들은 점점 숨쉬기조차 힘이 들었다. 보이지 않은 압력이
두 사람을 내리누르고, 숨통을 조이고 있었다. 헌데 그때, 끙
끙거리며 앓는 소리와 함께 문복이 몸을 뒤척였다.

반악은 퍼뜩 정신을 차렸다.

'이럴 때가 아니지.'

반악은 분노와 살심을 떨쳐냈다. 그가 왜 항주에 왔고, 지금
무엇이 더 중요한지를 깨달았기 때문이었다.

그의 전신에서 뿜어지던 기세가 사라지고, 숨 막혀 하던 두
사람은 안도의 한숨을 내쉬었다.

"이제 가봐."

반악은 의자에 앉으며 정 가에게 축객령을 내렸다. 헌데, 거
칠었던 숨을 다독인 정 가는 뭔가 할 말이 있는 듯 우물쭈물
하며 떠날 생각을 안 했다.

"왜?"

"저…… 나리, 제 돈 돌려주시면…….''

"하!"

반악은 어이가 없어 헛웃음을 터트렸다. 살려준 것만 해도

감사해야 할 놈이 돈을 요구하다니. 게다가 원래부터 자기 것
도 아니고, 훔친 돈을.

'내 용모가 바뀌어 덜 무서운가?'

예전의 추귀 잔혹마 금명이었다면 절대 이런 상황을 겪지
않았을 것이다.

상승효과라고 해야 할까. 흉측한 얼굴로 인상을 쓰고, 조금
만 실력을 보여줘도 겁을 먹고, 그에게서 도망치기 위해 애를
썼다. 이전이었다면 정 가도 마찬가지였을 것이다. 그에게서
벗어날 수 있다면 돈이고 뭐고 간에 단박에 줄행랑을 쳤을 게
분명했다.

물론, 지금의 상황이 야기된 것은 반악에게 문제가 있어서
가 아니라, 정 가가 멍청이라서 그런 것이지만.

'용모가 바뀌니 모든 사람들이 내게 인내심을 가지라고 무
언의 압박을 하는구나.'

반악은 주머니에서 한 냥짜리 은원보 하나를 꺼냈다.

"이거나 먹고 떨어져."

은원보를 정 가에게 던졌다. 약간의 공력을 실어서.

퍽!

"악!"

은원보는 정 가의 가슴에 깊숙이 박혔다가 떨어졌다. 분명
가슴뼈에 금이 가고, 갈비뼈 하나 이상은 부러졌으리라.

"꺼져라."

정 가는 너무도 고통스러워 비명을 지르고 싶었지만, 꾹 참았다. 반악의 저 잘생기고, 순한 얼굴 안쪽에는 너무도 냉혹하고, 잔혹한 이면이 숨겨져 있다는 걸 새삼 깨달은 것이다.

그는 은원보를 챙겨들고서, 다급히 뒤쪽 문을 열고 밖으로 뛰쳐나갔다. 그리고 곧바로 항주를 떠나 영원히 돌아오지 않았다.

*   *   *

'어떻게 하지?'

멀쩡하다 할 수는 없지만, 생각을 할 수 있을 정도로 정신을 차린 문복은 눈을 감은 채로 고심하기 시작했다.

일어나야 하나, 그냥 기절한 척 계속 누워 있어야 하나 판단이 서질 않는 것이다.

하지만 그의 고민은 반악의 음성으로 금세 해결되었다.

"더 밟히기 싫으면 잔머리 굴리지 말고 일어나."

"옙!"

문복은 번개처럼 일어나 반악의 앞에 무릎 꿇고 앉았다.

그의 생존본능이란 참으로 대단하여 한쪽 팔이 부러지고, 어디 한 군데 성한 곳이 없어서 방 안이 떠나가라 비명을 질러야 정상인데도, 혹시 반악의 심기를 거슬리게 할까 싶어 이를 악물고 참고 있는 것이다.

'기특하네.'

반악은 문복의 의지와 태도에 순수하게 감탄했다.

그가 자신에게 사기를 치고, 폭력을 감행하려 했다는 점은 여전히 화가 나는 일이지만, 인정할 것은 인정해야 하는 게 아니겠는가.

정 가에게 말했듯 사람에겐 그에 맞는 그릇이 있는 것이니, 문복이 두목이 될 수 있었던 것도 살아남는 지혜를 갖춤과 더불어, 그만한 크기의 그릇이 되기 때문이라 할 수 있었다.

"너 투인장 아냐?"

투인장은 말 그대로 사람이 목숨을 걸고 싸움을 하고, 관중들은 자신이 응원하는 사람에게 돈을 거는 곳을 말하는 것이다.

승패를 걸고 내기를 하는 일종의 도박장이었다.

"알고는 있습니다만……."

알고 있을 뿐만 아니라, 직접 돈을 거는 고객이기도 했다. 그것도 제법 크게 거는 큰손 중에 한 명이었다.

"거기에 대해 말해 봐."

"돈을 거시게요?"

"아니."

"……?"

"싸우려고."

第六章

"끙……."

기절했던 수하들이 하나둘씩 정신을 차리고 눈을 떴다.

그들은 뼈가 부러진 고통으로 인해 누구 할 것 없이 신음을 터트렸다. 벽에 틀어박힌 두 명은 더욱 심해서, 깨어나자마자 금방이라도 죽을 것처럼 끔찍한 비명을 질러댔다.

문복은 반악의 눈치를 살피며 물었다.

"애들을 내보내도 되겠습니까?"

반악은 문복만 있으면 되었기에 마음대로 하라며 손을 내저었다.

수하들은 벽에 틀어박힌 동료들을 꺼내고, 서로 부축하면서 방을 나갔다. 배희는 밖으로 나가서 부목과 천과 금창약 등을 챙겨서 돌아왔다.

"남편을 치료해도 되죠?"

반악은 의외라는 표정을 지었다. 진짜 남매일 거란 생각은 원래부터 안 했고, 기껏해야 사업과 잠자리를 같이하는 정도의 연인 관계라 여겼는데, 혼인까지 한 사이라니.

"부부였냐?"

"예."

"치료해."

배희는 조심스럽게 문복의 상의를 벗기고, 부러진 팔에 부목을 대고 고정시켰다. 그 손놀림이 꽤나 능숙했는데, 한두 번 해본 솜씨가 아니었다.

'암흑가의 두목과 살아가는 여인이니, 이런 상황이 익숙한 것이겠지.'

반악은 문득 두 사람이 부럽다는 생각이 들었다.

둘이 하는 짓은 세상으로부터 지탄 받을 것들이었지만, 그래도 짝을 지어 하는 것이 아닌가.

사십 평생 딱 한 번의 사랑을 해봤고, 그 사랑이 감정도 표현하지 못한 짝사랑인데다가, 사랑했던 그녀를 허망하게 저세상으로 떠나보냈으며, 그녀의 핏줄에게 배반당해 죽음 직전까지 갔던 그로서는, 문복과 배희의 모습이 참으로 정다워 보일 수밖에 없었다.

물론, 그 속사정까지 들어가 보면 타인은 알지 못할 문제도 있을 수 있으나, 어쨌든 부러운 건 부러운 것이다.

'젠장.'

반악은 부러움과 더불어 짜증나는 속내를 드러내지 않기 위해 더욱 낯빛을 굳히고 물었다.

"투인장에 대해 말해 봐. 자세하게."

"아, 예. 이곳 항주의 투인장은······."

항주의 투인장은 암흑가의 조직들이 소모적 싸움을 종식시키고, 친목과 화합의 취지로써 합의를 이루어 만든 것이었다.

처음엔 각 조직들이 수하를 내보내고 승패를 다퉈 회비로 거둔 돈을 승자가 획득하는 방식이었다. 결국 그걸 도박으로 승화시켜 관중들을 통해 더욱 막대한 자금을 긁어모으고, 이득을 극대화시킨 것이다.

당연히 철저한 비밀 속에 운영되고, 아무나 참여할 수 없었다. 최소한 투인장에 권리가 있는 조직을 통해서만 참여가 가능했다.

"네 조직의 이름이 진짜 도끼파야? 도끼만 들고 날뛰기에 그럴지도 모른다는 예상은 했다만, 그게 뭐냐 무식하게. 작명 감각이 형편 없구만."

"······."

"그런데 너는 왜 격투사들을 참가시키지 않는 거냐?"

반악은 관중으로서 돈만 걸고 있다는 문복의 말이 이해가 가질 않았다.

"처음엔 저도 참가를 했습니다만……."

투인장이 인기를 끌게 되면서, 각 조직들이 조직원이 아니라 낭인을 끌어들여 격투사로 고용했고, 자연히 대전 수준이 점점 높아지게 되자 문제가 생겨 버렸다.

실력 있는 낭인을 고용하기도 쉽지 않고, 그래서 수하들만 내보냈더니 죽거나 병신이 되는 게 대부분이라, 조직의 안정과 보존을 위해서 투인장 참가를 포기해 버린 것이다.

하지만 그 선택으로 조직의 위세가 위축되고, 성장 가능성이 없다는 평가를 받으며 신입으로 들어와야 할 젊은 주먹패들에게 외면을 받게 되었다. 전체적으로 조직의 힘이 약화되면서 관리하던 지역은 줄어들고, 이제는 항주에서 말단의 조직으로 격하되고 말았다.

"어쨌든, 지금도 참여할 권리가 있다는 거지?"

"그렇습니다."

"그럼 네 조직의 격투사로서 내가 나간다."

"왜요?"

문복은 저도 모르게 반문을 하고는 흠칫 놀라며 반악의 눈치를 살폈다.

하지만 그의 의문은 당연했다. 나름 싸움에 이골이 났고, 사람도 죽여 본 경험이 있는 수하들을 가볍게 때려잡을 수 있는 실력의 고수가 무엇 때문에 투인장에서 싸운단 말인가.

"혹시 돈이 필요하십니까?"

물어 놓고도 그건 아니라는 생각이 들었다. 지금 가진 돈도 일 년은 먹고 놀 정도의 금액이 아니던가. 그리고 마음만 먹으면 큰돈을 손에 쥐는 게 일도 아닐 것이다.

"내가 너한테 이유를 말해 줘야 하냐?"

"아, 아닙니다. 나리가 참가하시겠다면, 당연히 참가하셔야지요. 전 적극 환영입니다. 그런데 문제가 하나 있습니다."

"......?"

"나리께서 너무 강하시니까, 투인장에서 받아주지 않을 겁니다."

수준이란 게 있는 법이었다.

항주의 투인장이 인기를 얻으면서 낭인들이 고용되고, 전체적으로 격투사들의 실력이 높아졌다고는 해도, 결국 그 수준은 투인장 수준에 불과한 것이다.

반악과 같은 고수가 참가하겠다고 하면 기존의 조직들은 절대 받아들이지 않을 게 분명했다.

"투인장에서 무기가 허용 되냐?"

"예. 자신하는 어떤 무기도 사용할 수 있습니다. 처음엔 안 됐는데, 조금 더 격렬할 필요성이 있다는 합의 하에 규칙을 바꿨죠. 사실 제가 손을 뗀 것도 그때부터입니다. 무기를 사용하면서 죽는 애들이 너무 많아졌거든요."

"암기와 독은?"

"그건 안 되죠. 사전에 철저하게 조사하고 나서 내보냅니다. 걸리면 즉각 처분합니다. 조직들 간에 알력이 생길 수 있는 문제라서 엄격한 규칙이 적용되죠."

"그럼 문제될 게 없겠군. 난 무기도 없이, 내공도 쓰지 않고, 맨손으로 싸울 거다. 무공이라 여겨질 만한 기술도 쓰지 않겠다."

문복의 우려 때문에 결정한 게 아니었다.

무공을 펼치는 데 문제가 있음을 알게 되고, 투인장을 떠올렸을 때부터 그렇게 싸울 작정을 했던 것이다.

왜?

환골탈태하고 난 뒤 문제가 생긴 이유가 뭐냐, 라는 점에 대해 오랜 고심을 거듭한 끝에 얻은 해답은, 몸의 형태는 변했어도 꼽추였을 때의 감각은 여전히 살아 있다, 라는 것이었다.

그는 수십 년을 꼽추로 살아왔다. 시야, 주먹을 내지르는 높이, 발을 휘두르는 각도, 무공 초식의 실전적 적용 등등을 비롯해서 모든 습관과 경험들이 꼽추라는 신체적 특징에 맞게 고정된 것이다.

게다가 어쭙잖은 실력이 아니라, 미세한 흐트러짐도 용납하지 않도록 갈고 닦은 절정의 고수였다. 그러니 환골탈태하였다고 해서 순식간에 신체에 맞도록 감각이 변화하고, 완성될 수는 없는 것이다.

투인장을 생각해낸 이유가 그 때문이었다.

거룡방에 입방했던 초창기, 본능과 실전 감각을 단련하고, 극대화시키기 위해 투인장에서 싸운 경험이 있었다. 당시 무공 수련에 많은 도움이 되었고, 확실하게 실력 향상을 이루기도 했었다.

그래서 이번에 다시 투인장에서 근력과 본능, 감각만을 의지하여 치열하게 싸우고, 변화된 신체에 적응할 생각인 것이다.

보다 빠르게 적응하기 위해선 그 외에 달리 방법이 없었다.

"그럼 되겠지?"

"그 말씀은?"

"네가 다른 조직에 밝히지만 않는다면 아무도 내 본래의 실력을 알아채기 힘들다는 거지."

"아!"

문복은 탄성과 함께 머리를 굴리기 시작했다. 반악을 투인장에 참여시킴으로써 생겨날 이득을 계산하는 것이다.

'이런 상황을 두고 전화위복이라 하는 건가.'

"즉시 준비를 하도록 하겠습니다."

"일단 내가 머물 거처를 구해 놔."

"배희가 지금 안내해 드릴 수 있습니다."

"잘 됐군."

의자에서 일어난 반악은 둘이 대화를 하는 동안 문복의 치료를 마무리하고 가만히 듣고만 있던 배희를 따라 방을 나갔다.

"아고고, 팔이야!"

반악이 방을 나가자 문복은 참고 참았던 신음과 고통을 호소하며 한동안 끙끙 앓았다.

'이럴 때가 아니지.'

눈물까지 흘리며 괴로워하던 문복은 다시 고통을 억누르고 일어섰다.

잘만 되면 힘과 돈을 가득히 끌어 모아서 조직을 다시 성장시킬 수 있는 일이니, 차질 없이 서둘러 준비해야 했다.

'게다가 문제라도 생기면……'

반악이 그를 살려두지 않을 게 분명했다.

문복은 반악의 냉혹한 눈빛을 떠올리며 몸서리를 쳤다. 그리고 새삼 실수 없이 처리해야 한다는 책임과 압박감을 느끼며 방을 나갔다.

*　　*　　*

제법 큰 규모의 장원 하나가 있었다.

알려지기로 장원의 주인은 각 지역을 오가며 장사를 하는 상인이었다. 장원은 그가 항주에 들릴 때 머무르는 거처라고 했다. 그래서 그에 대해 알려진 것은 대부분 소문에 근거한 것이고, 그의 모습을 본 사람도 거의 없었다.

장원이 자리한 곳은 부자들과 고위 관료들이 모여 사는 지역과 하층민들이 사는 지역 사이였다. 그래서 부자건, 하층민이건 그 장원 주변을 오가고, 드나드는 게 전혀 이상한 일로 여겨지지 않는 것이다.

술시(戌時; 오후 7시~9시) 무렵.

반악은 문복과 나름 양호하게 다친 수하들 세 명과 함께 장원 앞에 도착했다.

"여기냐?"

"예."

"위치도 그렇지만, 외관이 너무 거창한데?"

"하지만 그래서 의심을 받지 않습니다. 등잔 밑이 어두운 법이니까요."

게다가 그들에게 뇌물을 받고 도와주는 포두, 포쾌들을 비롯한 관인들이 보호를 해주고 있었다. 몇몇 관인은 투인장의 열렬한 지지자라고 자처하는 관중이기도 했다.

"저…… 나리."

"……?"

"안으로 들어가면 호칭은 어찌해야 할지……."

외견상 그는 두목이고, 반악은 고용인이 아닌가. 상하의 구분이 존재하는데, 지금처럼 나리라 불렀다가는 바로 의심을 살 수 있는 것이다.

더구나 문복은 아직 반악의 이름도 모르고 있었다.

"꼭 호칭을 써야 하냐?"

"아무래도 나리의 소개를 해야 하지 않겠습니까."

"반 무사라고 불러라."

"말도 놔야 합니다만……."

반악의 미간이 살짝 좁혀졌다.

문복은 괜히 성질을 건드린 게 아닌가, 불안해하면서도 내심 살짝 짜증이 났다.

'아, 씨발. 자기보다 나이 많은 사람이 말을 놓겠다는 게 그렇게 거슬리나.'

반악이 실제로는 그보다 나이가 많다는 걸 그가 어찌 알겠는가.

"알았다. 하지만 너무 자주 하면 죽는다."

"아, 예. 명심하겠습니다, 나리."

문복은 내심 투덜거리면서도 겉으로는 감사의 웃음을 지으며 장원으로 앞장서 들어갔고, 그 뒤로 수하들이, 가장 마지막으로 반악이 뒤를 따랐다.

*　　　*　　　*

"어이, 문 아우."

문복 등이 장원 심처 건물에 들어서자 한 사람이 가장 먼저 아는 척을 했다. 엄청난 거구에, 엄청난 살집을 자랑하는 사내였다.

그는 항주 암흑가 조직 중 가장 큰 도살파의 두목 거돈이었다. 그의 뒤에 살집은 없지만, 근육으로 똘똘 뭉친 거구의 사내 다섯 명은 당연히 도살파의 조직원들이었다.

그런데 문복은 그를 좋아하지 않는 모양이었다. 바로 인상이 굳어지고, 혼잣말로 자그맣게 욕을 내뱉었으니까.

허나, 그가 가까이 오자 언제 그랬냐는 듯 미소를 지으며 인사를 했다.

"안녕하십니까, 거 형님."

"그 팔은 어찌된 건가? 얼굴 상태는 왜 그렇고?"

문복뿐만이 아니라, 뒤에 수하들 상태도 멀쩡하지 않았기에 거돈이 이상하게 여기는 게 당연했다. 하지만 그의 얼굴엔 염려가 아니라, 은근한 비웃음이 그려져 있었다.

문복이 그를 싫어하는 데는 그만한 이유가 있었던 것이다.

"일이 좀 있었습니다."

"그래? 뭔 일인지는 모르지만 보기가 안 좋군. 주변 관리 좀 잘 하게. 구역 관리하는 게 힘들면 나한테 도움을 청하든가."

한 마디로 밑으로 들어와라, 혹은 관리 지역을 넘겨라, 라는 의미였으니, 문복으로선 울화통이 터질 말이었다.

그러나 문복은 그 정도는 충분히 참을 수 있는 인내심을 가졌고, 거돈이 함부로 대할 상대도 아니었기에 얼굴엔 내색하지 않았다.

"그건 그렇고, 자네가 이 시간엔 웬일인가? 경기 시작하려면 아직 시간이 많이 남았는데."

"아, 예. 오랜만에 저도 참가 좀 해보려고요. 신청은 진작 했는데, 모르고 계셨습니까?"

"무슨 참가?"

거돈의 반문엔 그게 무슨 황당한 소리냐는 의미가 담겨 있었다. 그가 문복을 얼마나 우습게 생각하고 있는지 잘 드러나는 반응이었다.

"누굴……?"

문복을 포함한 수하들은 투인장에 나설 몰골이 아니었으니, 거돈의 시선은 자연히 맨 뒤에 서 있는 반악에게 향했다.

"저 친구가 자네가 내보낼 격투사인가?"

그렇게 물으면서도 속으로는 설마, 라고 생각했다.

미남 소릴 들을 만한 제법 잘생긴 얼굴에, 하얀 피부 등등을 보면 전혀 격투사답지 않았기 때문이었다. 오히려 문복이 운영하는 매음굴의 관리를 맡고 있는 놈이라고 하는 게 더 그럴듯해 보였다.

"이 친구가 맞습니다. 반 무사라고 합니다."

"무사? 하하하, 자네 장난하나?"

거돈은 반악의 전신을 노골적으로 훑어보고는 크게 웃음을 터트렸다.

"어이, 반 무사. 특기가 뭐야?"

문복은 불안한 눈빛으로 반악을 돌아봤다. 혹시 성질을 못 참고 폭발하는 게 아닌가, 하고 염려가 되었던 것이다.

하지만 그의 염려는 쓸데없는 걱정에 불과했다. 오랫동안 추악한 용모로 사람들의 조롱과 괄시를 받아오며 단련되었기에, 이 정도로 흥분할 리가 없었다.

반악은 한 번 작정을 하면 사정을 보지 않고 분노를 표출하는 것뿐이지, 언제 어디서 누굴 상대하든 충분히 냉철하게 생각하고 판단해 왔다.

단지 사람들은 그의 분노한 모습이 너무나 강렬해 그 전까지 인내하던 모습을 간과하고서, 그를 성질 급하고 즉흥적인 사람이라 생각해 버리는 것이다.

반악은 별다른 표정 변화도 보이지 않고, 담담히 대답했다.

"특기는 없소."

문복은 내심 안도의 숨을 내쉬었다. 말투가 짤막하다는 게 살짝 걸리기는 했지만, 우려한 것에 비해서는 무난한 대꾸였던 것이다.

하지만 거돈은 반악의 대꾸가 마음에 안 들었는지 표정이 살짝 굳었다.

"흠, 특기가 없다. 무기 쓰는 거 없나?"

"주먹과 발, 깡다구로 싸울 거요."

퉁퉁하게 살이 올라 있는 거돈의 눈동자가 가늘어졌다.

'이 새끼, 나랑 장난하나?'

게다가 처음부터 말투도 마음에 들지 않았다. 하지만 애송이 따위에게 흔들리는 모양새를 보일 수 없다 생각하고 얼굴에 웃음을 지었다.

"허, 사내답구만. 문 아우, 잘해 보게."

거돈은 마치 격려하듯이 문복의 어깨를 살짝 두드려주고는, 수하들과 함께 그의 격투사 두 명이 몸을 풀고 있는 곳으로 돌아왔다.

"저기 저놈 보이냐?"

"예, 두목."

"너희들 중에 저놈과 대진이 붙게 되면 잔뜩 괴롭히다가 죽여라."

격투사들은 제법 잘생겼다는 것 외에는 이렇다하게 특별한 점이 없어 보이는 반악을 잠시 쳐다보다가 피식거리며 웃었다.

"도끼파 두목이 미친 겁니까?"

"저딴 애송이를 내보내는 걸 보면 제정신이 아닌 거 같은데요."

"한입거리도 안 되는 놈인데, 진짜 괴롭히다 죽입니까?"

순간, 거돈의 눈빛이 차갑게 일렁였다.

"주제도 모르고 나섰으니, 대가를 치러야지."

*　　*　　*

구경 중에 놓칠 수 없는 구경이 싸움구경과 불구경이라 했으니, 투인장은 인간의 파괴본능을 자극해 한 번 맛을 보면 쉽게 떨쳐낼 수 없는 볼거리였다.

그래서 오랫동안 갖가지 쾌락을 만끽하여 감각이 무뎌진 부자들과 권력자들도 이곳에 와서는 체통을 생각 않고 괴성을 지르며 응원하는 게 아니겠는가.

물론, 얼굴에 가면을 쓰고 있어 자신의 신분을 드러내지 않는다는 점도, 그들의 감추어진 욕망을 가감 없이 끄집어 낼 수 있도록 한 원동력이겠지만.

반악은 대기실에 앉아서 자신이 뽑은 종이를 펼쳤다.

육(六).

그렇다는 건 그의 상대가 오(五)가 적인 종이를 뽑았다는 의미였다.

십 일에 한 번씩 열 명의 격투사가 투인장에서 싸우는데, 무작위로 번호를 뽑아 차례로 나열된 홀수와 짝수끼리 대결을 하게 되는 것이다.

물론, 같은 조직의 격투사들이 대전하는 일이 없도록 조치를 한다. 싸움의 격렬함이 줄어들 수 있고, 승패를 조작할 수도 있다는 문제를 사전에 차단하기 위해서였다.

"일 번과 이 번은 나오시오."

문이 열리고 하얀 가면을 쓴 진행원이 호명하자, 반악의 오른쪽에 앉아 있던 두 명의 사내가 일어났다. 그들은 상대의 얼굴을 한 번 쳐다보고는 각각 독특한 형태의 가면을 썼다.

혹시라도 관중들이 지금, 혹은 나중에 그들의 얼굴을 알아보는 일이 없도록 하기 위해서고, 시각적으로 보다 재미를 주기 위함이었다.

두 사람은 각자의 무기를 들고 진행원을 따라 밖으로 나갔다. 그리고 조금 뒤 두 사람의 등장을 알리는 종소리, 그들의 별명과 투인장에서의 경력을 나열하고, 내기를 독려하는 진행자의 음성이 들려왔다.

"와와!"

기이한 열기가 섞인 환호.

싸움이 시작되었다는 뜻이었고, 간간히 들리는 탄성과 욕지거리 등이 상황의 치열함과 급박함을 알 수 있게 했다.

허나, 대기실의 격투사들은 그 소리를 외면했다. 지금은 자신들의 싸움이 아니기에, 나중을 위해서 평온함과 냉철함을 유지하고자 노력하는 것이다.

"어이, 도끼파 신입."

반악은 소리가 들려온 곳으로 고개를 돌렸다.

그곳엔 거돈의 밑에서 활동하고 있는 두 명의 격투사들이 앉아 있었다. 실실 웃고 있는 것만 봐도 그들이 반악을 어찌 생각하고 있는지 짐작이 되었다.

"몇 번이야?"

"육."

"오, 그래? 난 오 번이야."

장난스런 표정으로 오 번이 적힌 종이를 들어 보인 격투사
는 다른 동료에 비해 덩치가 작았다. 하지만 눈매가 날카롭고
입술이 얇은 것이, 잔혹한 성정일 거라는 느낌을 주었다.

게다가 다른 격투사들이 반악을 안쓰럽다는 시선으로 쳐다
보는 게 이곳에서 적지 않은 명성을 떨치고 있는 게 분명했다.

"신입, 지금이라도 포기하지 그래."

반악은 내심 헛웃음을 지으며 물었다.

"왜?"

"불쌍해서 그러지. 척 보니 도끼파에 빚을 진 거 같은데, 돈
때문에 굳이 목숨까지 걸 필요는 없잖아."

말은 그렇게 하지만 그의 얼굴 어디에서도 동정심을 찾아볼
수가 없었다. 그저 말장난을 하고 있는 것에 불과했다.

"너나 걱정해라."

"뭐?"

사내는 자신이 잘못 들었다고 생각했다.

"어이, 신입. 나에 대해 모르나? 나 잔혹검이야."

'잔혹검?'

반악이야말로 자신이 잘못 들은 게 아닌가 생각했다. 하지
만 그 옆에 앉은 동료의 말을 들어보니 잘못 들은 게 아니었
다.

"아무리 무림사에 대해 아는 것이 없다고 해도, 추귀 잔혹
마에 대해선 들어보았을 테지? 이 친구는 그 추귀만큼이나 무

서운 친구라고. 그래서 별명도 잔혹검이야. 그러니까 아무것
도 모르면 함부로 입을 놀리지 말라고."

반악은 웃어야 할지, 아니면 화를 내야 할지 혼란스러웠다.
그래서 아예 고개를 돌려 버렸다.

잔혹검은 반악이 그를 무시하듯 외면해 버리자 가뜩이나 날
카로운 눈빛을 더욱 가늘게 떴다.

'건방진 새끼. 두목이 왜 괴롭히다 죽이라 했는지 이제야
알겠군.'

"신입이 제법 오기가 있네. 그렇다면야 그에 맞게 대우해
주도록 하지."

그때부터 그는 자신의 검을 숫돌로 갈기 시작했다.

슥삭 슥삭 슥삭 슥삭.

그러한 잔혹검의 행동은 일종의 전술이었다. 가뜩이나 긴장
하고 있는 상대에게 더욱 압박을 주기 위한 수법인 것이다.

그리고 대부분의 상대는 그것이 통했다. 긴장감으로 인해
가뜩이나 움츠러들었던 몸이 더욱 굳어 버려서, 싸움에 임했
을 때 완벽하게 실력 발휘를 하지 못하게 돼 버리니까.

그래서 그는 반악이 고개를 숙인 채 아무 말도 않고 있는 걸
보고 내심 득의의 미소를 지었다.

'새끼, 잔뜩 굳어가지고는. 허나, 이미 늦었어. 그 마음에
안 드는 얼굴부터 시작해서 온몸을 난자하고, 잔뜩 괴롭히다
가 죽이기로 작정했으니까.'

잔혹검은 내심 그렇게 마음을 굳히며, 더욱 열심히 검날을 갈았다. 조금 과하게 열심히 갈아서 이마에 땀이 날 정도로.

"내 생각엔 그 정도면 충분한 거 같은데……."

결국 동료가 주위 눈치를 보며 잔혹검을 말렸다.

반악을 압박하기 위해 그런다는 건 이해하지만, 검을 가는 소리 때문에 그를 포함한 다른 격투사들의 신경까지 거슬리게 하고 있기 때문이다.

이러다가는 반악과 싸우기 전에 다른 격투사들이 참지 못하고 달려들 분위기가 아닌가.

"허험, 그러지 뭐. 아아, 날이 잘 갈아졌는걸."

잔혹검은 헛기침과 쓸데없는 혼잣말로 민망함을 달래고, 조용히 검을 검집에 넣었다. 하지만 그 때문에 반악에 대한 그의 분노는 더욱 커지게 되었다.

'씨발새끼, 너 때문에 쪽 다 팔렸다. 이따 두고 보자, 아주 작살을 내주마!'

*   *   *

첫 번째 대전이 끝난 뒤 삼 번과 사 번이 불려 나가고, 환호성과 탄성과 욕지거리 등이 얼마간 들려온 다음 승패가 갈라지자, 드디어 잔혹검과 반악의 차례가 되었다.

"오 번과 육 번은 나오시오."

반악은 일어서서 눈만 뚫린 복면을 뒤집어쓰고, 문 쪽으로
돌아섰다.

툭.

잔혹검이 그런 반악의 어깨를 밀치며 앞으로 나섰다. 그는
늑대를 연상케 하는 가면을 쓰고 있었다.

"초짜는 내 꽁지나 따라와."

"……."

반악은 비웃음을 던지며 앞장서 나가는 잔혹검 때문에 어이
가 없었지만, 일단 꾹 참고 뒤따라 나갔다.

"세 번째 대전을 치를 격투사들이 나옵니다!"

뎅뎅뎅.

반경 오 장이 넘는 널찍한 구덩이에 원형으로 만든 격투장
중심에는, 하얀 가면으로 얼굴을 가린 진행자가 서 있었다.

그가 격투장 위에 세워진 난간을 따라 빼곡하게 둘러싼 관
중들에게 격투사들을 소개하고, 내기를 독려하는 역할을 맡고
있는 것이다.

"먼저 나올 격투사는 손님들도 잘 알고 계시는 잔혹검입니
다!"

소개를 받으며 잔혹검이 격투장 중앙 쪽으로 나오자 그에
대한 인기를 증명하듯 커다란 환호와 너를 보러 왔다느니, 반
드시 이기라느니, 하는 고함들이 쏟아져 내렸다.

"잔혹검의 상대 격투사는 이번에 처음으로 참가하는 반 무

사입니다!"

나름 누굴까 기대하고 있던 관중들은 반악이 모습을 드러내자 에? 하며 힘 빠진 소리를 냈다. 전체적으로 시큰둥한 반응이었다.

복면 때문에 얼굴을 볼 수가 없는 대신, 덩치와 무기 등으로 실력을 짐작하는 관중들에게 있어서, 특징 없는 복면에, 몸은 호리호리하기만 하고, 무기도 들고 있지 않은 반악의 모습은 실망스러울 수밖에 없었다.

"이름이 반 무사가 뭐야? 저런 놈도 격투사야?"

"에이, 이번 싸움은 금방 끝나겠구만!"

"이러면 내기가 안 되잖아! 어떻게 돈을 걸라는 거야!"

실망은 곧바로 비난으로 이어졌고, 그들은 반악을 향해 마시던 술을 뿌리고, 먹던 음식을 던지기도 했다. 그리고 잔혹검에게 일방적인 응원을 보냈다.

"잔혹검, 투인장의 무서움을 보여줘라! 진짜 격투사가 뭔지 확실히 알려줘!"

"겁도 없이 나온 애송이는 봐주지 말고 썰어 버려!"

잔혹검은 손을 들어올리며 그들의 응원에 화답했고, 환호소리는 더욱 더 커졌다.

'이런 분위기도 오랜만인걸.'

반악은 가만히 눈을 감고 끈적끈적하게 그를 휘감고 도는 비난과 원망과 조롱의 분위기를 음미했다.

그가 오래전 안휘의 투인장에 처음 참가했을 때도 지금과 비슷했다. 아니, 더 심했었다. 거기서도 얼굴을 가리고 있었지만, 꼽추의 몸으로 그것도 무기도 없이 등장한 그를 모든 사람들이 비난하고, 조롱했었으니까.

투인장에서뿐만이 아니라 환골탈태하기 전까지 그의 인생 자체가 이러했으니, 지금이 특별하다고 할 수도 없는 상황이었다.

이런 기분이 들지 몰랐지만, 오히려 감회가 새롭다고나 할까.

숨을 깊게 들이마셨다. 바닥에 얼룩처럼 깔린 핏물의 향기가 폐부까지 빨려 들어와 그의 투지를 자극시켰다.

"이봐, 정신 차려. 그렇게 눈감고 있는다고 이 상황이 꿈이 되는 게 아니야."

진행자가 반악의 어깨를 치며 말했다. 그는 반악이 겁을 먹었고, 그래서 눈을 감은 채 현실을 외면하려 한다고 생각한 것이다.

이전에도 처음 참가한 몇 명의 격투사가 그러했으니, 진행자가 반악에 대해 오해하는 것도 이상한 게 아니었다.

"어깨를 펴고, 힘을 과시해. 무기가 없으면 주먹을 흔들라고. 이건 보여주는 싸움이야. 당신 하나 때문에 분위기를 망칠 수는 없다고."

진행자는 격투사로서 조금 더 그럴듯하게 행동하라고 조언과 압박을 가했지만, 반악은 반응 없이 눈을 감은 채 묵묵히 서 있기만 했다.

'염병, 어디서 이런 놈을 데려와 가지고.'

진행자는 내심 문복을 원망하면서 반악을 포기해 버렸다. 그리고 작심하고 잔혹검이 얼마나 뛰어나고, 냉혹하고, 잔혹한지, 또 얼마나 많은 상대를 병신으로 만들고, 죽였는지를 거창하게 늘어놓았다.

그럴수록 관중들의 눈동자와 얼굴에 묘한 광기가 맺혔다. 그들은 이번 대전에서 반악이 얼마나 처절하게 괴롭힘을 당하다 죽느냐에 대해서만 기대하고 있는 것이다.

"마음을 정하셨다면, 돈을 거십시오!"

진행자의 말과 함께 역시 하얀 가면을 쓴 진행원들이 관중들에게 돈을 받고, 기록을 하며 분주하게 사이사이를 돌아다녔다.

허나 대부분이 잔혹검에게 돈을 걸었고, 반악에게 건 이들은 문복의 지시를 받은 배희(비단 천으로 짧은 머리를 가려 멋을 냈다)와 재미를 추구하는 소수의 관중들밖에 없었다.

진행자는 모두 마무리 되었다는 걸 확인하고 뒤로 물러나며 크게 소리쳤다.

"시작하시오!"

*   *   *

스릉.

잔혹검은 검을 뽑아들었다. 대기실에서 열심히 갈아댄 덕분에 그 소리는 매끄럽고도, 날카로웠다.

평소라면 미리 뽑지 않고 발검까지 공격의 일환으로 삼았을 테지만, 지금은 굳이 그렇게까지 할 필요성을 느끼지 못했다.

'이 새끼 봐라.'

잔혹검의 미간이 좁혀졌다. 분명 진행자의 시작 신호를 들었을 텐데도, 반악이 여전히 눈을 감고 있었기 때문이다.

'그냥 죽겠다는 거야, 뭐야.'

그런 생각밖에 들지가 않았다. 그 외에는 의도를 짐작할 수가 없었다.

"싸우지 않고 뭐하는 거야!"

잔혹검의 망설임에 관중들의 원성이 쏟아졌다. 그들의 원성은 정당했다. 그들은 싸움을 보기 위해 왔고, 그 승패에 많은 돈까지 걸었으니까.

'그래, 고민할 게 뭐가 있냐.'

상대가 무저항으로 빠른 죽음을 선택했다고 해서, 거돈의 명령과 대기실에서 했던 작심에 변화가 생길 이유는 없었다.

'일단.'

잔혹검은 가볍게 시작하자는 생각으로 반악의 허벅지를 향해 검을 찔렀다. 혹시라도 마음을 바꿔 도망칠지도 모르니, 미리 행동력을 저하시켜 놓으려는 것이다.

탱!

"……!"

잔혹검은 당황했다. 그의 검이 목적을 이루지 못했기 때문이었다. 정확히는 반악의 발끝이 검면을 걷어차 튕겨 버린 것이다.

'이 자식 새눈을 뜨고 있구나.'

"어디서 잔머리를!"

잔혹검은 버럭 고함을 지르며 빠르게 검을 휘둘렀다.

슝—

검날이 빈 공간을 가르고 지나갔다. 반악이 상체만 움직여 피한 것이다.

'이번엔 어림없다.'

잔혹검은 그대로 검을 아래로 내리그었다. 이번엔 절대 피할 수 없다고 확신하면서.

헌데, 바로 그 순간 반악은 앞으로 한 걸음을 움직이며 잔혹검의 지척으로 파고들었다. 검을 내리긋던 팔은 자연스럽게 반악의 어깨에 걸리고 말았다.

"이게 끝이냐?"

반악의 눈이 떠지고, 차갑게 가라앉은 음성이 송곳처럼 잔혹검의 가슴을 파고들었다.

"이 새……!"

퍽, 쿠당탕!

명치를 가격당해 뒤로 나뒹군 잔혹검은 고통을 억누르고,

다급히 몸을 바로잡으며 일어섰다. 연이은 공격에 대비하기 위해서였다.

하지만 그는 더욱 큰 굴욕감을 느껴야 했다. 반악은 그를 가격한 그 자리에서 꼼짝도 않고 있었으니까.

환호와 고성을 내지르던 관중들은 입을 다물고, 어리둥절해했다. 그들로서는 이 갑작스런 상황을 믿을 수가 없었던 것이다.

허나, 아까부터 두근거리는 마음으로 속내를 감추고 지켜보고 있던 문복과 배희는 그들과는 완전히 상반된 표정을 짓고 있었다.

'뒤통수를 맞은 기분이겠지. 미안하지만 그게 도박의 묘미란 거다. 하하하, 오늘 진짜 크게 벌겠구나!'

하지만 관중들보다 더욱 황당하고 놀란 사람은 잔혹검이었다. 죽이는 것은 일도 아니라고 생각했는데, 그를 분노케 한 만큼 잔뜩 괴롭히다 죽이겠다고 자신감에 찼던 그로서는 미쳐버릴 노릇이었다.

"덤벼."

반악은 손가락을 까딱였다.

잔혹검은 버럭 고함을 질렀다.

"날 속였구나!"

반악이 속인 것이 아니라, 그 스스로 지레짐작하여 격투사가 된 이유와 실력을 낮게 평가해 무시한 것이었지만, 그와 같은 부류의 문제는 후회도 자기반성도 부족하다는 점이었다.

"죽여 버리겠다!"

잔혹검은 살기어린 고함을 내지르며 빠르게 달려들었다. 그리고 있는 힘껏 검을 휘둘러 반악의 좌우 사방을 검의 반경 안에 가둬 버렸다.

'제법 날카롭네.'

하지만 반악의 감각을 생각하면 어린애 수준에 불과했다. 허나, 지금의 그는 그 정도도 가볍게 막을 수 있을까, 의심이 될 정도로 조절에 문제가 있는 상태.

긴장감을 갖고, 검의 움직임을 세밀하게 살피며, 신중하게 손을 뻗었다.

탱 타타탁!

반악은 상체를 옆으로 꺾으며 검면을 한 번 치고, 이어 손목과 팔꿈치를 밀어내며 잔혹검에게 바짝 접근했다.

"……!"

가슴을 팔꿈치로 가격하려던 반악은 갑자기 잔혹검의 왼팔 소매에서 튀어나온 검날을 피해 뒤로 쓰러지듯 피하고, 재빨리 몸을 회전하며 뒤로 멀찍이 물러났다.

하지만 잔혹검은 한 번 잡은 승기를 놓칠 생각이 없었기에 급히 바닥을 박차고 바짝 따라붙었다.

스사사사사사—

각각 길고 짧은 검날이 공간을 이리저리 휘저으며 반악의 요혈을 노렸다. 반악은 검날의 면을 밀어내고, 튕겨내고, 내리 누르면서도 계속해서 뒷걸음질쳤다.

정교하게 막아내는 게 생각처럼 쉽지가 않아서 물러나는 것으로 완벽하지 못한 방어를 보완하고 있었다.

'염병, 내공과 권력을 배제해 버리니까 더 어렵네.'

소매 이곳저곳이 베이고, 잘리면서 조각조각 바닥으로 떨어져나가고, 점차 넝마처럼 변해 갔다.

옛날이었다면 절대 있을 수 없는 일이 일어난 것이다.

'하지만…….'

이런 몸 상태 때문에 투인장을 찾은 것이 아닌가. 진정 위험한 상대를 만났을 때는 절대 이런 일이 없도록 하기 위해서.

슥―

"……!"

올려치는 손동작이 아주 미세하게 늦어졌고, 종이 한 장 차이로 방향이 틀어지면서 생겨난 틈으로 파고든 검날이 반악의 얼굴을 스치고 지나갔다.

복면이 가늘게 베였고, 볼에도 붉은 선이 가늘게 생겨났다.

'내 소중한 얼굴을!'

순간 반악의 가슴에서 불같은 분노가 치솟았다.

얼마나 노력하고, 얼마나 인내한 끝에 얻은 잘생긴 얼굴이던가. 그런데 목숨만큼 소중한 이 얼굴에 감히 상처를 내다니.

'아, 이런.'

반악은 순간 아차, 하는 생각이 들었다. 타올랐던 분노도 순식간에 가라앉았다. 자신이 예전이었다면 한주먹 감도 되지 않을 상대를 두고 이렇게 고전을 하고 있는 이유를 깨달았기 때문이다.

'염병할, 내가 몸을 사리고 있잖아.'

얼굴을 비롯한 몸에 조금이라도 상처가 날까봐 위축이 되었던 것이다.

아무리 무공이 고강해도 정신력이 중요한 법.

과감성을 잃고서는 그 어떤 상대라도 이길 수가 없었다.

'이건 내가 아니잖아. 껍데기가 바뀌어도 난 잔혹마야!'

반악의 눈에 힘이 가득 찼다.

드디어 냉철하면서, 두려움을 모르는 예전의 추귀 잔혹마로 돌아간 것이다.

*　　　*　　　*

"죽여! 죽여!"

"썰어 버려! 난도질해 버려!"

관중들은 초반의 당혹감을 잊게 할 만큼 일방적으로 공격하는 잔혹검을 향해 섬뜩한 응원을 아끼지 않았다.

그리고 잔혹검 역시 그들 못지않게 흥분하고, 확신에 차 있었다.

'넌 이제 끝났어!'

반악은 이제 벽을 등진 상태였고, 더 이상 물러날 공간도 없었다.

잔혹검은 내공을 가득 끌어올려 검력을 높이고, 어깨와 허리를 동시에 노리고 휘둘렀다. 이번엔 작은 생채기 정도가 아니라, 비명이 나올 만큼 깊숙이 베어 버리겠다고 작심하면서.

그러나 반악의 대응은 이전과 달랐다. 허리를 노리는 검을 팔꿈치로, 어깨를 노리는 검을 손등으로 쳐냈을 뿐만 아니라, 오히려 앞으로 내딛으며 주먹을 내질렀다.

'어쭈, 이 새끼 봐라.'

급히 고개를 옆으로 꺾어 주먹을 피한 잔혹검은 곧바로 짧은 검을 밑에서 위로 휘둘렀다.

슉—

반악이 상체를 뒤로 젖히면서 검날은 미세한 차이로 스치고 지나갔다. 가슴 부위의 옷이 살짝 베어지고, 생채기까지 생겼지만, 이번 역시도 뒤로 물러나지 않고 앞으로 더욱 바짝 다가갔다.

빡!

"윽!"

잔혹검의 신형이 휘청거렸다. 반악이 이마로 그의 콧등을 강하게 들이받았기 때문이었다. 가면을 쓰고 있음에도 충격은 조금도 상쇄되지 않은 것이다.

'이거거든!'

복면 때문에 보이지 않았지만, 반악은 득의에 찬 미소를 짓고 있었다.

이런 화끈한 공격이 그다운 것이었다. 제대로 조절이 안 된다고 방어에만 치중하는 것은 오히려 감각을 더욱 무디게 만들 뿐이었다.

진정 예전의 실력을 되찾고 싶다면 이렇게 해야 했다. 예전처럼 상처가 나는 걸 무시하고, 바로 코앞에서 날카로운 검날이 오고가는 것을 즐기면서, 공격하고 또 공격하는 것이다.

그것이야말로 실전이며, 육체와 의지가 빠르게 동조하도록 자극시키는 방법이 아니겠는가.

"이 새끼!"

코뼈가 부러지고, 콧구멍을 가득 채우며 흘러내리는 핏물 때문에 숨을 쉬기가 힘들었지만, 잔혹검은 그래서 더욱 분노를 표출하며 검을 휘둘렀다.

반악 역시 기다리지 않고 앞으로 전진했다.

'놀아보자!'

아찔할 만큼 가깝게 검날이 스쳐가고, 요혈을 노리며 사납게 찔러 와도 반악은 물러나지 않았다. 오히려 웃었다. 상체를 이리저리 흔들고, 옷이 베이고, 상처가 나는 걸 무시하며 막고, 막고, 공격하고, 또 공격했다.

"와아!"

상황이 다시 급변하고, 틈도 없이 치고받는 싸움에 할 말을 잃고 멍하니 쳐다보던 관중들이 퍼뜩 정신을 차리고 함성을 질렀다. 전혀 예상도 못했던 치열한 공방에 그들은 잔뜩 흥분해 버린 것이다.

'여, 염병!'

참고, 또 참으며 검을 휘둘러대던 잔혹검의 얼굴이 창백하게 변했다. 호흡이 한계에 이르렀기 때문이었다.

원래 격한 움직임이란 숨을 들이마시고 멈춘 채 기력을 한 곳에 응집시켜 발산하는 것.

그래서 공격의 중간 중간 호흡을 내쉬며 가다듬어야 하는데, 그럴 틈이 없었던 것이다. 게다가 상처를 입고도 더욱 기세를 높이며, 전진해 오려는 반악의 저돌적인 기세를 감당하기가 힘들었다.

'도저히 못 참겠다!'

"떨어져, 이 새끼야!"

잔혹검은 뒤로 물러나며 검날을 연속으로 크게 휘둘렀다. 반악과 거리를 벌리고 잠시라도 숨을 돌릴 기회를 얻기 위해서였다.

그러나 반악은 그의 생각보다 집요했다.

슥—

연달아 휘두른 검날은 반악의 머리 위를 스치고 지나갔다. 그가 허리를 숙이고 앞으로 파고들었기 때문이었다.

뻑!

반악의 머리가 가슴을 들이받은 순간 딱딱하고, 묵직한 타격음과 함께 잔혹검의 입이 떡 벌어졌다. 동시에 그의 입에선 한 움큼의 피가 쏟아져 나오고, 스스로의 의지와 상관없이 뒷걸음질쳤다.

반악은 멈추지 않고 그를 바짝 쫓았다.

파파파!

낮고 빠르게 뛰어오르며 내지른 세 번의 발길질이 복부와 명치, 가슴을 연이어 걷어차고, 땅에 내려서자마자 다시 뛰어올라 가슴을 두 번 걷어찬 뒤, 다시 뛰어올라 날카롭게 세운 팔꿈치로 얼굴을 내리찍었다.

와득!

"우……!"

가면과 얼굴뼈가 박살나는 듣기 거북한 소리에 관중들이 놀란 탄성을 지르고, 동시에 잔혹검의 신형이 썩은 고목처럼 뒤로 쓰러졌다.

"……."

사지를 부들부들 떨던 잔혹검의 신형이 어느 순간 정지하고, 주위는 깊은 고요함에 휩싸였다.

하지만 그것도 잠시, 밖으로 나가 있던 진행자가 급히 뛰어나오며 소리쳤다.

"반 무사의 승리—!"

"우와!"

"와아, 최고다—!"

반악을 조롱하고, 비난했던 관중들은 우레와 같은 환호성으로 그의 승리를 축하했다. 자신들이 이번 대전으로 얼마나 많은 돈을 잃었는지는 전혀 상관이 없다는 듯 그들의 환호성은 좀처럼 그칠 줄 몰랐다.

'병신들, 뭐가 그렇게 좋다고.'

반악은 내심 관중들을 비웃었다.

'하지만……, 너희들을 탓할 수는 없지.'

광기와 폭력성, 그리고 승리사에게만 쏠리는 관심 등도 결국 인간의 본성이고, 부정할 수 없는 것이었다. 또한 그 역시도 격투사로서 이곳에 서 있으니 예외가 아니었다.

그러나 괜히 마음이 불편한 것은 반악도 어쩔 수가 없었다. 너무나 잘 알고 있기에 짜증이 나고, 화가 나는 것이다.

'젠장, 이게 무슨 청승맞은 생각이냐.'

반악은 여전히 그칠 줄 모르는 환호성을 뒤로하고 격투장을 빠져 나갔다.

*　　*　　*

'대박이다!'

문복은 아직까지 관중들의 환호성이 귓가를 맴도는 듯해서 흥분을 떨칠 수가 없었다. 그래서 주먹을 꽉 움켜쥐며 마음을 진정시키려고 애를 써야만 했다.

사실 지금의 그는 환성을 지르고, 펄쩍 펄쩍 뛰며 기쁨을 마음껏 발산하고 싶었지만, 다른 두목들이 주변에 있는지라 그러지 못하고 있었다.

특히 얼굴 표정이 일그러져 있는 거돈 때문에 그럴 수가 없었다.

"문 아우, 축하하네. 아주 크게 한 건 했어."

"그저 운이 좋았을 뿐입니다. 형님도 다른 한 명은 대전에서 승리하지 않았습니까. 오히려 제가 축하를 드려야지요."

하지만 그 말이 진심이 아니라는 것은 거돈도, 문복 자신도 알고 있었다.

"궁금하구만. 그 친구는 어디서 찾아냈나?"

"객잔에서 만났습니다. 운이 좋았죠."

"그놈의 운은 문 아우에게만 몰리는가 보구만. 이거 괜히 질투가 나는데."

딱딱하게 굳은 얼굴로 그런 말을 하면 농담같이 들릴 리가 없다. 자연히 주변 분위기는 싸늘해졌다. 다른 두목들도 뭔가 이상함을 느끼고 두 사람의 눈치를 살폈다.

'밴댕이 같은 새끼.'

문복은 내심 투덜거리면서도 서둘러 자리를 떠나야겠다는 필요성을 강하게 느꼈다.

"전 이만 가봐야겠습니다."

물론, 나가기 전에 반약의 상금과 내기에 이겨 받아야 할 배당금을 챙겨가야 할 것이다. 혼자서는 들고 가기도 힘들 아주 많은 돈을 말이다.

"형님, 다음에 뵙겠습니다."

거돈은 웃고 싶은 것을 억지로 참고 있다는 게 뻔히 보이는 얼굴로 돌아서서 사라지는 문복의 뒷모습을 매섭게 노려보았다.

'버러지 같은 새끼! 너 다음에 두고 보자. 그땐 절대로 이번처럼 당하지 않을 거다.'

第七章

때는 사시(巳時; 오전 9시~11시) 무렵.

반악은 눈을 떴다.

잠에서 깬 것이 아니라, 두 시진이 넘도록 해온 운기를 끝낸 것이다.

'날이 좋군.'

가부좌를 풀고 일어난 반악은 창문 밖으로 고개를 내밀어, 쨍쨍하게 내리쬐는 태양빛을 정면으로 응시했다.

그러나 지금은 한겨울. 입에서 허연 김이 나올 만큼 춥고, 사람들은 두툼하게 옷을 껴입고서 잔뜩 움츠린 채 길을 오가고 있었다.

결코 좋은 날이라 할 수는 없었다.

하지만 반악은 환골탈태를 한 몸이었다. 그 전에도 단련된 육체와 엄청난 공력으로 인해 열기와 냉기에 크게 영향을 받지 않는 몸이었지만, 지금은 한서불침에 더욱 가까워진 상태인 것이다.

'놀러나 갈까?'

항주에 온 지 어느덧 다섯 달.

하지만 그의 우선순위는 감각과 의지와 육체의 완벽한 조합과 균형을 통해 예전의 능력을 되찾는 것이기 때문에, 다른 것에는 전혀 관심을 두지 않고 있었다.

그래서 투인장을 찾는 시간 외에는 문복이 소유한 이 객잔을 전혀 나가지 않았던 것이다.

그러나 이제는 조금 여유를 가질 만한 때가 되었다.

똑똑.

"나리, 소인입니다."

"들어와."

문복이 조심스레 문을 열고 들어왔다.

"어디 가십니까?"

"밖에. 왜?"

"나리의 상금과 배당금을 가져왔습니다."

문복이 묵직한 주머니를 내밀었다.

그 안에는 금이 삼십 냥도 넘게 들어 있었다. 그중 열 냥은

상금이고, 나머지는 문복이 투인장에서 돈을 걸고 딴 배당금
이었다.

"돈이 지난번보다 적네."

"말씀드렸듯이 나리께 거는 사람들이 많아져서 그렇습니
다. 잘 아시겠지만 승률이 높을수록, 이득은 작아질 수밖에 없
으니까요."

"……"

반악은 문복의 얼굴을 날카롭게 쳐다보았다. 마치 그 말의
진의 여부를 확인하겠다는 듯이.

'저놈의 의심병은.'

문복은 속으로 투덜거리면서 얼굴 가득 난 진실합니다, 라
는 표정을 짓기 위해 애를 썼다.

실제로 그는 거짓말을 하고 있지도 않았다. 배당액이 가장
많았던 잔혹검과의 첫 대전 때 금액을 속였다가 목이 부러질
뻔한 일을 겪고 나서는, 반악을 상대로 절대 사기치지 않겠다
고 다짐했기 때문이다.

하지만 반악은 그 이후로도 의심을 거두지 않고 있었다.

"다음부터는 반을 가져와."

"예? 반이나요?"

문복은 저도 모르게 뾰족한 목소리로 되물었다.

반악은 한 푼의 돈도 내기에 투자하지 않으면서도, 문복이
획득한 배당금의 사 할에다가, 승리상금까지 모두 가져가고

있었다. 그런데 이젠 배당금의 반을 가지겠다고 하다니.

완전히 도둑놈 심보가 아닌가.

하지만 반악은 문복에게 전혀 미안해하지 않았다.

"내가 가질 만한 돈을 가지는 거다. 반이라도 챙길 수 있게 해주는 걸 고맙게 생각해."

"……."

문복은 할 말이 없었다. 사실 반악의 말이 옳았으니까.

그가 격투사로 싸우지 않았다면 그 많은 돈을 십 일에 한 번씩 주기적으로 벌 수도 없었고, 소문이 퍼지면서 젊은 주먹패들이 그의 밑으로 들어오지도 않았을 것이며, 이전에는 시도조차 할 수 없었던 기루 매입을 성사시키지도 못했을 것이다.

지금 문복과 도끼파가 얻고 있는 풍족함과 조직의 빠른 성장은 모두 반악 덕분이었다.

"불만이냐?"

"예? 아닙니다!"

"불만이면 말해. 언제든 떠나줄 테니까."

문복은 깜짝 놀랐다.

"절대 불만 없습니다. 그냥 제가 사 할로 하고, 나리께서 육할을 가져가시겠습니까? 전 그래도 됩니다! 사 할만 가져도 충분합니다! 아니요, 삼 할도 괜찮습니다!"

반악은 피식 웃었다.

"됐어."

"진짜 그렇게 하셔도 전 상관없습니다!"

"됐다니까."

"아닙니다! 나리께서 원하시······."

순간 반악의 미간이 좁혀졌다. 문복은 흠칫 놀라며 입을 다물었다.

"적당히 해라. 짜증난다."

"옙!"

반악은 돈이 들어 있는 주머니를 침상 옆에 던졌다. 지금껏 문복에게서 받은 돈주머니들 역시 그곳에 수북이 쌓여 있었다.

'이 인간의 자신감은 정말 할 말이 없게 만드는군.'

문도 잠그지 않고, 방에는 수백 냥의 황금을 아무렇게나 쌓아두고 있으니, 문복이 그리 생각하는 것도 이상한 일이 아니었다.

하지만 반악에겐 전혀 문제될 것이 없었다. 객잔은 문복의 소유이고, 그래서 돈이 없어지면 문복에게 책임을 물으면 되는 것이니까.

"안 나오고 뭐해?"

돈주머니가 쌓인 침상 옆을 멍하니 바라보던 문복은, 문 밖에서 그를 쳐다보는 반악의 부름에 정신을 차리고 얼른 방을 나왔다.

반악이 계단 쪽으로 가는 걸 보고 문복은 다시 물었다.

"어디로 가십니까?"

"밖에."

"……."

정확히 어디로 가는 거냐고 물은 것이지만, 다시 묻지는 않았다. 또 물었다가 반악이 화를 내기라도 하면 감당할 자신이 없었으니까.

'상전을 모시는 게 이렇게 힘들어.'

문복은 앞으로 수하들을 더 잘 챙겨줘야겠다고 다짐하면서 아래층으로 내려갔다.

*　　*　　*

'이제 어딜 가나.'

반악은 대로 중앙에 우뚝 멈춰 서서 주위를 두리번거렸다.

객잔을 나왔지만 막상 움직이려니 갈 곳이 떠오르질 않는 것이다.

서호를 가볼까 하는 생각도 해보지만, 예전 영물을 찾기 위해 며칠 동안이나 돌아다닌 적이 있는지라 별달리 가고 싶은 마음이 생기질 않았다.

결국 그냥 움직였다. 그리고 조금 더 사람들이 많이 보이는 곳으로 방향을 잡았다. 사람이 모이는 곳일수록 볼거리가 많은 법이니까.

와글와글 왁자지껄.

갈수록 사람들의 걸음이 느려지고 시끌시끌해지더니, 끝이 보이지 않을 만큼 길고 넓은 시장이 나타났다. 별의별 것들을 다 파는 좌판들이 좌우로 가득했고, 사람들이 너무 많아 그들의 열기가 냉랭한 겨울 날씨를 밀어낼 정도였다.

사람 많고, 물산이 풍부한 항주의 분위기를 잘 보여주는 곳이었다.

반악은 천천히 걸으며 흥미로운 시선으로 주변을 둘러봤다.

그는 적지 않은 세월을 살아왔지만, 이렇게 사람이 많은 시장을 와본 적이 한 번도 없었다. 시장에 올 일도 거의 없었지만, 워낙에 주목을 받는 외모 때문에 꺼려했던 것이다.

"저 북방의 칼날처럼 매서운 겨울에도 발을 얼지 않게 해주는 털가죽 신발 보고 가세요!"

"장안에서도 없어서 못 판다고 하는 털모자입니다!"

구입하기 위해 찾은 사람들만큼이나, 물건을 팔기 위해 선전하는 장사꾼들의 목소리도 꽤나 시끌시끌했다.

그리고 한 음성이 반악의 관심을 끌었다.

"뜨끈한 국수 한 그릇 드시고 가십시오!"

점심때가 되려면 아직 조금 더 있어야 하지만, 뜨끈한 국수한 그릇이란 말이 묘하게 식욕을 자극했다. 아마도 배를 굻던 어린 시절 먹고 싶어도, 먹을 수 없던 좌판음식에 대한 기억 때문이리라.

"한 그릇 주시오."

반악은 몇 개나 되는 국수 좌판을 둘러보다가, 반백의 노파가 있는 좌판으로 가서 주문했다.

"아이고, 젊은이 참 잘생겼네."

참으로 낯선 칭찬이었다.

환골탈태로 외모가 변했고, 스스로도 잘생겼다고 생각하고 있으며, 이젠 품에 작은 손거울을 넣고 다니면서 하루에도 몇 번이나 얼굴을 보고 있었지만, 이런 칭찬은 처음 들어보았던 것이다.

당연히 기분이 좋을 수밖에 없었고, 그래서 더 주문했다.

"만두도 주시오."

"조금만 기다리시게. 내 얼른 말아줌세."

노파는 웃음을 지으며 국수 한 그릇을 능숙한 손놀림으로 빠르게 말들고, 만두 두 개를 그릇에 담아 내놓았다.

"젊은이 인상이 좋아서, 하나 더 주는 게야."

어떻게 대답해야 할까.

반악은 이런 배려에 익숙한 사람이 아니었기에, 대꾸할 말을 찾지 못했다. 그래서 그냥 웃음만 지었다.

헌데, 옆을 지나던 여인들이 묘한 시선으로 그를 쳐다보는 게 아닌가.

'응?'

반악으로서는 처음 보는 표정들이었다. 본래부터 여자와 얼굴을 마주할 일도 거의 없었지만, 지금 저 표정들은 더욱 더 낯설게 느껴졌다.

순안 동쪽에서 만났던 어촌의 아낙들이 언뜻 비슷한 표정을 지은 것 같다는 생각이 들기도 했지만, 반악은 그 표정들의 의미를 알 수가 없었다.

그런데 노파의 말이 반악의 궁금증을 풀어주었다.

"그 미소 때문에 여자 꽤나 울리겠구만. 이 늙은이가 충고하자면, 거기 아래물건 간수를 잘하게나. 사내들은 그걸 쓰긴 쉬워도, 절제하기는 어려운 법이거든."

"……."

반악은 충고인지, 음담패설인지 헷갈리는 노파의 말에 할 말을 잃었다.

말인 즉, 그의 미소가 여자들의 호감을 끌었고, 그가 마음만 먹는다면 교합을 갖기가 어렵지 않을 테니, 너무 방탕하게 놀지 말라는 뜻이 아닌가.

'하! 내 생전에 이런 말을 들을 줄이야.'

여인과 잠자리 한 번 가져본 적이 없는 그에게 여자 많이 울리겠네, 라고 하는 건 사내구실 못한다고 비꼬며 놀리는 거나 마찬가지였다.

물론, 노파가 그의 속사정을 알 리가 없으니, 지금은 칭찬으로 받아들여야 할 것이다.

"많이 파시오."

반악은 국수와 만두를 먹고 그답지 않게 인사까지 건네고는 다시 시장을 돌아다니기 시작했다.

그런데 얼마 있지 않아서 또 다른 음성이 그의 관심을 끌었다.

"거기 미남 공자, 여기 장신구 좀 보고 가시게!"

장신구 좌판 주인이 반악에게 손짓까지 하며 크게 소리쳤다. 자연히 주변사람들의 시선이 반악에게 모여들었다.

'저 아줌마가 미쳤나. 아, 진짜 쪽팔리게.'

사실 잠깐 시선이 모였을 뿐, 크게 부끄러울 일도 아니었다. 하지만 반악은 이런 식의 어색한 주목이 낯설었던지라, 난감하기만 했다.

그러나 좌판주인은 반악의 그런 반응에 힘을 얻은 듯 목소리를 더욱 높였다.

"미남 공자, 이리 오라니까! 나이든 여자가 부른다고 무시하는 거야? 그러지 말고 얼른 이리 와봐, 미남 공자!"

주변사람들이 반악과 좌판주인을 보며 웃음을 터트렸다.

반악은 더는 무시하고 있을 수가 없어 얼른 좌판으로 걸어갔다.

"아줌마, 지금 뭐하는 거요? 목소리 좀 낮추시오."

"뭘 그리 부끄러워하나. 잘생긴 사람에게 잘생겼다고 하는 것을. 그러지 말고 여기 물건이나 한번 봐 보게."

타박에도 전혀 굴하지 않는 좌판 주인은 이 물건이 어떠냐, 저 물건이 어떠냐, 옷차림이 너무 소박하니 장신구 한두 개는

차고 다니라면서 집요하게 구매를 강요했다.

하지만 그래도 반악의 반응이 시큰둥해하자, 이번엔 물건을 보고 있던 여자 손님까지 끌어들였다.

"아가씨, 여기 좀 봐봐. 이 물건이 여기 잘생긴 공자한테 어울리나, 안 어울리나?"

여인의 눈길이 잠시 장신구에 향했다가, 반악의 얼굴 쪽으로 옮겨졌다. 그런데 갑자기 볼이 발그레해지더니, 어울린다고 대답하면서 얼른 고개를 돌려 버리는 게 아닌가.

'뭐야, 이 반응은?'

반악은 어리둥절했다. 장신구가 잘 어울린다 해놓고, 얼굴을 붉히며 고개를 돌리는 이유는 뭐란 말인가.

'뻥친 건가?'

양심에 찔려 똑바로 얼굴을 마주하지 못하는 게 아닌가, 라는 생각이 드는 것이다.

하지만 그거야말로 반악이 여자를 몰라서 하는 소리였고, 좌판주인이 진짜 이유를 알려주었다.

"아이고, 아가씨 부끄러워하는 거 보게. 이 공자가 마음에 드나 보지?"

"누, 누가요. 아주머니는 괜한 소리 하지 마세요."

여인은 말까지 더듬으며 화를 냈다.

하지만 진짜 화가 나서가 아니라, 속내가 들켰기 때문에 그런 반응을 보인 것이 분명했다. 화가 나서라면 바로 다른 곳으로 떠나야 정상이건만, 그녀는 여전히 반악의 옆에서 장신구를 만지작거리고 있었으니까.

"아가씨, 그 귀걸이 한 번 해봐. 아주 잘 어울리는데. 이 잘생긴 공자도 마음에 들어 할걸."

주인의 말 때문인지, 아니면 원래부터 귀걸이가 마음에 들어서인지 여인은 귀걸이를 자신의 귀에 걸어보았다. 그리고 얼굴을 살짝 붉히면서 반악에게 물었다.

"이거 저한테 어울리는 거 같아요?"

반악은 순간 당황했다. 이런 식의 질문을 받아본 적이 없었으니까.

하지만 주인은 어서 말해 주라고 압박을 하고, 여인도 기대감 가득한 눈빛으로 그를 쳐다보니, 마냥 가만히 있을 수도 없었다.

"귓불이 커서 안 어울리오."

"……."

여인은 당황한 기색을 보이더니, 울먹거리기 시작했다. 그리고는 얼굴을 가리며 다른 곳으로 뛰어가 버리는 게 아닌가.

'뭐야?'

반악은 어리둥절했다. 안 어울리는 걸 안 어울린다고 했는데 뭐가 문제란 말인가.

하지만 좌판주인은 어이없고 황당하기만 했다.

"잘생긴 공자, 방금 농담한 거지?"

"……."

"농담 아냐?"

"……."

반악이 대꾸는 않고 멀뚱히 쳐다만 보고 있자, 주인은 고개를 내저으며 혀를 찼다.

"말주변이 그렇게 없어서야……."

"……."

"안 살 거면 다른 손님 길 막지 말고 그만 가게."

갑자기 냉랭하게 변한 주인의 타박과 파리를 쫓듯 얼른 가라고 하는 손짓에 반악은 황당하기 이를 데가 없었다.

'젠장, 사람 쪽팔리게 큰 소리로 부를 때는 언제고.'

마음 같아선 좌판을 확 엎어 버리고 싶었다.

하지만 왠지 그렇게 하면 자신만 속 좁은 놈이 될 것 같았다.

'젠장!'

반악은 주인을 한번 쏘아보고는 물러나왔다.

그런데 생각하면 할수록 화가 났다.

'내가 뭘 잘못했는데?'

솔직하게 이야기하는 게 무슨 잘못인가.

그럼, 그때 가식적으로 웃으며 없는 사실을 만들어냈어야 한단 말인가.

'그 여자가 이상한 거잖아.'

처음부터 얼굴만 보고 호감을 느끼는 여자라면, 제대로 된 여자는 아닐 거란 생각이 들었다. 그리고 그렇지 않은 여자가 더 많을 거란 믿음으로 주변을 두리번거렸다.

지금껏 이런 적이 없었으나, 이젠 외모 때문에 외면 받을 일은 없을 테니, 여자들에게 당당히 말을 걸어보자고 작심한 것이다.

'저기다.'

반악은 유독 여자들이 많이 보이는 비단상점 쪽으로 걸음을 옮겼다.

그에겐 이것도 도전이었다. 그리고 이제까지 모든 도전이 그래왔듯이 그는 성공하고 싶었다. 좌절과 패배는 그가 용납할 수 없는 것이니까.

절대로.

*   *   *

반악은 여인의 대꾸를 기다렸다. 이번엔 성공할 것이란 기대감을 갖고서.

"흑, 어떻게 그런 말을!"

여인은 눈물을 주륵 흘리며 얼굴을 감싸고 상점을 뛰쳐나갔다. 이제까지 그가 말을 걸 때마다 울며 떠났던 여자들과 똑같은 반응이었다.

'젠장.'

반악의 어깨가 축 처졌다.

'도대체 뭐가 문제란 말인가.'

처음 몇 번의 시도에선 확실히 그의 잘못이 조금 있었다.

'비단을 많이 사야 할 것 같소. 아가씨의 옷을 맞추려면 그거 가지고는 안 되겠는걸.'

'옷차림을 보아하니, 시골에서 올라오신 모양이오?'

'항주에 사시오? 척 보니 술 좀 할 것 같은데, 어디 조용한 곳에서 같이 한 잔 하시겠소?'

전체적으로 의미가 너무 직설적이고, 말투가 딱딱했다고나 할까.

그래서 그 뒤로는 칭찬을 섞어 말했다.

'머리털이 참 보기가 좋소.'

'팔뚝이 단단해 보이는데, 무공을 수련하시는 모양입니다.'

'그걸 사시게? 아가씨는 허리가 굵어서 그것보다는 이 색깔이 더 잘 어울리는 것 같소만.'

분명 칭찬을 했다. 그런데도 울면서 뛰쳐나가 버리는 건 처음과 똑같았다.

무엇이 문제란 말인가.

솔직히 말을 해도 울고, 칭찬을 섞어 해도 우는데 도대체 어떤 식으로 말을 해야 한단 말인가.

"손님, 그만 나가 주십시오."

보다 못한 점원이 딱딱하게 굳은 얼굴로 다가와 말했다.

반악이 말을 걸 때마다 나가 버리는 손님들이 열을 넘었다. 장사에 지장을 주는 사람을 그냥 둘 수는 없었던 것이다.

'젠장!'

반악은 점원을 매섭게 노려보고는, 짜증을 내며 밖으로 나갔다.

그런데 상점 입구에 어이없다는 표정을 하고 있는 배희가 서 있었다. 그녀의 머리는 요 몇 달 동안 꽤 자라서 어깨를 넘어설 정도인데, 아직까지도 천으로 가리고 있었다.

아마도 천으로 멋을 내는 것을 좋아하게 된 모양이었다.

"넌 왜 여기 있냐?"

"비단이나 살까 하고 왔어요."

"그럼 들어가 사."

"……"

"왜 그런 눈으로 보는데?"

"나리는 여자를 모르는군요?"

"뭐? 누가 그래? 누가 여잘 몰라? 어떤 자식이 그런 헛소리를 지껄여?"

"나리가 상점 안에서 여자들에게 작업 거는 걸 봤어요."

"……"

말문이 탁 막힌 반악은 그녀를 빤히 쳐다보며 마른침을 삼켰다. 그리고 나서는 신경질적으로 배희를 밀어냈다.

"지나가게, 비켜."

"어디 가시는데요?"

"알 거 없어."

"같이 가요."

"싫어."

"제가 가르쳐 드릴게요."

"뭘?"

"여자 꼬시는 법이요."

"……."

그냥 무시하고 지나쳐 가려던 반악은 입을 꾹 다물고 배희를 노려봤다. 하지만 그의 눈동자는 흔들리고 있었고, 배희는 그의 마음도 눈동자처럼 흔들리고 있음을 알아챘다.

"이야기하기 좋은 곳으로 갈까요?"

"어디?"

"다관요. 제가 좋은 곳을 알고 있어요."

"……."

"……."

"앞장서."

"네."

배희는 빙긋이 웃으며 걸어갔고, 반악은 괜스레 주위를 두리번거리다가 그 뒤를 따랐다.

다관 맨 꼭대기 층인 삼층에 자리 잡은 배희와 반악은 한 시진 동안이나 이야기를 나누었다. 물론, 배희가 대부분 이야기하고, 반악은 입을 꾹 다문 채 듣기만 했지만.

"대략 요점만 집어서 이야기했지만, 여자들을 꼬실 때는 대부분 이렇게 하는 거예요. 이젠 아시겠어요?"

눈도 깜빡하지 않고 내내 집중하면서 들은 반악은 솔직하게 대답했다.

"아니."

"뭐가 아니에요?"

"어렵다."

배희가 설명한 여자를 꼬시는 법을 한 마디로 표현하자면, 심리였다.

여인의 마음 상태가 결국 표정, 행동, 말투 등을 만들어내는 것이기 때문에 무엇보다 심리를 읽어야 하고, 어쩔 땐 그 모든 걸 역으로 해석해야 할 경우도 있다는 것이다.

그런데 심신 모두에서 여자경험이 전무하다시피 한 반악으로서는 그게 너무나 헷갈리고, 어려울 수밖에 없었다.

"이해가 안 가네요."

"뭐가?"

"대단한 미남은 아니지만, 나리 정도라면 괜찮은 외모라서

여자들이 적지 않게 꼬였을 텐데요. 그런데 너무 숙맥 같아
요."

반악은 저도 모르게 인상을 썼다.

그는 여자들이 꼬이는 상황 자체를 이해할 수 없는 사람이
었다. 어린 시절 여자들과 얽힌 기억이라고는 괄시받고, 조롱
받았던 것들밖에 떠오르지 않았다. 나이가 들어서도 상황은
별반 달라지지 않았다.

그를 벌레와 오물을 보듯 쳐다보던 여인들의 혐오어린 시선
들은 아직까지도 눈앞에 선명했다.

그런 기억을 가지고도 여자에 대한 극단적인 폭력성과 이상
행동을 가지지 않은 사람으로 성장한 것만도 신기한 일이라
할 수 있었다.

어쩌면 세상 그 어떤 남자들 앞에서도 강하고 당당한 그가,
여자들 앞에서는 스스로가 작게 느껴지고, 전체적으로 마음이
약해지는 것도 그러한 기억과 성장의 영향 때문일 수도 있겠
지만.

어쨌든, 그런 사실을 배희에게 알려줄 수는 없는 일.

"여자하고 엮일 일이 없었다."

"왜요?"

"깊이 알려고 하지 마라. 그러다 다친다."

배희는 찔끔하며 고개를 끄덕였다. 갑자기 날카로워진 반악
의 눈빛은 장난이 아니라, 진짜 살벌하게 번뜩이고 있었으니

까.

"그럼 한 가지만 물을게요."

"……?"

"우리가 처음 봤을 때 정 가와 달리 나리는 제 유혹에 넘어오지 않았잖아요. 그땐 어떻게 된 거죠?"

"그 정도도 눈치채지 못하면 바보지."

원래부터도 의심이 많은 반약이었고, 상관미조에게 당한 이후로 여자를 더욱 믿지 않게 되었기도 했지만, 배희의 표정과 행동, 말투들에서 미심쩍은 부분이 많이 보였던 것이다.

"바로 그거예요."

"뭐가?"

"그때 나리가 하신 게 여자의 심리를 읽어낸 거예요."

"그런가?"

"이성을 꼬시는 건 일종의 싸움과 같은 거예요. 나리도 싸움을 할 때 상대의 약점과 장점을 파악하고, 움직임과 표정과 기세를 읽어내고, 허초가 무엇인지, 무얼 원하는지, 어떻게 하면 먼저 공격을 하게 만드는지, 또 어떻게 하면 싫어하고, 어떻게 하면 좋아하는지를 알아내려 노력하잖아요. 그렇지요?"

"그렇지."

"작업할 때도 비슷해요. 여자와 대화할 때도, 같이 먹고, 마시고, 걸을 때도, 그렇게 싸움 상대를 파악할 때처럼 집중하고, 반응하면 되는 거예요. 물론, 그게 단번에 성공할 수는 없겠지요. 이론을 아는 것과 실행하여 성공시키는 건 별개의 문제니까요. 그래서 실패를 겁내지 말고 지속적인 작업을 통해서 경험을 쌓아야 하죠. 아, 그것도 싸움과 닮은 점이라고 해야겠네요."

"흠, 그렇게 말하니 조금 이해하겠군."

반악은 여자를 대할 때 그런 식으로 생각을 해본 적이 없었다. 하지만 배희의 말을 들어보니, 일맥상통하는 부분이 많았다.

물론, 그녀의 말처럼 많은 노력과 도전이 필요하겠지만.

"우선 그 머리모양과 옷차림부터 바꿔야 해요. 여자에게 있어서 첫인상은 매우 중요하니까요. 다음에 제가 직접 모시고 다닐게요."

"네가 굳이 그렇게 하고 싶다면야."

"내일 어떠세요?"

"그러던지."

반악은 투박하게 대답하며 그녀의 시선을 외면하고 차를 마셨다.

배희는 속으로 웃었다.

반악은 정말로 너무나 무서운 사람이고, 강한 사람이지만, 지금처럼 어쩔 때는 어린애 같고, 순진해 보여서 그녀를 헷갈리게 만들었다.

문복은 그래서 반악이 더 무서운 것이라고 했지만, 배희에게는 왠지 그런 점이 귀엽게 느껴졌다.

물론, 그녀의 머리카락을 몽땅 잘라 버린 일은 아직도 잊지 않고 있었다. 아마 영원히 잊어지지 않고 작은 가시처럼 마음 한구석에 박혀 있을 것이다.

배희는 잠시 차를 마시며 눈치를 보다가 조심스레 입을 열었다.

"거 두목이 또 귀찮게 하지 않아요? 그 사람 꽤 집요한 사람이거든요. 자기가 얻고 싶은 게 있으면 수단 방법을 가리지 않고 달라붙는다니까요. 생긴 건 돼지 같은데, 하는 짓은 완전히 거머리예요."

"네 남편이 물어보라고 했냐?"

"뭘요?"

"내가 도살파로 갈지 모른다고 걱정했겠지. 그래서 너를 시켜서 내 속내를 알아보게 한 거잖아."

반악의 짐작은 정확했다.

거돈이 그를 도살파로 데려오기 위해 벌써 세 번이나 접촉을 했고, 오늘은 떠나니 마니 하는 말까지 했으니, 문복으로선 당연히 불안해할 수밖에.

'하여튼, 이럴 때는 귀신처럼 눈치가 빠르다니까. 여자에게 작업 걸 때 이런 눈치를 활용했다면, 천하에 다시없을 호색한이 되었을 거야.'

"맞아요. 그이가 알아보라고 보냈어요. 그래서 비단상점에

서 나리와 마주치게 된 거예요. 이왕 말이 나왔으니, 말씀해
주세요. 다른 조직으로 떠날 생각이세요?"

"별로."

"진짜요?"

"어디든 마찬가지야. 난 싸움만 할 수 있으면 되거든."

"그런데 예전부터 궁금했던 건데, 왜 나리 같은 분이 투인
장에 나가시는 거죠? 돈 욕심이 있으신 것도 아닌 것 같고, 무
슨 사연이 있으신가요?"

"너 나하고 친하냐?"

"글쎄요."

"우리 안 친하잖아. 그런데 왜 친한 척해?"

"그래도 오늘은 조금 친해지지 않았나요?"

"됐어. 난 너하고 친해지지도 않았고, 친할 생각도 없다."

반악은 남은 차를 단숨에 마셔 버리고 자리에서 일어났다.

배희는 그를 붙잡지 않았다. 이 정도면 충분했으니까. 이보
다 더 귀찮게 하면 반악의 성질을 건드리게 된다는 걸 아는 것
이다.

"내일 봐요."

"그러던지."

반악은 특유의 퉁명스러움으로 대꾸하며 다관을 나갔고, 배
희는 빙긋이 미소 지으며 느긋이 차를 마셨다.

          *   *   *

스악—

관중들이 탄성을 터트릴 만큼 칼이 빠르게 휘둘러져왔다.

하지만 반악의 눈에는 느리기만 했다. 그는 가볍게 피해 버리고, 뒤이어 뻗어오는 발길질도 옆으로 흘려보내며, 빠르게 파고들어 팔꿈치로 옆구리를 가격했다. 상대는 꺽꺽 소리를 내며 비틀거리다 쓰러졌다.

틈도 없이 또 다른 상대가 칼을 휘둘러왔다. 시기적절한 공격이었지만 반악의 반응은 너무도 빨라서, 순식간에 칼을 쳐내고, 팔을 내리 누르고, 열린 틈새로 주먹을 내질렀다.

퍼퍼퍽!

한순간에 세 번을 짧고, 간결하게 내지른 주먹에 얼굴을 연타로 맞은 상대는 고통스런 신음과 함께 양팔을 휘저으며 뒷걸음질쳤다.

반악은 마지막 일격을 가하기 위해 바로 쫓아갔다. 이때 옆구리를 맞고 쓰러졌던 상대가 일어나 그의 등을 향해 칼을 내리쳤다.

하지만 반악은 번개 같은 뒷발차기로 그의 복부를 내질러 공격을 차단한 뒤, 연이어 앞으로 뛰어올라 비틀거리는 몸을 바로잡고 있던 상대의 가슴을 네 번이나 걷어차고, 그 반발력으로 더 높이 뛰어올랐다 내려서며 무릎으로 얼굴을 내리찍었다.

풀썩.

반악은 쓰러지는 걸 보지도 않고 곧바로 몸을 돌려, 복부의 고통을 참아내며 칼을 휘두르려 하는 상대에게 다가섰다.

사사사삭—

칼날은 날카롭고 맹렬하게 움직였다. 하지만 반악은 가볍고, 절제된 동작으로 모두 피해 버린 뒤 코앞까지 바짝 파고들었다.

놀란 상대는 박치기를 시도했다. 반악 역시 지지 않고 힘껏 머리를 들이밀었다.

빡!

딱딱한 충돌음과 함께 상대가 휘청거렸다. 하지만 반악은 전혀 충격을 받지 않은 듯 상대의 양어깨를 부여잡고, 얼굴을 이마로 들이받았다.

그리고 다시 들이받고, 또 들이받으며, 상대의 가면이 뭉개지고, 코가 뭉개지고, 얼굴뼈가 뭉개질 때까지 계속 들이받았다.

풀썩.

결국 상대가 쓰러진 끝에야 공격을 멈춘 반악은, 뒤로 한 걸음 물러나 오른팔을 들어올리고, 주먹을 꽉 움켜쥐었다.

동시에 밖에서 대기하고 있던 진행자가 뛰쳐나오며 소리쳤다.

"반 무사의 승리!"

"와─!"

"최고다─!"

시종 숨을 죽인 채 지켜보던 관중들의 우레와 같은 함성이 장내를 가득 채웠다.

반악은 그 함성을 뒤로하고 격투장을 빠져나갔다.

*　　　*　　　*

"빌어먹을!"

분노를 억누르지 못하고 부들부들 떨던 거돈은 벽을 향해 의자를 내던졌다.

콰지직.

하지만 그것으로는 분노가 풀리지 않기에 보이는 족족 집어 던지고, 걸리는 족족 발로 걷어찼다.

더 이상 던질 것도 없고, 걷어찰 것도 없게 되어서야 거돈은 멈췄고, 숨을 헐떡거리며 잔해가 널린 바닥에 주저앉았다.

"헉헉, 염병, 그 개새끼를, 헉헉, 그 반 무사 개새끼를……."

어떻게 처리해야 하나.

기존에 데리고 있는 격투사들이 모두 패배하고, 그래서 많은 돈을 들여 새로이 실력 있는 낭인들을 고용해 내보냈는데도 아무런 성과를 얻지 못했다.

고민 끝에 반악의 강함과 괴물 같은 승률을 이유로 들어서, 오늘 실력 있는 낭인 두 명과 싸우게까지 했는데도, 또다시 상처 하나 입히지 못하고 무참하게 깨져 버리고 말았다.

'그 새끼는 어떻게 시간이 갈수록 강해지는 거냐.'

초반에도 강하긴 했지만, 그때는 무너트릴 틈이란 게 있어 보였다. 큰 부상은 없었지만, 상처를 입은 적도 많이 있었으니까.

하지만 대전 횟수가 늘어날수록 그런 틈이 사라져 버리는 것이다. 여전히 무식하고 거칠게 싸웠지만, 빠르면서도, 정교한 움직임을 바탕으로 한 공격과 방어는 너무도 완벽해서 이젠 딴 사람처럼 느껴질 정도였다.

그의 변화 과정을 간단하게 표현하자면, 싸움에 재능이 있는 어린놈이 점점 경험을 쌓아가고, 결국엔 능숙한 싸움꾼이 되었다, 라고 할 수 있을 것이다.

어쨌든, 그래서 한때는 몰래 독을 써볼까도 생각했었다. 하지만 그림자처럼 붙어 있는 문복 때문에 기회를 잡을 수 없었다.

안 되겠다 싶어서 큰돈과 파격적인 대우를 보장하며 자신의 밑으로 들어오라 세 번이나 제안을 했다. 그런데 반악은 코웃음을 치며 모두 거절해 버리는 게 아닌가.

"진짜 이 새끼를 어떻게 해야 하나……."

반악은 진정한 싸움꾼이었다.

나름 정석의 무공을 익혔고, 내공까지 활용하는 낭인들을 어려움 없이 때려눕힌 지금까지의 화려한 전적이 분명하게 증명하고 있었다.

'어차피 지금껏 고용한 놈들과 별 차이도 없는 낭인들을 내보내봤자, 그 새끼를 이길 수도 없을 테고…….'

이런 식으로 계속 가다가는 반약 때문에 도살파의 조직 운영 자체가 위험해질 것이다.

벌써 그러한 징조가 나타나고 있었다.

수하들의 사기는 급격하게 떨어졌고, 도살파를 추종하던 젊은 주먹패들이 마음을 바꿔 도끼파로 들어갔다. 주기적으로 들어오던 막대한 배당금이 줄어든 데다, 낭인을 고용하기 위해 너무 많은 돈을 써서 어느새 조직 운영자금의 절반 이상이 사라져 버린 상태였다.

반면에 도끼파는 욱일승천의 기세로 힘을 축적하고, 사업을 확장하고, 세력을 키우고 있었으니, 이대로 좌시하고 있을 상황이 아닌 것이다.

한참을 고민하고, 또 고민하던 거돈은 결국 한 사람의 존재를 떠올리게 되었다.

'그 녀석이 필요하다.'

그의 별명은 야차였다.

도살파의 이름을 걸고 싸웠던 격투사였음에도 불구하고 이름조차 몰랐다. 활동한 기간도 고작 세 달에 불과했다. 게다가

이 바닥에서 손을 뗀 지도 꽤 된 인물이었다.

'하지만 그 녀석이라면 반 무사 그 개새끼를 이길 수 있을 지도 모른다.'

싸움방식과 능력 등만 보자면 반악과 닮은 구석도 있었다. 아니, 그 이상이라고 해도 무방했다.

그 당시엔 혹시 정체를 숨긴 무림의 고수가 아닌가, 하는 의심이 들었을 정도로 불패의 승률을 기록한 격투사였으니까.

'돈을 너무 많이 줘야 한다는 점이 문제이기는 하지만……'

게다가 그는 명령이나, 지시를 따르는 자가 아니기 때문에 두목체면도 차리지 못하고, 실실거리며 기분을 맞춰 줘야만 할 것이다.

허나, 지금은 그런 문제 따위를 걱정할 때가 아니질 않은가.

'그러나 만약 야차도 실패를 하게 된다면……'

"야!"

밖에서 대기하고 있던 수하 두 명이 재빨리 들어왔다.

거돈은 일어나면서 명령했다.

"지금 당장 야차가 있는 곳을 찾아내."

*　　　*　　　*

항주에서 동남쪽에 위치한 소산(蕭山).

그 산자락 아래로 작은 담장에 둘러싸인 집 하나가 있었다. 사람의 인적이 드물었지만, 그만큼 조용하고 평화로움이 깃들어 있는 곳이었다.

거돈은 수하 다섯 명과 함께 그 집 앞에 도착했다.

'여기 산다고?'

주변을 둘러보고, 집을 살펴 본 거돈은 의아했다.

야차가 투인장에서 활동한 기간은 세 달이었지만, 그 기간 동안 벌어들인 돈은 막대한 양이었다. 마음만 먹으면 항주 중심에 큰 집을 구입하여 떵떵거리며 살 수 있는 것이다.

'그런데 이런 구석진 곳에서, 그것도 이처럼 초라한 집에 살고 있다니.'

거돈은 수하에게 다시금 확인하지 않을 수 없었다.

"여기가 확실해?"

"확실합니다. 불러볼까요?"

하지만 수하가 굳이 부를 필요도 없이 안에서 사람이 나왔다.

나이는 대략 삼십 대 후반쯤으로, 큰 키와 무릎까지 닿는 긴 팔이 특징적인 사내였다. 그리고 반쯤 감긴 눈에 처진 눈초리 때문에 매우 순박하고, 꺼벙하다는 인상을 풍겼다.

도저히 야차라는 별명과는 어울리지 않는 것이다.

"이봐, 야차. 나 거돈이야."

야차는 대꾸하지 않았다. 그렇다고 무시하는 것이 아니라 조용히 하라고 손짓을 하고는, 밖으로 걸어 나와 거돈을 그냥 지나쳐 가는 게 아닌가.

'뭘 하자는 거야?'

거돈은 어리둥절해하면서 수하들과 함께 야차를 뒤따랐다.

집으로부터 거리가 꽤 멀어졌을 때쯤, 야차가 멈춰 섰다.

"여긴 어찌 알았소?"

야차의 음성은 외모만큼이나 느리고, 둔한 느낌이었다.

그의 외모와 목소리 때문에 만만하게 보였는지, 거돈의 수하 중 하나가 인상을 쓰며 화를 냈다.

"이봐, 형씨. 우리 두목님 앞에서 말투가 너무 건방지잖아."

거돈의 얼굴이 굳어졌다.

그가 시키지도 않았는데 나선 수하는 야차가 투인장에서 떠난 뒤에야 조직에 들어온 자였다. 제법 충성심도 있고, 힘도 쓸 줄 알고, 간담도 컸다.

그래서 나름 요직이고, 믿을 수 있는 수하에게만 맡기는 그의 호위로 삼은 게 아닌가.

평소라면 이렇게 나선 수하가 대견스러웠을 것이다.

하지만 상대는 야차였다. 그도 함부로 대하지 못하는 싸움꾼인 것이다.

"야, 이 새끼야! 감히 어딜 나서고 지랄이야!"

거돈은 수하의 멱살을 잡고서 몇 번이나 거칠게 따귀를 날리고, 복부를 걷어차고, 웅크려 앉은 그의 어깨와 머리를 가리지 않고 마구 짓밟았다.

그렇게 한참 동안 구타를 당한 수하는 웅크린 채로 끙끙거리기만 할 뿐 고개도 들지 못했다. 거돈의 성정으로 봤을 때, 신음소리라도 냈다가는 더 참혹한 결과만을 불러올 테니까.

씩씩거리며 수하로부터 돌아선 거돈은 야차를 쳐다보며 비굴한 웃음을 지었다.

"미, 미안하네. 이 녀석이 워낙 멍청이라서 분위기 파악을 잘 못해."

야차는 눈만 껌벅거릴 뿐, 아무 말도 하지 않았다. 그러자 거돈은 웅크리고 있는 수하의 옆구리를 발로 걷어차며 소리쳤다.

"병신 새끼! 어서 사과하지 않고 뭘 멍청하게 앉아 있어?"

수하는 얼굴이 퉁퉁 부었고, 일어나기도 힘들 만큼 온몸이 아팠지만, 재빨리 일어나서 땅에 닿을 것처럼 머리를 숙였다.

"죄, 죄송합니다, 야차님. 소인이 워낙 멍청해서 그런 것이니, 용서하십시오!"

야차는 무덤덤한 얼굴로 느릿하게 고개를 끄덕였다.

"괜찮아. 반성했으면 된 거지, 뭐."

"가, 감사합니다, 야차님."

거돈에게 눈짓을 받은 수하는 다른 동료들의 부축을 받고 멀찍이 물러났다.

특유의 멍한 표정으로 가만히 보고 있던 야차는 거돈에게 다시 물었다.

"여긴 어찌 알았소?"

"자넬 만나기 위해 수소문을 좀 했지. 기분이 나쁘다면 미안하네."

"왜 왔소?"

"자네의 도움이 필요하네."

"······?"

"삼 일 뒤에 열리는 투인장에 나가주게."

"······."

"이렇게 찾아와 자넬 귀찮게 해서 정말 미안하네. 하지만 빌어먹을 놈 하나 때문에 내가 망하기 직전이야. 자네가 그놈을 처리해 주게. 한 번일세. 더 나갈 필요도 없어. 딱 한 번만 나가면 되네."

"흠······."

"돈이라면 얼마든지 줄 테니까, 제발 한 번만 날 도와주게나."

야차는 머리를 긁적이며 한참을 생각했다.

"어떤 놈이오?"

"반 무사라고 하는 놈일세. 나이는 이십 대 중반쯤 되었고, 무기 없이 맨손으로 싸우는 놈이야. 하지만 제법 강해서 다섯 달이 넘도록 한 번도 진 적이 없네."

"강하단 뜻이오?"

"거짓말은 하지 않겠네. 그놈은 강해. 솔직히 자네가 그놈을 이길 수 있을지는 모르겠네. 하지만 내겐 다른 방법이 없어. 내가 지금 내세울 수 있는 사람은 자네뿐이야. 그래서 자네가 싫어할 것을 알면서도 찾아온 것이네."

거돈은 절박한 심정을 드러내면서도 은근히 야차의 승부욕을 자극했다.

그가 아는 야차의 진정한 모습은 투인장에서 나타난다. 지금 보기엔 순둥이처럼 보여도, 투인장에 나가서 싸울 때에는 맹수와 다를 바가 없었다.

그래서 그의 별명이 야차였다. 모든 상대를 몇 달 동안이나 침상에서 벗어날 수도 없을 만큼 만신창이로 만들어 버린 그에게 너무도 잘 어울리는 별명이었다.

"배당금은 내가 다 갖겠소."

"......!"

거돈의 표정이 변했다.

많은 돈을 요구할 것이라 예상은 했지만, 모두 갖겠다고 할 줄은 몰랐던 것이다. 분명 그날의 배당금은 그 어떤 때보다 많은 이득을 남길 것이기에, 욕심이 많은 그로서는 참으로 난감한 요구였다.

하지만 지금 그에게 다른 선택권은 없었다. 아깝고, 아쉽지만 이번만은 장기적인 관점을 가져야만 하는 것이다.

"알겠네. 배당금은 자네가 모두 갖게."

"삼 일 뒤에 봅시다."

거돈은 준비하고 기다리겠다는 말을 남기고 수하들과 함께 소산을 떠났다.

"⋯⋯."

야차는 거돈 등이 완전히 떠난 뒤에야 집으로 돌아와 방 안으로 들어갔다.

헌데, 방 안에선 약 냄새가 진하게 풍겨왔다. 누군가 매우 오랫동안 방에서 탕제를 마셔왔던 것이고, 그 누군가는 침상에 누워 있는 파리한 안색의 여인이 분명했다.

그녀는 야차의 아내였다.

"여보, 손님들은 가셨어요?"

아내는 일어나 앉으려 노력하며 거칠고, 탁하면서도, 힘이 없는 목소리로 물었다. 그녀는 병을 앓고 있었고, 이젠 어찌할 수 없을 만큼 깊어진 상태였다.

야차는 얼른 다가가 그녀를 부축하며 앉는 걸 도왔다.

"그들은 방금 떠났소."

"혹시 예전에 당신이 도왔던 일들과 연관된 분들인가요?"

야차는 잠시 망설이다 고개를 끄덕였다.

"그렇소."

아내의 표정이 살짝 어두워졌다.

지난날 누군가를 돕는 일을 하게 됐다며 세 달 가량 주기적으로 외출을 했던 때가 있었다. 그리고 늘 새벽에 귀가하던 그의 몸에선 엷게 피 냄새가 났었다.

아내는 그 피 냄새가 싫었다. 괴로웠다. 남편이 무슨 일을 하고 있는지는 정확히 몰랐지만, 매우 폭력적인 일을 하고 있다는 걸 짐작할 수 있었으니까.

허나, 그녀는 속내를 드러낼 수 없었다. 그가 그 일을 하는 것은 그녀의 약값을 벌기 위함이었으니까. 그래서 더 마음이 아프고, 슬펐지만 겉으로 드러내 남편을 괴롭게 하고 싶지 않았던 것이다.

"오래해야 하는 건가요?"

"아니오. 한 번만 하면 끝나는 일이오."

야차는 애써 속내를 감추려 노력하는 아내를 긴 팔로 감싸 안았다.

"그 일이 끝나면 여행을 갑시다. 당신이 보고 싶다고 했던 곳들을 보러 갑시다."

아내는 말없이 고개를 끄덕이며 야차의 품에 깊이 파고들었다.

*　　　*　　　*

반악은 거울 앞에 섰다.

"……."

말끔하게 틀어올린 머리에, 파란색의 영웅건을 쓰고, 고급스러움이 철철 넘치는 비단옷과 허리띠에, 가죽신, 그리고 패옥까지 찬 그의 모습은 멋스런 조화를 이루어서 그를 부유한 집안의 귀공자처럼 보이게 만들었다.

하지만 반악의 표정은 그리 만족스러워 보이지 않았다.

"넌 누구냐?"

반악은 거울에 비친 자신을 향해 물었다. 그리고 자신의 모습을 위아래로 훑어보며 미간을 찡그렸다.

"이보다 더 완벽할 수는 없는데 말이야."

거울에 비친 모습은 환골탈태하기 전에는 상상으로나 그려낼 수 있는 모습이었다.

그런데 이상하게도 마음이 불편했다.

사실 처음에는 이렇지가 않았다. 배희의 꼼꼼한 도움을 받아 옷을 사고, 장식물을 사고, 머리까지 세심한 손길을 받고 나서 옷을 입고 거울 앞에 섰을 때는, 너무나 만족을 해서 벌린 입을 다물지 못했었다.

며칠 동안 내내 전신 거울을 보면서 자신의 모습에 감탄하고, 또 감탄을 했었으니까.

하지만 그러한 감탄과 만족감은 길지 않았다. 어느 날부터 갑자기 생겨난 이질적인 느낌에 거울을 볼 때마다 인상을 찌푸리게 된 것이다.

'완전히 달라진 모습에, 외모까지 가꾸었으니 낯선 느낌이 드는 것은 너무도 당연하다.'

허나, 한참을 고심한 끝에 지금의 이 불쾌감은 단순히 외모적인 이질감 때문만은 아니란 걸 깨닫게 되었다.

'이것이 나인가?'

아니었다. 이렇게 가꾸고, 치장하고, 외향에 치중하여 만족감을 느끼는 사람은 반악일 수가 없었다.

그렇다고 변화된 자신의 모습을 부정하라는 게 아니었다. 굳이 이렇게 무리하여 타인의 시선과 평가에 내맡겨 버리는 외향적 인간이 될 필요가 없다는 것이다.

반악은 영웅건과 옷을 벗고, 틀어올린 머리를 풀어 말총머리가 되게 묶었다. 그리고 평소 입던 회색 마의 무복을 입고서 다시 거울 앞에 섰다.

'꼭 이렇게 수수하고 단순한 모습이 나여야 한다는 건 아니지만······.'

최소한 마음이 불편하지는 않으니, 그것으로 충분했다.

시간이 갈수록 변화된 외모와 그에 따른 사회적 시선에 길들여져, 조금 전의 모습이 어색하지 않을 때가 올지도 모르지만, 급하게 마음먹지 않기로 했다.

시간은 결국 흐르기 마련이고, 스스로에게 충실하기만 한다면 부담감과 거부감 없이 모든 것들이 자연스럽게 익숙해질 테니까.

"나리, 때가 되었습니다."

밖에 도착한 문복이 투인장에 갈 시간이 되었음을 알렸다.

"알았다."

반악은 거울을 한 번 쳐다보고는 밖으로 나가 문복과 함께 투인장이 있는 장원으로 향했다.

*   *   *

문복과 함께 장원에 도착하여 안으로 들어가자, 최근 반악의 명성을 대변하듯 사람들의 시선이 모아졌다. 그런데 이번 시선은 평소와 약간 달랐다.

그리고 문복은 그 원인을 바로 파악했다.

"빌어먹을!"

반악은 당황한 표정으로 자그맣게 욕을 내뱉는 문복을 이상하다는 듯 쳐다보았다.

"왜 그래?"

"저기 거 두목과 같이 있는 사람을 보십시오."

문복의 눈짓을 따라 시선을 돌린 곳엔 큰 키와 기다란 팔이 특징적인 야차가 조는 듯한 표정으로 의자에 앉아 있었다.

"야차라는 별명을 가진 놈입니다. 예전에 세 달 정도 거 두목의 밑에서 격투사를 했었습니다. 당시 무패 기록을 가졌을 정도로 대단히 강했죠. 분명히 손을 뗐다고 들었는데, 거 두목이 다시 데려온 모양입니다. 이번 대전은 쉽지 않겠는데요. 물론, 뽑은 쪽지의 번호가 맞아야 하니까 오늘 저자와 싸우지 않아도 될지 모르지만, 일단 저놈을 경계하십시오."

찌푸린 얼굴로 한참 설명을 하던 문복은 야차를 바라보는 반악의 눈빛이 심상치 않음을 깨달았다.

"나리께서 보기에도 강해 보이십니까?"

"문복."

"예?"

"혹시 모르니까 칼 하나 준비해 놔."

"칼은 왜요?"

"저자랑 싸우게 되면 사용하게."

〈2권에서 계속〉

EVENT ONE

이벤트를 진행하는 3종의 책을 '모두 구입하신 분들 중' 추첨을 통해 사은품을 드립니다.

[사은품]
1명 : <닌텐도 DS> + 3종의 3권(작가 친필사인)
('EVENT ONE에 참여하신 분들 중 30명에게 작가 친필사인이 들어 있는 3종의 3권을 드립니다.)

[응모요령]
1,2권 띠지에 부착된 응모권 6개를 오려 드림북스로 보내주세요.

EVENT TWO

이벤트를 진행하는 3종의 책을 개별적으로 구입하신 분들 중' 추첨을 통해 사은품을 드립니다.

[사은품]
3명 : <백화점 상품권(5만원)> + 구입한 도서의 3권(작가 친필사인)
(『천신』(1명), 『신마협도』(1명), 『역천의 황제』(1명))

[응모요령]
1,2권 띠지에 부착된 응모권 2개를 오려 드림북스로 보내주세요.

EVENT THREE

책을 읽고 감상평을 올리시는 분들 중 11명을 추첨하여 사은품을 드립니다.

[사은품]
으뜸상(1명) : <백화점 상품권(10만원)> + 서평을 쓴 도서의 3권(작가 친필사인)
우수상(10명) : 문화상품권(1만원) + 서평을 쓴 도서의 3권(작가 친필사인)

[응모요령]
1. 이벤트 진행 도서들 중 하나를 읽고 인터넷 서점(YES24) 리뷰란에 감상평을 올려주세요.
2. 그 감상평을 복사하여 웹 게시판(개인 블로그 및 홈페이지)에 올려주신 후, 게시물의 URL을
   '드림북스 편집부 이메일'로 보내주세요.

[보내주실 곳] (우)142-815 서울시 강북구 미아8동 322-10
(주)삼양출판사 2층 드림북스 이벤트 담당자 앞
드림북스 편집부 e-mail : sybooks@empal.com

[이벤트 기간] 2009년 12월 21일~2010년 2월 10일

[당첨자 발표] 2010년 2월 22일(당사 블로그 및 장르문학 전문 사이트에 발표합니다.)

드림북스 블로그 http://blog.naver.com/dream_books
문피아 사이트 http://www.munpia.com/출판사 소식/드림북스
조아라 사이트 http://www.joara.com/출판사 소식

※ 응모권을 보내주실 때는 '이름, 연락처, 주소'를 정확히 기입해 주세요.
※ 사은품은 이벤트 진행도서 3종의 3권의 책이 모두 출간된 직후 일괄 배송합니다.
※ 사은품은 상기 이미지와 다를 수 있습니다.

올 겨울엔
색다른 모험을 선물하세요~!

WE 대륙에서 펼쳐지는 또 다른 모험 이야기
온 가족이 함께 읽는 가슴 훈훈한 동화풍 판타지
제작단계에서 1,400만 불을 수출해 화제를 일으킨 'WE Online'의 원작소설

이벤트기간 : 2009년 12월 14일~2010년 1월 14일

Event 01

이벤트를 진행하는 인터넷 서점 (교보, YES24) 에서 1, 2권을 구매하시는 분들 중 **선착순 180명**에게 자체 제작한 예쁜 '바드의 모험 T-MONEY(교통카드)'를 드립니다.

Event 02

이벤트 기간에 감상평을 올리신 분들 중 추첨을 통해 10명에게 **문화상품권 1만원**을 드립니다.